EVA MARIA FREDENSBORG

Er wird töten

Buch

Auf einem Rastplatz nahe Växjö im schwedischen Småland wird die Leiche einer jungen Frau gefunden. Die Polizei bittet den dänischen Profiler Robert Strand um Hilfe bei der Erstellung des Täterprofils. Die Platzierung der Leiche erinnert stark an den sogenannten Fotomörder, der mehr als zwanzig Jahre zuvor vier junge Frauen ermordet und Fotos seiner Taten an die Presse geschickt hatte. Der damalige Täter hatte ein Geständnis abgelegt und sich dann im Krankenhaus das Leben genommen. Sollte jetzt jemand seine Taten kopieren und dem damaligen Zeitplan folgen, bleiben der Polizei keine fünf Tage mehr, um den Täter zu finden, bevor er erneut zuschlägt ...

Autorin

Eva Maria Fredensborg wurde 1969 im schwedischen Härnösand geboren und ist in Dänemark aufgewachsen. Sie arbeitete in der Werbebranche und schrieb 2013 ihren ersten Spannungsroman, »Er wird töten«, der auf Anhieb zum Erfolg wurde.

EVA MARIA
FREDENSBORG

ER WIRD TÖTEN

KRIMINALROMAN

Aus dem Dänischen von
Daniela Stilzebach

GOLDMANN

Die Originalausgabe erschien 2014 unter dem Titel
»Én gang morder« bei Politikens Forlag, Dänemark.

Dieses Buch ist auch als E-Book erhältlich.

Der Verlag weist ausdrücklich darauf hin, dass im Text
enthaltene externe Links vom Verlag nur bis zum Zeitpunkt
der Buchveröffentlichung eingesehen werden konnten.
Auf spätere Veränderungen hat der Verlag keinerlei Einfluss.
Eine Haftung des Verlags ist daher ausgeschlossen.

Verlagsgruppe Random House FSC® N001967

1. Auflage
Taschenbuchausgabe August 2017
Copyright © der Originalausgabe 2014 by Eva Maria Fredensborg
Copyright © der deutschsprachigen Ausgabe 2017
by Wilhelm Goldmann Verlag
in der Verlagsgruppe Random House GmbH,
Neumarkter Str. 28, 81673 München
Umschlaggestaltung: UNO Werbeagentur München
Umschlagmotiv: Arcangel / Aaro Keipi
Redaktion: Nike Karen Müller
AG · Herstellung: eS
Satz: Uhl + Massopust, Aalen
Druck und Bindung: GGP Media GmbH, Pößneck
Printed in Germany
ISBN 978-3-442-48588-8
www.goldmann-verlag.de

Besuchen Sie den Goldmann Verlag im Netz

»Freedom's just another word
for nothing left to lose.«

Janis Joplin, *Me and Bobby McGee*

Das erste Kuvert lag am Montagmorgen auf der Türschwelle hinterm Haus.

Er nahm es als leuchtenden weißen Fleck am unteren Rand des Blickfeldes wahr, als störendes Element im Fokus auf den Fischadler, der genau in diesem Moment auf die Wasseroberfläche auftraf. Als sich der Raubvogel wieder in die Lüfte erhob, hatte er eine Beute zwischen den Klauen. Er ließ den Blick erst von dem Tier ab, als es zwischen den Baumwipfeln auf der anderen Seite des Sees verschwunden war.

Dann setzte er sich in die offene Tür und betrachtete den Umschlag. Weiß, dünn, A4-Format, kein Empfänger. Er hob ihn auf und drehte ihn um. Auch kein Absender. Wie hoch war die Wahrscheinlichkeit, dass der Umschlag für ihn war?

Er öffnete ihn.

Darin befand sich das verblichene Farbfoto eines schmächtigen Mannes, der vor einem gelben Gebäude stehend die Arme nach oben hob, so als wollte er sich vor der aufdringlichen Linse des Fotografen schützen. Schräg hinter ihm an der Wand war ein Schild mit der Aufschrift *Sankt-Sigfrids-Krankenhaus, Gerichtspsychiatrische Klinik* befestigt.

Er hatte dieses Schild seit über zwanzig Jahren nicht

gesehen, jedoch hatte er weder es noch das Gesicht auf dem Foto je vergessen. Karl Viklund, des Mordes an vier Frauen zu unbefristeter Sicherheitsverwahrung verurteilt. Der Fotomörder, der Mann, der ihn die Karriere hätte kosten können, ehe sie begonnen hatte. Müssen, berichtigte er sich. Ihn die Karriere hätte kosten müssen.

Er hatte gehofft, dieses Gesicht nie wieder zu sehen.

Langsam schob er das Foto wieder in den Umschlag, hielt jedoch mitten in der Bewegung inne, als er spürte, dass ihn jemand beobachtete. Methodisch scannte er die Umgebung, folgte mit dem Blick der undurchdringlichen Mauer aus Tannen rund um die Lichtung und entlang des Seeufers, ohne etwas zu entdecken, was das untrügliche Gefühl, beobachtet zu werden, erklären konnte. Schließlich gab er auf und suchte hinter der dicken Wand des Blockhauses Schutz.

Die Tür fiel hinter ihm ins Schloss, aber sie blieb sitzen, auch wenn ihr ein Bein eingeschlafen war und ihr die Mücken um den Kopf herumschwirrten. Jetzt hatte sie ihn gesehen, jetzt war er nicht mehr nur eine Ansammlung nichtssagender Worte in einem alten Tagebuch, sondern ein realer Mensch. *Er hatte so freundliche Augen.* Hatte er die? Um das beurteilen zu können, musste sie näher heran.

Das Fahrrad war von seinem Ständer gekippt und lag in einem zerfledderten Nadelbaum wie ein Volltrunkener nach einer durchzechten Nacht, der sich an einen Laternenpfahl stützen musste, um Kraft zu sammeln. Als sie versuchte, es hochzuziehen, gab es nach, woraufhin die Pedale die Haut direkt über dem Knöchel abschabte, aber sie hatte keine Zeit, auf den Schmerz zu achten. Er war gekommen, der erste Teil des Plans war geschafft, aber es gab noch immer viel zu erledigen. Der Schweiß ließ das T-Shirt am Rücken kleben, und jedes Mal, wenn sie das Tempo drosselte, um einem der Schlaglöcher im Schotterweg auszuweichen, waren die Mücken wieder da.

Eine halbe Stunde später stellte sie das Fahrrad vor dem Haus ab und eilte mit großen Schritten die Treppe hinauf. Sie legte den Schlüssel auf das Regal im Flur und versuchte, ihr Herz zu ignorieren, das das Blut mit allzu heftigen Schlägen durch den Körper pumpte. Aber die Stille in der Wohnung machte das Vorhaben unmöglich. Das enge Zimmer begann sich zu drehen, und ihr Mund wurde trocken. Nicht jetzt. *Bitte!*

Wie ein Echo hörte sie Camillas Stimme: *Du steuerst deine Gedanken, nicht umgekehrt. Es ist nicht schlimm, Angst zu haben.*

Sie sah auf die Uhr und traf eine schnelle Entscheidung. Zehn Minuten mehr oder weniger machten keinen großen Unterschied, und zehn Minuten konnten die Welt verändern. Sie stellte die Eieruhr neben den Sessel, und auch wenn ihre Haut noch immer vor Schweiß klebte, wickelte sie sich die dünne Decke um den Körper, bevor sie sich hinsetzte. Zehn Minuten. Ganz bewusst ließ sie die Luft durch die Nasenlöcher strömen, die Luftröhre hinab, bis sie die Lunge füllte und den Bauch anschwellen ließ, anschließend atmete sie ganz bewusst aus. Einatmen und ausatmen. Einatmen und ausatmen. Hat er mich gesehen? Es war, als hätte er mich angesehen. Zurück zur Atmung. Einatmen und ausatmen. Einatmen und ausatmen. Ich hoffe, Camilla fragt nicht, warum ich hier bin. Einatmen und ausatmen. Hätte ich nur mehr Betablocker. Was mache ich, wenn er mich anspricht? Einatmen und ausatmen. Wenn er es sehen kann, wenn er … Einatmen und ausatmen. Wenn ich eine Panikattacke bekomme? So etwas darf ich nicht denken! Einatmen und ausatmen. Einatmen und ausatmen. Es ist nur ein Gedanke, keine Realität. Einatmen und ausatmen. Einatmen und ausatmen.

Klingelingeling! Sie stellte den Wecker aus und blieb noch einen Moment lang sitzen, bevor sie aufstand. Sie war noch immer ein bisschen wackelig auf den Beinen, aber ihr Herz schlug jetzt ruhiger. Sie duschte rasch, schlang sich ein Handtuch um und ging ins Schlafzimmer, wo die Sachen auf Bügeln vor dem großen Kleiderschrank hingen, sodass jede Kombination komplett und bereit zum Anziehen war. Jetzt galt es nur noch, eine Wahl zu treffen: Was sollte sie heute tragen? Oder besser: Wen? Sie nahm den Bügel mit dem Kleid im Stil der Siebziger herunter, hielt es sich an und betrachtete sich im Spiegel. Ja!

Wie sie aussah und wie sie sich kleidete, war für sie bisher immer zweitrangig gewesen, nahezu irrelevant. Jetzt, da die Garderobe Teil eines Plans war und im Dienste einer höheren Sache stand, fand sie es durchaus vertretbar, fast eine ganze Woche darauf verwendet zu haben – von dem Geld gar nicht zu reden, von der ungeheuren Summe und davon, Växjös Geschäfte unsicher zu machen und allerlei Kleidungsstücke aus den Regalen zu ziehen. Sie saß auf einem dunkel gebeizten Schemel vor dem Spiegel, der unsicher auf der schmalen weißen

Kommode balancierte. Als sie so dasaß, erhaschten ihre Füße die Wärme von dem hellen Streifen, den die Sonne durch das Fenster warf. Das war ein gutes Zeichen, oder nicht? Dass die Sonne schien, dass der Sommer gerade an diesem Tag begann?

Auf dem Campus war es noch immer still, aber bald würden die anderen Kursteilnehmer eintreffen und das Gezwitscher der Vögel übertönen, die sich in den großen Bäumen tummelten. Unter dem Bett, halb versteckt unter der türkisfarbenen Tunika von Indiska, fiel ihr Blick auf den Griff des ramponierten schwarzen Trolleys, der den Großteil ihrer Garderobe beherbergt hatte, als sie die Tür zu der untervermieteten Zweiraumwohnung aufgeschlossen hatte. Was sollte sie hinterher mit der ganzen Kleidung anstellen? Sie konnte sich nicht wirklich vorstellen, in einem neuen Outfit bei Börjes in Tingsryd hereinzuspazieren, aber der Gedanke, sich von alldem zu trennen, es in schwarze Säcke zu stopfen und zum Recyclingcontainer zu tragen, wirkte beinahe wie eine Entweihung.

Hinterher. Sie ließ das Wort auf der Zunge zergehen. Fremd. Es war, als hätte sie eine Barriere errichtet, einen Staudamm der Ungewissheit, der sie daran hinderte, weiter in die Zukunft zu blicken als bis zu dem Punkt, an dem der Plan entweder glückte oder wie ein Kartenhaus in sich zusammenfiel.

Mir sind bestimmt die Klamotten zu Kopf gestiegen, dachte sie und lächelte ihr Spiegelbild an, auch das ein fremdes Gefühl. Jetzt handelte sie, tat etwas, und der Unterschied war ebenso offensichtlich wie der Kontrast zwischen hell und dunkel. Der vergangene Winter hatte der Dunkelheit angehört, daran bestand kein Zweifel, dann aber hatte sie das Tagebuch gefunden, und später, als sie *ihm* begegnet war, hatte sie eingesehen, dass sie sich nicht mit dem Istzustand der Dinge abfinden musste. Ulrik Lauritzen war vor seiner Verantwortung davongelaufen, aber jetzt würde er zur Rechenschaft gezogen werden.

Als sie fertig war, betrachtete sie sich im Spiegel. Es machte nichts, wenn er in ihre Richtung schauen würde. Er würde eine attraktive, selbstbewusste Medizinstudentin sehen, nicht mehr und nicht weniger.

Dienstag

1

Sie lag auf dem Rücken, ein Bein ausgestreckt, das andere angewinkelt. Ihr Kleid war nach oben gerutscht, wodurch die bläulichroten Flecken an den Oberschenkeln sichtbar wurden, und lehnte man sich ein wenig nach vorn, sah man, dass sie unter dem geblümten Stoff nackt war. Ein Arm lag mit geballter Faust über der Brust, während der andere im Winkel von neunzig Grad einen Rahmen um den Kopf bildete, der mit der Wange auf dem Boden ruhte. Die Flecken am Hals waren beinahe schwarz, und im Sonnenlicht, das in Form heller Kleckse durch die Baumkronen fiel, standen die Abdrücke seiner Hände in markantem Kontrast zu ihrer blassen Haut.

Er ging in die Hocke, fischte das kleine Silberkreuz aus der Gesäßtasche seiner Hose und legte es in die geöffnete Hand. Dann schloss er ihre Finger darum und lächelte, bevor er die stark geschminkten Lider über die blassgrauen Augen schob.

Perfekt!

Dann setzte er sich hin und wartete.

Hier unten auf dem Waldboden hatte die trockene Sommerluft keine Macht, es roch nach Fäulnis. Er schloss die Augen und versuchte sich vorzustellen, dass er auf dem mit Leder bezogenen Fahrersitz eines nagelneuen SL 500 säße, aber der Abstand zwischen Fantasie und Wirklichkeit war ganz einfach zu groß. Stattdessen tauchten andere Bilder auf: Julie, die ihm am Eingang zum Festivalgelände zuwinkte. Ihre langen dunklen Haare wehten im Wind, der zerschlissene Rucksack hing locker über einer Schulter. Der Boden in der Wohnung ächzte und ergab sich der ersten Hitze des Sommers, während er die letzten Umzugskartons der Tochter in den Flur trug und sich damit abmühte, den Schreibtisch in das Zimmer zurückzubugsieren.

Eine Taube landete auf dem Waldboden und wirbelte zwischen all dem Grün eine Wolke aus Staub und welken Blättern auf. Er holte mit der Hand aus, und sie flatterte davon.

Sollte nicht bald mal was passieren? Es raschelte sanft in den Blättern, und in der Ferne beantwortete der Wald das Kläffen eines Hundes mit einem dumpfen Echo, ansonsten war es still.

Eine Autotür schlug zu. Endlich! Er hielt den Atem an, während sein Blick der sich nähernden jungen Frau folgte. Sie hatte kurze Haare und war muskulös, jedoch ließen ihre Bewegungen den soliden Körper leicht erscheinen. Einige Meter vor der auf dem Boden liegenden Frau hielt sie inne. Die Überraschung stand ihr ins Gesicht geschrieben und hinterließ es nackt und verwundbar. Sie fiel auf die Knie. Lange saß sie nur da und starrte sein Meisterwerk an.

Was würde sie als Erstes tun? Hatte sie die Flecken am Hals bemerkt, den fehlenden Slip? Das Silberkreuz konnte sie aus diesem Winkel unmöglich gesehen haben.

Er konzentrierte sich auf ihren Gesichtsausdruck und nahm den Mann erst wahr, als er hinter der knienden jungen Frau stehen blieb.

John Egelund. Was zum Teufel machte er hier?

»Entschuldigen Sie, dass ich störe, aber ich muss mit Robert Strand sprechen. Wissen Sie, wo er ist?«

Sie hob eine Hand und zeigte in die Richtung seines Verstecks hinter den Schneebeerensträuchern. Ihren Instinkten fehlte es also an nichts.

Robert reckte einen Arm in die Höhe, und einen Augenblick später kniete sich der Chef des Nationalen Ermittlungszentrums, kurz NEC, neben ihn.

»Na, wie geht's?«

»Ich gehe davon aus, dass du nicht mitten in eine Übung hineinplatzt, um zu hören, wie es mir geht?«

»Du gehst nicht ans Telefon.« John Egelund knöpfte die Jacke auf und lockerte die Krawatte. »Vor einer Stunde erhielt ich einen Anruf von der Polizei der Povinz Kronobergs län in Växjö. Sie haben einen echten Drecksfall, und Gerüchte behaupten, du hast dort gewohnt und sprichst ein ehrenhaftes Schwedisch.«

Växjö.

»Växjö ist Strömbergs Spielplatz.«

»Ich weiß nicht, wer Strömberg ist, aber ihr Profiler ist in Rente gegangen, und Stockholm kann frühestens übermorgen jemanden schicken.«

Strömberg als Rentner? Erneut kam seine Vorstellungskraft nicht mit. Strömberg war sein Vorbild gewesen, der König der Gerichtspsychiatrie und eine Generation lang der renommierteste Profiler der schwedischen Polizei, aber im Arbeitsleben entschied das Datum auf der Geburtsurkunde, wann der König abdankte, und Strömberg hatte also das Verfallsdatum erreicht.

»Bist du dir eigentlich im Klaren darüber, wie lange es dauert, eine zwanzigjährige Schauspielerin dazu zu bringen, wie tot auszusehen? Wir haben in der Übung heute weitere vier Kandidaten, und morgen sollen sie ihre Analysen vorlegen.«

»Übungen laufen nicht weg, im Gegensatz zu einer echten Leiche auf einem Rastplatz.«

Was natürlich ziemlicher Unsinn war. Aber Robert war in der Sekunde, in der er Egelund entdeckt hatte, bereit zur Abfahrt gewesen.

»Was weißt du?«

»Junge Frau, nackt und stranguliert. Ansonsten hat er nur erzählt, dass es eine Nachricht von einem dänischen Psychiater gibt, der angeblich Informationen zu der Sache hat. Dein Honorar ist geklärt. Wir lassen das über das NEC laufen, dann musst du dir nicht die Mühe machen, eine Rechnung zu stellen.«

»Hat er auch einen Namen?«

»Der Anrufer war der Polizeipräsident persönlich. Göran Malmström.«

»Nein, der dänische Psychiater.«

»Das findest du vor Ort raus.«

Växjö. Rastplatz. Frau. Nackt. Stranguliert.

Nein, das war unmöglich.

Egelund deutete seine fehlende Reaktion scheinbar als Zeichen des Widerwillens. »Ich soll von Malmström grüßen und sagen, dass du auf der E4 das Blaulicht einsetzen kannst. Er informiert die anderen Bezirke.«

Robert schaute über den Waldboden, und anstatt welker Blätter und kleiner Büschel Grün sah er eine menschenleere schwedische Autobahn ohne Tempolimit vor sich.

»Ich fahre sofort. Bitte jemanden, mir per SMS Namen und Nummer meiner Kontaktperson sowie die Koordinaten des Fundorts durchzugeben, damit ich direkt dorthin fahren kann.«

»Robert?«

»Ja?«

John Egelund wies mit einem Nicken in Richtung Roberts sorgfältig arrangiertem Tatort.

»Nun ja. Grüß von mir. Du musst für jeden Schüler nur drei Sachen notieren: ob er komplett um sie herumgeht, ob er sich hinkniet oder stehen bleibt und ob er das Silberkreuz findet, das sie in der linken Hand hat.«

Hatte er die Reisetasche in den Kofferraum des neuen Wagens gepackt?

Eigentlich hätte er Autohändler werden sollen und hatte sich nur um die Zulassung zum Medizinstudium beworben, um seinen Vater zu ärgern, dessen Minderwertigkeitskomplexe gegenüber der akademischen Welt ungefähr genauso groß waren wie der Motor seines neuen SL 500. Robert hatte geplant, im ersten Jahr ein paar Vorlesungen zu besuchen und ansonsten das Leben zu genießen, bevor er mit dem Wirtschaftsstudium begann und seine Karriere im Familienunternehmen startete. Aber es war kein Zufall, dass er das Kreuz bei Medizin und nicht bei Jura oder Theologie gesetzt hatte, und mit der ersten Vorlesung in Psychiatrie wusste er, dass er das Studium durchziehen und sich auf Psychiatrie spezialisieren würde. Ein teures Auto zu verkaufen war so einfach, aber ein Mensch, dessen Psyche vom rechten Weg abgekommen war, das war eine echte Herausforderung. Sein Vater hatte ihm das nie verziehen, aber die Brüder, die verbissen um die Macht bei »Strand Automobile« kämpften, waren so froh darüber, sich eines Konkurrenten entledigt zu haben, dass sie stets dafür sorgten, dass Robert allzeit gute Fahrt hatte.

Bei Lyngby fuhr er auf die Autobahn und kramte die Sonnenbrille hervor.

Växjö. Rastplatz. Frau. Nackt. Stranguliert.

Jedes Mal, wenn die Worte in seinen Gedanken auftauchten, erhöhte der rechte Fuß den Druck auf das Gaspedal, sodass er wieder und wieder gezwungen war, auf die Bremse zu treten, um einigermaßen in der Nähe der erlaubten 110 Stundenkilometer zu bleiben. Egelund hatte ihm die Carte blanche für die E4 gegeben, nicht aber für die Helsingør-Autobahn.

Auf der Fähre schloss er das Dach und holte das mobile Blaulicht aus dem Kofferraum, und während er darauf wartete, dass sich in Helsingborg die Bugklappe öffnete, gab er in das nagelneue Navigationssystem Växjo ein. 190 Kilometer, aber nur die ersten 120 waren richtige Autobahn, das wusste er von seinen Fahrten nach Stockholm. Sobald er die kleinen Wartehäuschen des Zolls passiert hatte, platzierte er das Blaulicht auf der Windschutzscheibe und überholte den Škoda Superb, der auf der Fähre vor ihm gestanden hatte.

Während seine Hände locker auf dem Nappaleder des Lenkrads lagen, verschwand der dunkle Asphalt Meter für Meter unter der Motorhaube des Wagens, und für einen Moment bildete er sich tatsächlich ein, dass die Straße endlos sei, dass er hinfahren könne, wohin er wolle, aber die Ruhe, die sich für gewöhnlich bei schneller Fahrt einstellte, blieb heute aus.

Als er das Tempo drosselte und Richtung Växjo abfuhr, fühlte er sich ein bisschen hinters Licht geführt. Als er das letzte Mal auf der 25 unterwegs gewesen war, war sie noch eine schmale Landstraße mit Geschwindigkeitsbegrenzung gewesen, die bei 50 oder 80 Stundenkilometern lag, jetzt aber war es eine zum Teil zweispurig ausgebaute Fernstraße mit einer zugelassenen Höchstgeschwindigkeit von 100 Stundenkilometern. Er hielt es durchaus für vertretbar, 150 zu fahren. Würde er sich die nächsten 60 Kilometer auf der Fahrt nach Växjö konzentrieren, dann würde er keine Zeit vergeuden. Aber Egelunds Worte waren wie ein unsichtbarer Begleiter, der auf dem Beifahrersitz saß und sich weigerte, den Mund zu halten.

Växjö. Rastplatz. Frau. Nackt. Stranguliert.

Was, wenn es stimmte? Es konnte nicht sein. Ständig wurden Leichen auf Rastplätzen gefunden, es gab also keinen Grund, hier im Auto zu sitzen und eine sonderbare Stimmung heraufzubeschwören.

2

Es war einer dieser kleinen Rastplätze, kaum mehr als eine Haltebucht, ohne Toilette oder Sitzmöglichkeiten. Der Platz war mit einem blau-weißen Band abgesperrt, es waren allerdings keine Polizeiautos zu sehen, lediglich ein paar Straßenarbeiter in orangefarbenen Westen, die hinter einer Straßenwalze standen. Sobald er die Tür geöffnet hatte, lief einer von ihnen auf ihn zu und winkte. Er hielt vor Strand inne und lächelte.

»Ich hatte das dänische Nummernschild nicht gesehen. Robert Strand?«

Robert nickte.

»Kriminalkommissar Nils Andersson, Leiter der Ermittlungen.«

»Schicke Uniform.«

Nils Andersson schaute an sich herunter, als hätte er vergessen, dass er über seinem hellgrauen Anzug eine orangefarbene Reflexweste trug.

»Straßenarbeiter ziehen weniger Aufmerksamkeit auf sich als ein Rastplatz voller Polizeiwagen. Wir hoffen, Schaulustige fernzuhalten, bis die Techniker vom SKL da sind.«

»Clever.«

Nils Andersson beäugte Roberts armeegrüne Diesel-Jeans und blinzelte zweimal, als er bei den gelben Haribo-Sneakern von Hummel angekommen war.

»Das ging ja schnell.«

»Ich bin sofort losgefahren, und es war kein Verkehr.«

Nils Andersson war gewiss nicht der Typ, der es genoss mit Blaulicht und über 200 Sachen über die E4 zu brausen. Er ähnelte mehr dem Typ Pfadfinder, wie er so dastand, mit geradem Rücken, dass es kaum auffiel, dass er nicht wirklich groß war.

»Ich gehe davon aus, dass du sie sofort sehen willst.«

»Ja, danke.«

Sie gingen zu der Straßenwalze, wo ein großer, kräftiger Mann mit Reflexweste stand.

»Arvid Jönsson, unser Chef der Kriminaltechnik, war der Erste hier draußen und derjenige, der den Polizeipräsidenten gebeten hat, umgehend einen Profiler anzufordern.«

Arvid Jönsson war bedeutend älter als Robert, vermutlich Ende fünfzig. Er sagte nichts, machte bloß eine Bewegung in Richtung des Dickichts aus Himbeersträuchern, deren Zweige von unreifen grünen Früchten zu Boden gezogen wurden und in den schmalen Pfad ragten.

Robert trat in das hohe Gras. Das Erste, was er sah, waren ihre Füße, die in einem Winkel von circa dreißig Grad zu jeweils einer Seite zeigten. Sie lag also flach auf dem Rücken.

Unter den Füßen befand sich kaum Hornhaut. An einigen Stellen war der bräunliche Lack auf den Zehennägeln abgeblättert, besonders auf den großen Zehen. Ein typisches Sommerphänomen; wenn Frauen auf dem Bauch lagen und sich sonnten, ruhte das gesamte Gewicht des Fußes auf der oberen Kante des großen Zehennagels.

Sein Blick glitt den nackten Körper hinauf, registrierte die trockenen Hautstellen an den Knien, ein deutliches Indiz für Schuppenflechte, und hielt inne, als er bei den Armen angelangt war.

Es sah beinahe so aus, als sei sie nicht real. Der Satz tauchte aus seinem Gedächtnis auf, so als hätte er all die Jahre dort geschlummert und nur darauf gewartet, ihm sein Echo ins Bewusstsein zu rufen. In dieser Sekunde wusste er, dass er auf diesen Anblick gewartet hatte, jedes Mal, wenn er zu einem Mordfall gerufen worden war.

Die Arme der jungen Frau waren über der Brust gekreuzt und die Hände in den Achselhöhlen verborgen worden. Wider die Natur. Selbst wenn sie beim Eintritt des Todes so gelegen hätte, wären die Arme heruntergerutscht, sobald die Muskeln erschlafft waren. Der Täter musste die Leiche arrangiert und die Arme festgebunden haben, während er darauf gewartet hatte, dass die Totenstarre eintrat und der Körper in genau der von ihm gewünschten Position verharrte. *Wie eine Puppe.*

Er betrachtete das junge Gesicht, ausdruckslos und bleich, während er versuchte, die Gedanken fernzuhalten. Er wollte jetzt sehen, nicht erinnern. Er ging mehrmals um sie herum, hockte sich hin und musterte den schmalen blauschwarzen Streifen am Hals, der im Nacken unter den langen dunklen Haaren verschwand.

Warum hatte er sie so hingelegt? Die überkreuzten Arme ließen sie unnahbar erscheinen, ein bisschen so, als wollte man jemanden zur Vernunft bringen, der sich weigerte zuzuhören. Was hatte sie nicht hören wollen? Was versuchte der Täter zu erzählen? *Wer bist du?*

Als er sicher war, nichts übersehen zu haben, drehte er sich um und fing Arvid Jönssons Blick auf. Der Chef der Kriminaltechnik nickte kaum merklich, sodass Robert nicht sicher war, ob er sich überhaupt bewegt hatte.

Sie waren mit ihr abgefahren, hatten ihren steifen Körper in einen Leichensack gepackt, den Reißverschluss zugezogen und ihn auf die Bahre gelegt, die quietschend in den Leichenwagen geglitten war. In einigen Tagen, wenn die Absperrung entfernt worden war, würde lediglich das platt getretene Gras noch daran erinnern, dass sie hier gelegen hatte. Vielleicht würde eine Familie ihre Picknickdecke ausbreiten, und früher oder später würde der Fahrer eines Lkw seine Notdurft auf der kleinen Rasenfläche verrichten. Das Leben ging weiter.

Robert lehnte an seinem Auto und rauchte eine Zigarette, während er den Blick über den See unterhalb des Rastplatzes schweifen ließ. Am Ufer lag ein Ruderboot und schaukelte leicht, während drei nebeneinanderfahrende Kanus die Hälfte des Sees in seine Richtung hin überquert hatten. Hatte es den Rastplatz hier vor zwanzig Jahren schon gegeben? Der Blick auf den See war jetzt von Bäumen fast komplett verstellt, aber damals musste er offen gewesen sein, denn Robert war sich sicher, dass der See mit Eis bedeckt gewesen war, als er im Winter 1992 nach Växjö gekommen war. Wie konnten Bäume innerhalb von zwanzig Jahren so sehr wachsen?

Eine Frau in weißer Schutzkleidung kniete auf dem Rasen. Ihr Parfüm vermischte sich mit dem Geruch von Kiefernholz und Abgasen. Immer wieder gab ihre Kamera in schneller Abfolge eine Serie klickender Geräusche von sich. Wasserflaschen, Eisstiele und fettige Burgerverpackungen mit dem altbekannten gelben Doppelbogen; alles wurde fotografiert und sorgfältig in Asservatentaschen verpackt, die zum Staatlichen Kriminaltechnischen Labor, kurz SKL, nach Linköping geschickt werden sollten, wo jeder einzelne Gegenstand untersucht würde, in der Hoffnung, etwas Brauchbares zu finden: einen Fingerabdruck, eine Wimper oder etwas in der Art. All das würden sie massenweise finden, aber nichts davon würde vom Täter stammen.

»Zeitverschwendung.«

Arvid Jönsson gesellte sich zu ihm. »Die Techniker sehen wohl selbst, dass sie nichts finden. Was stellen sie sich vor? Dass er hier gesessen und es sich mit einem *Happy Meal* gemütlich gemacht hat, bevor er eine Leiche aus dem Kofferraum gezerrt hat? Oder dass er sie hier ermordet und in aller Seelenruhe abgewartet hat, bis sie in dieser Positur erstarrt ist?« Er schüttelte den Kopf.

Robert hatte Arvid Jönsson beobachtet, als dieser die Leute vom SKL herumdirigiert hatte, und stellte jetzt fest, dass der Kriminaltechniker ebenso langsam sprach, wie er sich bewegte. Es schien ihn nicht zu stören, dass er keine Antwort bekam.

»Als ich sie sah, war es, als würde ich an einen Ort zurückkehren, an dem ich nie zuvor gewesen war. So ging es mir damals auch. Nicht mit der ersten selbstverständlich, aber mit den drei anderen. Sie lagen genauso wie sie hier da, und auch wenn sie einander optisch nicht ähnelten, war es trotzdem jedes Mal wie ein Wiedersehen«, fuhr Arvid fort.

Sie standen eine Weile schweigend da.

»War Nils Andersson damals auch dabei?«, nahm Robert den Faden wieder auf.

Arvid schüttelte den Kopf. »Er hatte gerade erst auf der Polizeischule angefangen, aber der Polizeipräsident war da, er hat die Ermittlungen geleitet. Ich hatte gerade meine Ausbildung beim SKL abgeschlossen, und dann tauchte ein Serienmörder auf, der keine Spuren hinterließ. Ich hatte mir geschworen, dass ich kündigen würde, wenn wir ihn nicht kriegen würden.« Er biss sich in die Wange, wodurch sich sein rundes Gesicht verzog. »Aber das taten wir letztendlich.«

»Glaubst du, er war es wieder?«

Arvid kniff die Augen zusammen.

»Viklund? Er hat einige Monate nach dem Prozess Selbstmord begangen. Er kann es nicht gewesen sein.«

Ein weißer Volvo XC90 mit stationärem Blaulicht auf dem Dach und dem gelb-blauen Logo der schwedischen Polizei an der Seite quetschte sich zwischen die Straßenwalze und Roberts Auto, und ein stattlicher Mann stieg aus.

Er nickte Arvid zu und gab Robert die Hand.

»Göran Malmström, Polizeipräsident der Provinz Kronobergs län.«

Zwei Spiegelbilder von Roberts Gesicht tauchten in den Gläsern der riesengroßen Ray-Ban-Sonnenbrille auf, die den oberen Teil von Malmströms schmalem Gesicht bedeckte.

»Robert Strand.«

»Gut, dass du so schnell hier sein konntest. Ich gehe davon aus, dass du sie gesehen hast?«

Robert nickte.

»Dieser Psychopath muss gefasst werden, und wenn es nach mir geht, ist er hinter Gittern, bevor die nächste Ausgabe der *Kronobergsposten* erscheint.«

Der Sheriff hatte gesprochen.

3

Am Kreisverkehr beim Fußballstadion musste Robert für eine Frau mit Buggy anhalten. Das Kind darin schlief, und ein schmutziger Stofftiger hing halb über den Rand des Wagens. Er wusste, dass der alte Stadtteil am Ende der Storgatan lag, mit kopfsteingepflasterten Straßen und der hübschen Domkirche mit ihren zwei Türmen, aber die Stadt hatte sich ausgebreitet, sodass die Storgatan jetzt bis zur Autobahnauffahrt bei Bergsnäs dicht bebaut war. Die neuen Gebäude waren genauso hässlich wie in allen anderen Provinzstädten auch: Viereckige Betonklötze mit bunten Schildern und Fahnen, die die Menschen zum Abbiegen verlocken sollten, um den Kofferraum mit Dingen vollzustopfen, die sie nicht brauchten, vom CD-Player über Sportbekleidung bis hin zum Rasenmäher.

Er folgte Malmströms Volvo durch ein paar Kreisverkehre bis in die Tiefgarage unter dem Polizeipräsidium, das in einem großen gelben Gebäude auf dem Oxtorget untergebracht war. Anschließend gab es einen kurzen Schlagabtausch, der der Reviermarkierung diente: »Du bekommst alle Ressourcen, die du benötigst, aber das Kommando hat Nils Andersson.« Wenn es ans Eingemachte ging, waren die Ressourcen selbstverständlich nicht unbegrenzt, aber er nickte höflich und verkniff sich den Einwand, dass Männer von geringer physischer Größe seiner Erfahrung nach selten die erforderliche Autorität besaßen, um Ermittlungen dieses Kalibers zu leiten.

Nils Andersson und sein Team saßen in der Ecke eines großen Viermannbüros. In der Zimmermitte waren vier Schreibtische wie eine Insel zusammengestellt worden, während jeder Zentimeter Wandfläche mit Regalen, Archivschränken, Landkarten, Pinnwänden und Whiteboards in verschiedenen Größen zugestellt war. Ein Schreibtisch war aufgeräumt, während der Besprechungstisch, der vor einem der beiden Fenster stand, mit Papieren, Ordnern und einem stationären PC mit unzähligen schwarzen Kabeln an der Rückseite beladen war. Arvid saß vor dem Bildschirm und versuchte, zeitgleich den Rechner hochzufahren und die orangefarbene Weste über den Kopf zu streifen.

»Linda ist beim Staatsanwalt, und die anderen frühstücken, sie müssten aber in einer Viertelstunde hier sein.«

»Das passt prima. Bevor wir anfangen, brauche ich ein schnelles Update über die Fotomorde«, sagte Robert und setzte sich Arvid gegenüber.

»Du hast also gleich, als du sie gesehen hast, seinen Modus Operandi erkannt, wusstest aber nicht, dass er tot ist?«

»Ich habe seinen MO erkannt, weil ich 1992 hier in Växjö mein Praxissemester absolviert habe. Draußen im Sigfrids wurde selbstverständlich viel über den Fall geredet, außerdem habe ich das Ganze in den Medien verfolgt. Aber ich war bereits abgereist, ehe der Prozess begann, und ich weiß aus Erfahrung, dass zwischen Gerede, der Morgenzeitung und der Wirklichkeit ein enormer Unterschied bestehen kann. Daher will ich gern deine Version hören.«

Arvid lehnte sich auf dem Stuhl zurück und zog sein verrutschtes Hemd gerade. Eine Nummer größer hätte es dem nicht ganz schlanken Oberkörper sicher besser gepasst.

»Okay. Das Ganze fing damit an, dass Liza Tilton auf einem Rastplatz an der 29 gefunden wurde. Sie war dreißig Jahre alt, verheiratet, zweifache Mutter und Verkaufsleiterin bei einer Gesellschaft für Telefonmarketing. Am Abend zuvor hatte sie gegen sieben Uhr das Firmengelände verlassen, jedoch wurde ihr Auto nur einige hundert Meter davon entfernt gefunden, mit einem platten Vorderreifen, verursacht durch ein gelöstes Ventil. Wir haben versucht, die Presse rauszuhalten, aber wie sich zeigte, hatte er die Leiche fotografiert und die Aufnahmen an die Nachrichtenredaktionen geschickt. Aus diesem Grund wurde er der Fotomörder genannt.«

»Ich kann mich überhaupt nicht daran erinnern, irgendeins von diesen Bildern gesehen zu haben. Das wundert mich.«

»Sie sind nicht veröffentlicht worden. Ich schätze, dass unser neues Opfer morgen auf den Titelseiten aller Morgenzeitungen prangt. Zwanzig Jahre sind eine Hausnummer, was Medienethik betrifft. Damals haben sie von Fotos geschrieben, ohne sie abzudrucken.« Er fuhr sich mit der Hand durch die graublonden Haare. »Zuerst glaubten wir, es handele sich um einen Rachefeldzug. Ein

Jahr vor ihrem Tod war Liza Tilton in einen Verkehrsunfall verwickelt gewesen, bei dem fast eine komplette Familie ausgelöscht worden war. Der erste Polizist am Unfallort hatte keinen Zweifel daran, dass sie unter starkem Alkoholeinfluss gestanden hatte, und veranlasste daher, dass in der Notaufnahme, wo sie nach dem Unfall behandelt wurde, eine Blutprobe genommen wurde. Leider wurde die Probe verunreinigt und konnte somit im Prozess nicht als Beweismittel verwendet werden. Für Liza Tilton endete das Ganze mit einem Freispruch.«

»War es Viklunds Familie?«

»Nein. Der einzige Überlebende des Unfalls war ein achtjähriger Junge. Selbstverständlich haben wir alle Angehörigen gründlich überprüft, allerdings ohne etwas zu finden, und später, als der Fall aufgeklärt wurde, zeigte sich, dass Viklund die Familie nicht persönlich gekannt hatte. Er war an dem Abend als Fahrer des Krankenwagens am Unglücksort gewesen und ebenso wie die Polizisten überzeugt davon, dass Liza Tilton unter Alkoholeinfluss gestanden hatte. Als er im Sommer darauf eine Veranstaltung im Freilichtmuseum Huseby Bruk besuchte und dort einer unbekümmerten Liza Tilton mit Familie begegnete, machte ihn das so wütend, dass er beschloss, sie zu töten. Vier Wochen später haben wir sie gefunden.«

»Okay. Und die nächste?«

»Fünf Tage nach dem Fund von Liza Tiltons Leiche standen wir plötzlich mit der Vermisstenanzeige einer jungen Frau da, die auf dem Heimweg von der Arbeit verschwunden war. Ihr Name war Anna Lindberg. Sie arbeitete als Erzieherin in einem Kindergarten. Als wir herausfanden, dass auch sie in einen Todesfall verwickelt und freigesprochen worden war, schrillten alle Alarmglocken, und leider stellte sich heraus, dass wir Recht hatten.« Arvid schwieg, sein Blick war abwesend. »Auch wenn ich noch immer nicht verstehe, warum Viklund der Ansicht war, dass sie es verdient hatte zu sterben.«

»Warum nicht?«, fragte Robert.

»Ich halte nichts von Selbstjustiz, in welcher Form auch immer, aber ich kann mich gut in jemanden hineinversetzen, der der Ansicht ist, dass Liza Tilton eine Strafe verdient hat. In Anna Lindbergs Fall war ich eher der Meinung, sie verdiente …« Er suchte nach dem richtigen Wort. »… Trost. Es war ein Unfall. Sie war mit allen Kindern der Einrichtung zu einem Ausflug im Linné-Park gewesen und hatte irgendwann bemerkt, dass eines der Kinder fehlte. Sie fand das Mädchen im Växjösee treibend, zog es heraus und trug es den ganzen Weg zum Krankenhaus. Aber es war zu spät. Viklund befand sich in der Notaufnahme, als sie mit dem Kind hereinkam, und auch wenn die Verantwortung für den Unfall der leitenden Kindergärtnerin zugesprochen wurde, entschied er, Anna Lindberg zu bestrafen.« Arvid schwieg und nestelte an einem Ordner herum, der vor ihm lag.

»Was ihn also *antrieb*, war irgendein Bedürfnis nach Gerechtigkeit; sie sollten für etwas bestraft werden, wo sie seiner Meinung nach zu billig davongekommen waren?«, fragte Robert.

Arvid hob den Deckel des Ordners an und ließ ihn wieder los. »Der Auffassung waren wir auch, selbst wenn sein Rachemotiv immer weniger überzeugte. Ich weiß noch, dass ich dachte, er mordete einfach weiter, auch wenn es nichts mehr zu rächen gab. Auch das dritte Opfer, Charlotta Lund, hatte auf eine Art ein Leben auf dem Gewissen, allerdings ging es hierbei um eine Abtreibung, was selbst zu dieser Zeit so normal war, dass sie das kaum zu etwas Besonderem machte.«

»Und das letzte Opfer?«

»Das letzte Opfer, Malin Trindgärd, war erst siebzehn, als sie ihrem Mörder begegnete, aber als er sie auf einem Rastplatz in der Nähe von Hovmantorp ablegte, war sie achtzehn. Sie galt drei Tage lang als vermisst, und auch nachdem wir jeden Stein in ihrem Leben umgedreht hatten, fanden wir nichts, das in irgendeiner Form als Mitschuld an einem Todesfall ausgelegt werden konnte. In seinem Geständnis gab Viklund an, sie habe einfach nur schuldig ausgesehen. Ich wage nicht daran zu denken, was passiert wäre, wenn wir ihn nicht gefasst hätten.«

»Wie seid ihr ihm auf die Spur gekommen?«

»Das sind wir nicht. Bei uns sind zahlreiche Hinweise eingegangen, aber sie waren alle nutzlos, und wir haben nie einen der Tatorte gefunden. Die Opfer wurden auf den Rastplätzen abgelegt, nachdem sie mehr als gründlich gereinigt worden waren. Sie waren mit Klorin gewaschen worden, und die Fingernägel waren entfernt worden. Malin Trindgärd hatte er sogar gezwungen, Klorin zu trinken, vermutlich um Spermaspuren zu beseitigen. Das Einzige, was wir fanden, waren ein paar schwarze Plastikfasern auf Charlotta Lund, aber die stammten von einem ganz gewöhnlichen Müllsack, und wir haben nie etwas gefunden, mit dem sie zusammenpassten. Es fällt mir nicht leicht, es zuzugeben, aber ohne sein Geständnis und die technischen Beweise, auf deren Spur er uns selbst gebracht hat, wäre Viklund nie verurteilt worden.«

»Also hat er sich selbst gestellt?«

»Wir erhielten einen Anruf von Anton Strömberg, dem leitenden Oberarzt der Gerichtspsychiatrie im Sankt Sigfrids. Viklund war bei ihm in Behandlung und hatte während einer ihrer Sitzungen angefangen, von den Morden zu erzählen.«

»Und das Geständnis wirkte echt?«

»Glaub mir, ich habe einiges an zusammenfantasierten Geständnissen von geistig Verwirrten gelesen, und das hier fiel nicht in diese Kategorie. Es war …« Erneut musste er nach Worten suchen. »… widerlich detailliert. Und alle Details stimmten. Am Anfang weigerte sich Viklund zu reden, aber in seinem Geständnis hatte er eine Schatzkiste erwähnt, die er draußen bei Torsjö versteckt haben wollte. Die Hunde waren neun Stunden im Einsatz, bevor wir sie gefunden haben, aber so wussten wir auch, dass wir den Richtigen gefasst hatten. Es war eine Metallbox mit Trophäen, die er unter einer alten Fuchsfalle vergraben hatte. Sie enthielt Gegenstände, die von den Opfern stammten.«

»Wie reagierte Viklund, als ihr ihn mit der Box konfrontiert habt?«

»Ich war dabei, als Malmström ihm die neuen Beweise vorlegte, aber er wirkte vollkommen gleichgültig. Er saß nur da und starrte in die Luft. Ich erinnere mich, dass er immerzu zwinkerte, so als hätte er etwas ins Auge bekommen.«

»Habt ihr Viklunds Fingerabdrücke auf der Box oder auf einer der Trophäen gefunden?«

»Nein«, antwortete Arvid. »Die Box war alt und wies massenhaft Fingerabdrücke auf, aber keine neuen, und alle Gegenstände waren vollkommen *clean*.«

»Wie misshandelt man über mehrere Tage einen Menschen, ohne Spuren zu hinterlassen? Ich meine, das ist doch ziemlich ungewöhnlich.«

»Ungewöhnlich, aber nicht ohne Präzedenzfall. Unsere Leute vom SKL waren überzeugt, dass Viklund Handschuhe, Maske und möglicherweise auch einen Schutzanzug getragen hat, zudem hat er sich ausgiebig Zeit genommen, um die Leichen zu reinigen«, antwortete Arvid.

»Aber das erfordert trotz allem ein bestimmtes Wissen.«

»Viklund hatte als Rettungswagenfahrer gearbeitet. Er hatte jahrelang Zugang zum Krankenhaus und wusste, wie man einen sterilen Arbeitsplatz schafft.«

»Habt ihr herausgefunden, was sein Prästressor war?«

»Prästressor?«, wiederholte Arvid das Wort mit seinem singenden småländischen Akzent.

»Was ihn dazu gebracht hat, die Morde zu begehen, war seine Auffassung, dass jemand es verdiente, bestraft zu werden. Damit aber ein solcher *Auslöser* wirken kann, muss es einen Prästressor geben. Das können traumatische Erlebnisse in der Kindheit sein, und in diesem Fall schätze ich, es war das Gefühl, ungerecht behandelt zu werden. Die Reaktivierung dieses Gefühls hat dazu geführt, dass er durchgedreht ist, wenn man es so ausdrücken will.«

»Darauf ist er im Geständnis nicht eingegangen.«

»Ich bin gespannt, dieses Geständnis zu lesen. Hat der Staatsanwalt im Prozess nie danach gefragt?«

»Angesichts des Geständnisses waren Prozess und Verurteilung reine Formsache. Soweit ich weiß, äußerte Viklund nicht mehr als ein einfaches ›ja‹, als der Richter ihn aufforderte zu bestätigen, dass er die Taten gestanden hatte, derentwegen er angeklagt war, und nach dem Urteilsspruch ist nicht wirklich viel Zeit vergangen bis zu seinem Suizid.«

4

Robert streckte die Beine aus und brachte seinen langen Körper in eine einigermaßen angenehme Position. Sie warteten noch immer auf den Rest des Ermittlungsteams, und so lange versuchte er, die Geräuschkulisse der Bürolandschaft auszublenden, damit er Arvids Informationen zu den Fotomorden überdenken konnte. Aber der Geruch von Schweiß und Kaffee drang durch die offene Tür in den Raum hinein und ließ die Erinnerungen an andere Fälle, andere Polizeistationen störend dazwischenfunken. Anspannung roch überall gleich.

Arvids Erläuterung war durchaus anschaulich gewesen, jedoch fehlten ihm die Details. Auch wenn zwanzig Jahre vergangen waren, sollte es möglich sein, eine Kopie der gesamten Ermittlungsakten zu den Fotomorden zu bekommen.

Nils Andersson kam herein, gefolgt von einem Mann um die dreißig.

»Per Ericsson, aber nenn mich einfach Pelle«, sagte er und verfrachtete eine Tüte Chips und einen halben Liter Sprite in seine linke Hand, damit er Robert mit der rechten begrüßen konnte. Er setzte sich an einen der beiden Arbeitsplätze am Fenster und legte die Füße auf den Tisch. »Du bist also der dänische Profiler. Und? Was war bisher dein spektakulärster Fall?«

»Der spektakulärste? Meinst du, welcher am schwierigsten zu lösen war, oder interessierst du dich eher für viele Tote und eine Menge Blut?«

Robert bemerkte, wie sich über Arvids Gesicht ein Grinsen ausbreitete, an Pelle selbst jedoch schien die Ironie vollkommen abzuperlen.

»Den brutalsten.«

»Vielleicht sollten wir uns an unseren eigenen Fall halten«, warf Nils Andersson ein.

Pelle wirkte enttäuscht. Er riss die Chipstüte auf, bei der es sich dem Geruch nach zu urteilen um eine Variante von Sour Cream & Onion handeln musste.

»Sind das die Fotos?«

Nils Andersson zeigte auf die Pinnwand hinter Arvid, an der in vier Reihen zwanzig Fotos vom Rastplatz bei Alvesta hingen. Pelle stand auf und trat an die Pinnwand. Als er eine Ladung Chips runterschluckte, konnte Robert sehen, dass sein Adamsapfel eine Extratour rauf und runter absolvierte.

»Wer zum Teufel tut so was?«, murmelte er und wandte sich von der Pinnwand ab.

Im gleichen Moment kam eine Frau ins Zimmer. »Ich habe mich wirklich beeilt, aber die da oben sind wegen der Ferien extrem unterbesetzt.« Als sie Robert erblickte, hielt sie inne. »Hallo. Linda Berg. Ich bin Juristin und im Team für die Kommunikation verantwortlich.«

Bevor sich Robert ihr vorstellen konnte, hatte sich Pelle zwischen ihnen beiden aufgebaut. »Da haben wir ja die Büroschönheit.«

Linda Berg war offenkundig schön; große dunkle Locken, braune Augen und ein breiter Mund, der sich leicht schief verzog, als sie Pelles Begrüßung mit einem Lächeln beantwortete, jedoch war sie für Roberts Geschmack ziemlich mager. Er bevorzugte weibliche Formen und hatte nie die Faszination verstanden, die Männer für übertrieben dünne Frauen hegten.

»Du musst Robert Strand sein, der dänische Experte im Erstellen von Täterprofilen?«

Robert nickte.

»Pass auf! Er ist auch Psychiater. Alles, was du sagst, wird dazu verwendet, dich zu analysieren und deine heißesten Träume zu deuten«, sagte Pelle mit einem breiten Grinsen.

Nils Andersson ignorierte ihn und wandte sich an Linda. »Hattest du einen schönen freien Tag gestern?«

Linda nickte. »Super. Samstag haben wir endlich das Kanu ins Wasser gekriegt, und gestern sind wir den ganzen Helgasjön abgefahren.«

»Meine Frau und ich können unter keinen Umständen zusammen Kanu fahren. Geht es um die Kinder und all das zu Hause, sind wir das beste Team der Welt, aber jedes Mal, wenn wir versucht haben, zusammen Kanu zu fahren, hat das im Ragnarök geendet.«

»Wie ist es, wenn ihr zusammen tanzt?«, fragte Robert.

Nils Andersson sah ihn mit zusammengezogenen Augenbrauen an. »Auch ganz abscheulich. Wie konntest du das wissen?«

»Weil Kanufahren und Tanzen erfordern, dass einer führt und einer folgt, ansonsten funktioniert es einfach nicht. Das führt in einer gleichberechtigten Beziehung für gewöhnlich zu gewissen Problemen.«

Das war eine billige Pointe, aber es freute ihn dennoch, Pelles vollkommen entgeistertes Gesicht zu sehen. Er konnte jedoch ganz beruhigt sein: Robert hatte bereits durchschaut, dass es Pelles größter Wunsch war, andere allein dadurch zu beeindrucken, dass er seinen Bizeps anspannte.

»Sind wir denn schon vollzählig?«, fragte Robert.

»Unserer Erfahrung nach sind Besprechungen mit vielen Teilnehmern ineffektiv, deshalb haben wir uns so organisiert, dass an den Statusbesprechungen nur Arvid, Linda, Pelle und ich teilnehmen. Jeder von uns hat ein Team von Kollegen, die an uns berichten und die wir anschließend informieren«, antwortete Nils Andersson.

Wie schön wäre es doch, wenn alle Polizeibezirke zu der gleichen Erkenntnis kommen würden. Sobald ein größeres Verbrechen geschah, wurde die komplette Mannschaft zusammengetrommelt, und Robert wurde jedes Mal schlecht von dem ganzen Geschwafel, das in dem Versuch geäußert wurde, die Karriere voranzutreiben oder das Revier zu markieren.

»Nun, wollen wir langsam mal in die Gänge kommen?«

»Wir sind ja schon im Gange. Kollegen sind unterwegs, um die alten Bekannten zu überprüfen, und wir haben die Presse gebeten, einen Zeugenaufruf zu veröffentlichen, sollte jemand draußen beim Rastplatz etwas gesehen haben. Wann glaubst du, dass du dein Profil fertig hast?«, fragte Nils Andersson.

»Ich rechne damit, morgen Abend oder spätestens Donnerstagvormittag einen Entwurf zu haben, aber aufgrund dessen, was ich am Fundort gesehen habe, kann ich jetzt schon sagen, dass wir vor einer ziemlichen Herausforderung stehen.«

Robert ging zur Pinnwand und zeigte auf eines der Fotos vom Opfer.

»Man muss kein Gerichtsmediziner sein, um zu verstehen, dass unser Opfer nicht zufällig in dieser Stellung starb. Der Täter hat sie so arrangiert und abgewartet, bis die Totenstarre einsetzte und sie genauso liegen blieb. Danach hat er sie zum Fundort gebracht, wo er mit einer gewissen Wahrscheinlichkeit damit rechnen konnte, dass sie gefunden wurde, bevor der *Rigor mortis* wieder nachließ. Es ist mit anderen Worten nicht die Rede von einem Mord im Affekt, bei dem ein eifersüchtiger Freund ein bisschen zu grob zugefasst hat und plötzlich bemerkte, dass seine Freundin tot war. Der Täter hat ihren Tod sorgfältig geplant, vermutlich hat sie ihren Mörder nicht gekannt, und wir sollten uns keine Hoffnung machen, dass er bereut und sich stellt. Er ist ein intelligenter und gut organisierter Mann mit dissozialer Persönlichkeitsstörung und sadistischen Neigungen, und wir haben keine fünf Tage, um ihn zu finden.«

»Fünf Tage?«, fragte Linda Berg.

»Nachdem Liza Tilton gefunden wurde, vergingen fünf Tage, bis Viklund Anna Lindberg an einer Bushaltestelle entführt hat«, antwortete Arvid stellvertretend für Robert.

Im Raum wurde es still.

»Du denkst also, dass er alle Morde kopieren wird?«, fragte Nils Andersson.

Robert zuckte mit den Schultern. »Ich sehe nichts, was mich zu dem Glauben veranlasst, dass er sich mit dem ersten begnügen würde.«

»Was brauchst du für die Arbeit an dem Profil?«

»Normalerweise fange ich damit an, mich auf das Opfer und die technischen Beweise zu konzentrieren, aber dieser Fall hier ist speziell, und daher muss ich mich in erster Linie mit dem alten Fotomörder-Fall vertraut machen. Könnt ihr mir die kompletten Akten beschaffen?«

»Die sind versiegelt. Ich brauche einen Gerichtsbeschluss für die Akteneinsicht, aber du solltest sie morgen Vormittag haben«, antwortete Linda.

»Sorg dafür, dass alle im Team eine Kopie bekommen, damit alle die Details kennen. Ist das Opfer schon identifiziert?«

Arvid Jönsson schüttelte den Kopf.

»Wenn ich das richtig verstanden habe, habt ihr eine Nachricht von einem dänischen Psychiater erhalten, der behauptet, irgendwelche Informationen zu dem Fall zu haben?«

Nils Andersson blätterte in dem Papierstapel vor sich. »Hier ist es. Halb zehn heute Vormittag, also *exakt* zur selben Zeit, als wir den Notruf vom Fundort erhalten haben, hat sich ein dänischer Psychiater hier im Haus gemeldet und erzählt, er habe Anfang der Woche einen anonymen Briefumschlag mit einem Foto von Karl Viklund erhalten. Der Kollege, der mit ihm sprach, wusste nichts von dem Notruf, nahm die Meldung auf und schickte den Mann wieder nach Hause mit dem Hinweis, er würde im Laufe des Tages von einem Ermittler kontaktiert werden. Lasse zufolge, einem erfahrenen Polizisten, wirkte der Mann nervös und redete teils zusammenhanglos. Den Umschlag hatte er nicht mitgebracht. Ich habe im Laufe des Tages mehrfach versucht, ihn zu erreichen, aber er hat offensichtlich kein Netz.«

»Wissen wir, wo er wohnt?«

»Ja. Er hat einen alten Bauernhof gemietet, der in einem größeren Waldgebiet liegt, bei einem Gut weiter westlich von der Stadt.«

Nils Andersson stand auf, um aus einem der Archivschränke eine Karte von der Umgebung zu holen, klappte sie auf und schob sie zu Robert hinüber. Die Karte bestand aus Grün, noch mehr Grün und einzelnen blauen Flecken, und neben einem der blauen Flecken zeichnete Nils Andersson einen Kreis um die Worte *Södra Ryd*.

»Prima. Ich fahre da raus, wenn wir hier fertig sind. Wie heißt er?«

»Ulrik Lauritzen.«

»Ulrik? Was in aller Welt macht der denn hier?«

»Kennst du ihn?«

»Ulrik und ich haben zusammen Medizin studiert, und unsere Praxissemester hier in Växjö haben sich einige Monate überschnitten.«

»Würdest du sagen, dass er ein guter Freund war?«

»Ich würde ihn eher als einen alten Bekannten bezeichnen.«

Nils Andersson kniff die Augen zusammen und sah Robert an. »Dann ist es vielleicht nicht so günstig, wenn du mit ihm sprichst.«

»Was?«

»Es könnte behauptet werden, du seist befangen, daher schlage ich vor, dass sich jemand anders um das Verhör kümmert.«

»Nein.«

»Nein?«

»Wenn ich an diesem Fall hier arbeiten soll, will ich

freie Hand haben und uneingeschränkt mit allen sprechen, das gilt auch für Ulrik Lauritzen. Ich kenne ihn, aber ich habe ihn ein Jahr oder länger nicht gesehen, und ich bin ihm nichts schuldig. Ich könnte deine Besorgnis notfalls verstehen, wenn von einem Verdächtigen die Rede wäre, aber er ist ein Zeuge.«

»Du findest es also nicht verdächtig, dass er *exakt* in dem Moment hier auf dem Revier auftaucht und von Karl Viklund erzählt, als wir eine Frau finden, die nach Viklunds Vorgehensweise ermordet wurde?«

»Wer hat das Opfer denn gefunden?«

»Ein älteres Ehepaar aus Skir, das auf dem Heimweg von einem Familienbesuch in Ljungby war.«

»Gibt es einen Grund zu der Annahme, dass die beiden irgendeine Verbindung zu Ulrik Lauritzen haben?«

»Nein. Warum sollten sie?«

»Du hast mehrfach betont, dass Ulrik Lauritzen *exakt* zur selben Zeit hier aufgetaucht ist, als der Notruf einging, wenn er das Paar aus Skir aber nicht kennt, konnte er unmöglich wissen, wann die beiden die Frau finden würden, wenn er selbst sich hier auf dem Polizeipräsidium befand. Daher erlaube ich mir, bis auf Weiteres davon auszugehen, dass das zeitliche Zusammentreffen reiner Zufall ist, und wenn du keine weiteren Einwände hast, würde ich mir gern diese Karte ausleihen, damit ich rausfahren und mit Ulrik reden kann, wenn wir hier fertig sind.«

Nils Andersson stützte die Ellenbogen auf den Tisch. »Auch wenn ich davon absehe, dass du Ulrik Lauritzen kennst, ergibt sich hier eine grundsätzliche Frage. Ich verstehe, dass du freie Hand brauchst, aber solange du nicht bei der schwedischen Polizei angestellt bist, kannst du nicht nach eigenem Gutdünken herumspringen und Leute vernehmen. Wenn du mit jemandem sprechen willst, musst du einen Kollegen mitnehmen.«

»Tut mir leid, aber so arbeite ich nicht.«

Bevor Nils Andersson antworten konnte, schritt Linda Berg ein. »Ich habe einen Vorschlag. Jeder Mensch kann doch frei reden, mit wem er will, solange das Gespräch für beide Seiten auf freiwilliger Basis erfolgt. Während ich abkläre, wo wir rein juristisch stehen, könnten wir vielleicht vereinbaren, dass Robert nicht vorgibt, die Polizei zu vertreten, und auf eigene Faust keine formellen Vernehmungen vornimmt?«

Er dachte über ihren Kompromissvorschlag nach. »Was ist jetzt mit Ulrik Lauritzen?«

»Fahr raus zu ihm, aber sag ihm, morgen früh hier im Polizeipräsidium zu einer formellen Vernehmung zu erscheinen. Bevor er kommt, kannst du Nisse über das Gespräch informieren, damit er Bescheid weiß.«

Jetzt war es an Nils Andersson zu überlegen. »Keine offizielle Vernehmung und kein Wort über den Fall.«

Dem war nichts hinzuzufügen, und Robert nickte.

5

Hinter einer Kurve stoppte ein hohes Viehgatter die
Weiterfahrt auf der Schotterstraße. Robert stieg aus
und nahm das Vorhängeschloss in Augenschein, bevor
er das Auto am Wegrand parkte und sich zu Fuß auf-
machte. Der Kies knirschte unter den Gummisohlen seiner Schuhe, und es roch nach Kuhmist und modrigem
Wasser. Hinter der nächsten Kurve tauchte linker Hand
ein großer See auf. Kurz darauf entdeckte er Södra Ryd,
das inmitten einer schönen großen Rodung lag; ein klas-
sischer schwedischer Gutshof mit alten Obstbäumen
und einem See mit Wasserlilien. Hinter keinem Fenster
brannte Licht, aber es musste der richtige Ort sein, denn
in der Einfahrt stand Roberts altes Auto, das er Ulrik vor
vier Jahren verkauft hatte, als der vorhergehende SL 500
auf den Markt gekommen war. Es war staubig, und die
Alufelgen hatten auch schon bessere Zeiten erlebt.

Er fand Ulrik auf der anderen Seite des Hauses in
Gesellschaft eines älteren Mannes, der vor einer von
großen Steinen umsäumten Feuerstelle saß und in der
Glut stocherte.

»Robert?!«

»Hallo, Ulrik.«

»Was machst du hier?«

»Das ist eine lange Geschichte, die wir später besprechen können«, antwortete Robert mit einer Kopfbewegung in Richtung des Mannes am Feuer.

Ulrik betrachtete Robert mit Verwirrung in den blauen Augen. »Komm und begrüß meinen Nachbarn Bertil. Wir haben gerade einen ganzen Eimer voller Barsche gegrillt, die Bertil heute gefangen hat.«

Robert ging zur Feuerstelle hinüber und stellte sich vor. Bertil erhob sich. Er war mindestens einen Kopf kleiner als Robert mit seinen 193 Zentimetern.

»Bertil Mora, Nyatorp, knapp drei Kilometer von hier entfernt«, sagte er und erwiderte Roberts Handschlag überraschend fest.

»Willst du mitessen?«, fragte Ulrik.

Robert wäre am liebsten gleich zur Sache gekommen, aber es war wohl unpassend, Bertil zu bitten, er möge gehen, nachdem er das Abendessen gefangen hatte, also nahm er das Angebot an und setzte sich auf die Bank unter dem Fenster. Die Sonne schien über den Rand der wiegenden Baumkronen und schickte ihre orange- und lilafarbenen Strahlen über die glatte Oberfläche des Sees, und abgesehen von einer Kuh, die irgendwo in der Nähe muhte, war es vollkommen still. Er befand sich ganz offenkundig weit entfernt von der Kopenhagener Innenstadt.

Wie wäre es wohl, an einem Ort wie diesem zu wohnen? Würde die Rastlosigkeit, das konstante Bedürfnis, etwas zu tun, nachlassen, oder würde er nach zwei Tagen wahnsinnig werden? Er schielte zu Bertil Mora hinüber, der neben ihm auf der Bank Platz genommen hatte und seinen Blick über den See schweifen ließ. Er schien jemand zu sein, der das Wort Rastlosigkeit überhaupt nicht kannte.

»Haben Sie schon immer hier gewohnt?«, fragte Robert.

Bertil schüttelte den Kopf und murmelte etwas vor sich hin, bevor er antwortete: »Ich bin in Norra Ry aufgewachsen, auf der anderen Seite der Bahnstrecke.« Er hob eine Hand und zeigte in den Wald hinein. »Mona und ich sind Anfang der Siebziger nach Nyatorp gezogen, aber sie hat sich hier nicht wohlgefühlt. Sagte, der Wald ginge ihr auf die Nerven. Also zogen wir in die Stadt, in eine Wohnung in *Gamla stan*, aber das ging selbstverständlich auch nicht. Was sollte ich da?« Resigniert ließ er die Hand wieder sinken. »Viel zu viele fremde Geräusche. Man konnte nicht einmal hören, was man selbst dachte.«

War das der Grund, warum er, Robert, in der Stadt wohnte? Weil die Geräusche der Stadt alles übertönten, sodass man zumindest für kleine Augenblicke glauben konnte, es sei möglich, die ewige Mühle des inneren Monologs zu stoppen?

Sie aßen schweigend; gegrillter Barsch mit Dill-Kartoffeln und einem Klecks Butter. Sobald Bertil seinen Teller leer hatte, erhob er sich, blieb einen Moment lang stehen, führte dann eine Hand an die schwarze speckige Seemannsmütze und verabschiedete sich.

Robert und Ulrik sahen ihm nach, während er das Fahrrad auf den Schotterweg schob, und als Bertil losgefahren war, sagte Ulrik: »Ich hole eben ein paar Bier, und dann erzählst du mir, warum zum Teufel du hier draußen mitten im Nirgendwo auftauchst.«

Robert trank einen Schluck von dem kalten Leichtbier, bevor er auf Ulriks Frage antwortete. »Ich bin hier, weil mich die örtliche Polizei gebeten hat, mit dir über deine Anzeige zu sprechen.«

»Warum haben sie *dich* darum gebeten?«

»Ich werde dir das Ganze erklären, aber es wäre mir lieber, zuerst deine Geschichte zu hören. Was machst du hier?«

Ulrik fuhr sich mit einer Hand durch die halblangen Haare, die ihm besser zu Gesicht gestanden hatten, als er fünfundzwanzig gewesen war. »Im Frühjahr habe ich eine Anfrage von der Linné-Universität erhalten. Kannst du dich an Camilla Nylén erinnern, die Medizinstudentin, in die wir beide verknallt waren?«

Selbstverständlich konnte sich Robert an Camilla Nylén erinnern. War Ulrik auch verrückt nach ihr gewesen?

»Sie hat sich letztendlich auch auf Psychiatrie spezialisiert und ist jetzt Professorin an der Linné-Universität.«

»Die sich wo befindet?«

»Hier in Växjö. Es ist die gleiche Universität, aber vor ein paar Jahren wurde der Name geändert, in Verbindung mit einem Linné-Jubiläum oder so was. Nun, sie hat ein Seminar in Psychiatrie organisiert, das diese und nächste Woche stattfindet, und sie hat mich eingeladen, die Vorlesungen zum Thema Trauma zu halten. Ich habe zugesagt, im Internet das Haus hier gefunden und bin am späten Sonntagabend angekommen. Montagmorgen lag ein weißer Umschlag vor der Tür, ohne Absender oder Empfänger. Mit einem Foto von Karl Viklund, mehr nicht.«

»Und was ging dir da durch den Kopf?«

Es war eine Weile still, bevor Ulrik antwortete: »Ganz ehrlich? Ich dachte so was in die Richtung wie: So, das war's dann.«

Robert drehte den Kopf und sah ihn an. »Das musst du wohl ein bisschen genauer erklären.«

»Also …« Ulrik rieb sich die Handflächen. »Okay. Nachdem du damals von hier abgereist warst, ist etwas passiert. Etwas, das ich nie jemandem erzählt habe.«

Robert stellte die Bierdose ab und setzte sich aufrecht hin.

»Ich habe einen Fehler gemacht, den man sich selbst nie vergibt, und als ich dieses Bild sah, dachte ich, jetzt würde alles rauskommen, und alle würden wissen, dass ich unfähig bin und nie die Approbation hätte bekommen oder nie zum Professor hätte ernannt werden dürfen.«

Seinen Worten folgte ein kurzes Lachen.

»Komischerweise war ich beinahe erleichtert.«

Das klang wie eine schlechte Parodie auf einen Patienten mit gestörtem Angstverhalten, das auf schlechtem Gewissen beruhte. Robert registrierte einen Anflug von Irritation darüber, dass Ulrik das nicht selbst bemerkte.

»Willst du mir erzählen, was passiert ist?«

»Die letzten drei Monate meines Praxissemesters war ich in der Gerichtspsychiatrie. Nun, du warst ja selbst dort und weißt, wovon ich rede, wenn ich sage, dass es im Vergleich zu den anderen Abteilungen so war, als würde man wieder zwei Schritte rückwärtsgehen. Ich bin hinter dem müffelnden Krankenpfleger hergerannt, bei dem man alles, was er sagte, wiederholen musste, bevor man die Erlaubnis bekam, dem Patienten auch nur ein Aspirin zu verabreichen.«

»Bohlin.«

»Ja, Claes Bohlin. Strömberg war unglaublich kompetent, aber ich glaube, dass ich in den drei Monaten maximal fünf Mal mit ihm auf Visite war, und ich war felsenfest überzeugt, dass er nicht einmal wusste, wie ich heiße.«

Er machte eine Pause und holte tief Luft.

»Eines Tages, gegen Ende meines Praxissemesters, rief er mich in sein Büro. Er erklärte, dass er aufgrund eines Krankheitsfalls in der Familie wegfahren müsse und dass beide Vertretungsärzte nicht da seien, einer war im Urlaub, der andere krankgeschrieben. Er sei sich aber vollkommen sicher, mir die Verantwortung für den Hochsicherheitstrakt übertragen zu können. Du weißt, der kleine Anbau mit den gefährlichsten Patienten?«

Robert nickte.

»Ich hatte bis dato nie die Erlaubnis bekommen, auch nur einen Fuß dort hineinzusetzen, aber er ging jeden einzelnen Patienten mit mir durch, und einer von ihnen war, wie du dir vermutlich ausgerechnet hast, Karl Viklund. Er war in Isolationshaft, und Strömberg rang mir das Versprechen ab, keine von Viklunds Routinen zu ändern. Und es durfte niemand außer Bohlin seine Zelle betreten, nicht einmal ich.«

Ulrik unterbrach sich erneut, und Robert begegnete seinem Blick.

»Dieses Versprechen hast du nicht gehalten?«

»Das hätte ich getan, wäre da nicht der Brand gewesen. Es war abscheulich, kann ich dir sagen. Alle Türen waren von außen verschlossen, und mehrere Patienten waren fixiert. Selbst die gestandensten Feuerwehrmänner brauchten danach Krisenhilfe, auch wenn fast alle Patienten gerettet werden konnten. Unter ihnen waren einige der gefährlichsten Verbrecher des Landes, woraufhin eine ganze Kompanie Soldaten in kompletter Montur mit Maschinengewehren abgestellt wurde, um die Sicherheit zu gewährleisten, und als ich vollkommen ahnungslos am nächsten Morgen ankam, glich die Abteilung der Szenerie in einem Katastrophenfilm. Erinnerst du dich an Lars Setter, den Oberarzt aus der Traumaabteilung?«

»Den mit der großen Nase?«

»Ja. Er und ich, wir haben die Patienten unter uns aufgeteilt und mit jedem einzelnen gesprochen, um abzuschätzen, ob nach dem Brand eine Traumabehandlung nötig sei. Viklund landete auf meiner Liste.«

»Warum hast du mir davon nie etwas erzählt?«

Ulrik wich Roberts Blick aus. »Weil ich mich geschämt habe.«

»Geschämt?«

»Wenn du weißt, was passiert ist, wirst du verstehen. Mitten in dem Chaos nach dem Brand tauchte plötzlich Viklunds Ehefrau auf und wollte ihn sehen. Sie hatte ihn nach der Verurteilung kein einziges Mal besucht, und dann taucht sie ausgerechnet dann auf, wenn ich Dienst habe!« Er nahm einen großen Schluck von seinem Bier. »Zu diesem Zeitpunkt hatte ich mein Versprechen gegenüber Strömberg bereits gebrochen. Bohlin lag mit einer Rauchvergiftung und Verbrennungen dritten Grades im Gesicht im Krankenhaus, also hatte ich mich um Viklund gekümmert und war der Ansicht, es könne nichts passieren, wenn seine Frau bei ihm war. Sie bekamen eine halbe Stunde zusammen im Besucherraum, vor dessen Fensterscheibe zwei hochgewachsene Wachmänner saßen.«

»Er hat sie doch wohl nicht umgebracht?«

»Nein, aber in der Nacht darauf hat er sich das Leben genommen.« Er sah Robert mit weit aufgerissenen Augen an. »Er hat sich mit den Fingernägeln die Halsschlagader aufgeritzt und ist innerhalb weniger Minuten verblutet. Ich habe ihn gefunden.«

Robert schob den Teller mit den Fischgräten von sich weg und lehnte sich an die rot gestrichene Wand. »Mir ist schon klar, dass das ein Schock für dich war, aber ich verstehe noch immer nicht, warum du deswegen ein schlechtes Gewissen hast.«

»Was glaubst du denn? Viklund starb aufgrund *meiner* Entscheidung. Hätte ich mich an die Anweisung gehalten, die ganz eindeutig war, wäre er jetzt nicht tot!«

»Ulrik, gerade du müsstest wissen, dass man bei Selbstmord nie dafür verantwortlich ist. Wer wirklich sterben will, dem wird das früher oder später auch gelingen, und glaub mir: Ein Mann, der seine Halsschlagader mit den Fingernägeln aufreißt, der will sterben.«

Ulrik fuhr mit gedämpfter Stimme fort. »Das hat Strömberg auch gesagt. Und ich habe gedacht, er würde mich bei der Polizei anzeigen und dafür sorgen, dass ich meinen Facharzt nicht machen könnte, aber stattdessen hat er gesagt, es wäre nicht meine Schuld, und mir den Rat gegeben, nach Hause zu fahren und den Fall Viklund aus dem Gedächtnis zu streichen.«

»Da siehst du es: Niemand macht dir wegen Viklunds Tod Vorwürfe.«

»Das habe ich mir auch eingebildet. Bis ich diesen verdammten Umschlag gefunden habe.«

6

Der Teller mit dem angebissenen Sandwich stand noch immer auf dem Tisch. Eigentlich wollte sie aufstehen und ihn in die Küche bringen, aber ihr Körper fühlte sich so schwer an, dass ihr jede Bewegung unmöglich erschien. Sie war zwar früh aufgestanden, hatte aber abgesehen von der Tour nach Södra Ryd den ganzen Tag über nichts anderes getan, als herumzusitzen. Warum war sie so müde? An einem Dienstag wie diesem hätte sie normalerweise einen Acht-Stunden-Dienst gehabt, bei dem sie sich keine fünf Minuten hinsetzen konnte. Trotzdem hatte sie für gewöhnlich ausreichend Energie, um eine Runde zu joggen und eine ordentliche Mahlzeit zu kochen, anstatt zwei Scheiben Brot mit Käse und Wurst dazwischen zusammenzuklappen.

Du musst gut auf deinen Körper Acht geben, hatte Camilla mehrfach gesagt, zuletzt bei dem Gespräch vor ihrer Entlassung, und die wenigen Male, wenn sie die Selbstdisziplin hatte schleifen lassen, hatte sie bereits nach kurzer Zeit die Unruhe im Körper gespürt. Jetzt war sie seit über einer Woche nicht joggen gewesen, aber daran ließ sich nichts ändern, sie konnte morgens unmöglich noch früher aufstehen, und die Vorlesungen raubten ihre gesamte Energie. Die anderen Kursteilnehmer mit ihren klugen Fragen. Ihre fachkundigen Gespräche in den Pausen. Die Art, wie sie sie ansahen, so als würden sie keineswegs darauf hereinfallen, dass sie eine von ihnen sei. Auch Camilla hatte sie angestarrt, aber sie hatte nichts gesagt. Wenn sie näher an Ulrik Lauritzen heranwollte, war sie gezwungen, den Kurs zu besuchen, und dann sollte Camilla denken, was sie wollte.

Vielleicht konnte sie hier auf dem Sofa schlafen? Sie streckte sich nach dem Telefon aus, um die Weckzeit einzustellen. Noch immer keine Nachrichten oder Anrufe von *ihm*. Sie wünschte, er würde anrufen, damit sie ihm erzählen konnte, dass alles gut gegangen sei, aber er hatte gesagt, dass sie den Kontakt auf ein Minimum beschränken sollten.

Das kleine Nokia hatte nicht einmal ein Farbdisplay, aber sie hatte sich nicht getraut, ihr eigenes Handy mitzunehmen, denn sie wusste nicht, ob sich das GPS-Signal auf der SIM-Karte oder direkt im Telefon befand. Aber es war das billigste, das sie mit Prepaidkarte hatte kriegen können. Sie rief das Menü auf, um die gleiche Weckzeit wie an diesem Morgen zu aktivieren, änderte aber im letzten Moment ihre Meinung. 05:00 klang vielversprechender als 04:55 und gab ihr zudem das Gefühl, länger schlafen zu können.

Das erste Ziehen machte sich bemerkbar, als sie das Telefon auf den Tisch legte. Es war kein Schmerz, auch kein Kneifen in der Magengegend, nein, es war vielmehr ein Gefühl, als würde ihr Bauchnabel bis zur Wirbelsäule gezogen, sodass alles, was sich dazwischen befinden sollte, schwerelos umherschwebte. Sie wusste, was dieses Gefühl bedeutete.

Jetzt kann ich nicht einschlafen, und wenn ich erst spät

einschlafe, verschlafe ich vielleicht, und das darf einfach nicht passieren. Selbst wenn ich dann aufstehe, wird es bei so wenig Schlaf nahezu unmöglich sein, den Tag zu überstehen, und dann kriege ich garantiert eine Panikattacke. STOPP!

Sie stand auf, aber anstatt den Teller in die Küche zu bringen, ging sie in den Flur. Die letzten beiden Umschläge, Nummer drei und Nummer vier, lagen bereit. Was sich wohl darin befand? Ulrik Lauritzen hatte erschrocken ausgesehen, als er heute Morgen das zweite Kuvert geöffnet hatte, und später, als sie ihn nach seiner Vorlesung aus der Nähe gesehen hatte, waren die Schatten unter seinen Augen tief und dunkel gewesen.

Sie griff nach dem oberen Umschlag, der in einer Plastiktüte steckte, nahm ihn aber nicht heraus. Anfangs, als er ihr die vier Umschläge gegeben hatte, hatte sie überlegt, sie zu öffnen. Tatsächlich war sie so weit gekommen, sich die Plastikhandschuhe überzustreifen und einen Topf mit Wasser aufzusetzen, um den Leim mittels Wasserdampf zu lösen. Aber als das Wasser kochte, hatte sie der Mut verlassen. Er hatte gesagt, sie müsse ihm vertrauen, und wie konnte sie sich etwas anderes erlauben? Ihretwegen tat er doch all das hier.

Sie bemerkte, dass sie von einem Bein auf das andere trat. Sie musste irgendetwas tun. Vielleicht konnte sie mit dem Rad rausfahren und den dritten Umschlag abliefern, wo sie sowieso nicht schlafen konnte? Dann könnte sie den Wecker auf 08:00 Uhr anstatt 05:00 Uhr stellen. Sie hatte die Jacke bereits vom Haken genommen, als ihr klar wurde, dass ihr Vorhaben hoffnungslos war. Er war bestimmt noch nicht ins Bett gegangen, und dann müsste sie da draußen sitzen und stundenlang warten, eine leichte Beute für all die Mücken. Außerdem hatte sie versprochen, vor Ort zu bleiben, bis er die Kuverts gefunden hatte, denn würde ein anderer sie finden, sollte sie *ihn* sofort anrufen.

Ich mache einen Spaziergang, dachte sie, und ihr Körper belohnte sie, indem er sich so weit entspannte, dass sie beinahe ohne Zittern in den Händen die Jacke anziehen und die Schuhe zubinden konnte.

7

Die Sonne war nicht mehr zu sehen, aber es war noch immer so hell wie an Mittsommer, und im Schutz der Hausecke war es angenehm.

»Ich hole uns ein paar Decken, dann können wir draußen sitzen bleiben«, sagte Ulrik.

Robert zündete sich eine Zigarette an und schaute über den See. »Schöne Lage«, sagte er, als Ulrik wieder nach draußen kam. »Wie weit ist es bis zum nächsten Nachbarn?«

»Es gibt niemanden außer Bertil, und der wohnt zweieinhalb Kilometer von hier entfernt. Der Wald gehört zu einem der großen Landgüter, und der Gutsbesitzer hat seine Kühe hier unten auf der Weide, aber das Haus selbst gehört einem pensionierten Postboten aus Värnamo.«

»Und du hast es im Internet gefunden?«

»Camilla Nylén hat mir einen Link zu der Annonce geschickt.«

»Wer weiß sonst noch, dass du hier wohnst?«

»Niemand.«

»Auch nicht Kirstine oder deine Kollegen?«

»Kirstine und ich reden momentan nicht miteinander. Ich habe ihr gemailt, dass ich in Schweden bin, und an der Universität habe ich nur gesagt, dass ich in Växjö unterrichten werde.«

Er sprach mit höhnischer Verbitterung über seine Exfrau. Wann war er so mürrisch geworden? Lag es an der Scheidung von Kirstine, oder hatte es schon angefangen, als er im Stillen die Schuld für Viklunds Tod auf sich genommen hatte? Robert schob den Gedanken beiseite: Das war weder die Zeit noch der Ort für Überlegungen dieser Art. »Lass uns zu dem Umschlag zurückkehren.«

»Willst du ihn sehen?« Ulrik war bereits aufgestanden, aber Robert hielt ihn zurück.

»Noch nicht. Ich würde zuerst gern versuchen, die Geschehnisse mit deinen Augen zu sehen. Was hast du gemacht, nachdem du ihn geöffnet hattest?«

»Mir ging natürlich eine Menge durch den Kopf, aber ich habe nichts unternommen.«

»Du hast niemandem davon erzählt?«

Ulrik schüttelte den Kopf. »Das konnte ich doch nicht. Würde ich von dem Umschlag erzählen, dann müsste ich auch von Viklunds Selbstmord erzählen, und dass ...«

»Aber heute bist du trotzdem zur Polizei gefahren. Was hat dich dazu veranlasst, deine Meinung zu ändern?«

»Den Beschluss hatte ich bereits gestern Abend gefasst. Mir ist durchaus bewusst, dass das hier paranoid klingt, aber seit ich den Umschlag gefunden habe, habe ich das Gefühl, dass mich jemand beobachtet, und gestern Abend ist mir ein Auto gefolgt, als ich vom Abendessen bei Camilla Nylén zurückgefahren bin.«

»Und du bist dir sicher, dass nicht jemand einfach nur den gleichen Weg hatte?«

»Ganz sicher. Er hatte am Straßenrand geparkt, dort, wo der Kiesweg von Camillas Haus auf die Hauptstraße mündet, und in dem Moment, als ich vorbeifahre, wirft er den Motor an und fährt hinter mir raus.«

»Er? Hast du ihn gesehen?«

»Nicht sein Gesicht, aber sein Ellenbogen lag im offenen Fenster, und das war eindeutig ein Männerarm.«

»Was war das für ein Auto?«

»Irgendein Pick-up, silbergrau oder weiß, mit Projektorscheinwerfern auf dem Dach. Sie haben mich im Rückspiegel geblendet. Von Camilla bis hierher sind es mehr als zwanzig Kilometer, und er klebte die ganze Strecke an meiner Stoßstange. Bei Växjö habe ich in einem der Kreisel eine Extrarunde gedreht, aber er ist mir gefolgt. Am Anfang wollte ich so schnell wie möglich nach Hause, aber als ich an dem Gut vorbeigefahren war, wollte ich eigentlich gar nicht anhalten und aussteigen, um die Schranke zu öffnen, falls er hinter mir halten sollte.«

»Was hast du stattdessen gemacht?«

»Als ich am Morgen zur Universität gefahren war, hatte ich Bertil auf dem Waldweg getroffen und wusste daher, wo er wohnt. Also beschloss ich, bei Nyatorp abzufahren, um zu sehen, ob er mir folgen würde, aber er hielt oben auf der asphaltierten Straße. Vielleicht ist er mir zu Fuß gefolgt, um herauszufinden, wo ich wohne?«

Ulrik leerte sein Bier und warf die Dose ins Gras. »Ich bin eigentlich kein Angsthase, aber ich kann dir sagen, dass ich diese Nacht schlecht geschlafen habe. Und als ich dann heute Morgen den zweiten Umschlag gefunden habe, dachte ich, dass das hier vielleicht ...«

»Den zweiten? Ich dachte, du hast nur den einen bekommen?«

»Nein, es kamen zwei, das habe ich auch dem Beamten gesagt. Vielleicht hat er mein Dänisch nicht verstanden oder hielt mich für einen *Spinner*. Ich meine, ich tauche dort auf und erzähle, dass auf meiner Türschwelle Fotos von einem Serienmörder liegen …«

»Erzähl mir von dem zweiten Kuvert.«

»Es lag wie gesagt heute Morgen hier. Die gleiche Sorte Umschlag, wieder kein Absender oder Empfänger.«

»Wo lag er, ganz genau?«

»Dort«, antwortete Ulrik und zeigte auf den großen ausgetretenen Stein, der als Türschwelle fungierte. »Siehst du den Stein, der gleich links daneben liegt? Der lag obendrauf, um zu verhindern, dass der Umschlag wegweht.«

»Und was war drin?«

»Lediglich die Kopie eines alten Artikels mit einem Foto von Viklund.«

»Ging es in dem Artikel um seinen Selbstmord?«

»Nein, keineswegs. Er handelte von einem jungen Kerl, der des Mordes an Liza Tilton verdächtigt worden war. Viklunds Bild war eindeutig über das Originalfoto geklebt worden, bevor der Artikel kopiert wurde, allerdings nicht besonders sorgfältig. Es war irgendwie verwirrend, sein Foto in Verbindung mit der Überschrift zu sehen.«

»Wie lautete die Überschrift?«

»Ich bin unschuldig.«

»Ich bin unschuldig?«

»Ja. Der Kerl, der den Verdacht auf sich gelenkt hatte, hatte ein paar Kollegen gegenüber offenbar geäußert, dass er Liza Tilton am liebsten erwürgen wollte. Sie war seine Chefin, und als sie gefunden wurde, haben die Kollegen das der Polizei gesteckt, die ihn sofort abgeholt hat, aber keine vierundzwanzig Stunden später war er wieder draußen, da er ein wasserdichtes Alibi hatte. Darum geht's in dem Artikel.«

»Ich bin unschuldig«, wiederholte Robert.

»Zuerst dachte ich, jemand will mich glauben machen, dass Viklund zu Unrecht verurteilt worden ist, aber das ergibt doch überhaupt keinen Sinn. Ich bin ihm begegnet und habe seine Krankenakte gelesen und weiß daher besser als viele andere, dass er schuldig war. Dennoch bin ich überzeugt, dass sie genau das vermitteln wollen.«

»Sie?«

Ulrik klang offenkundig ein bisschen paranoid.

»Ich meine diejenigen, die die Umschläge abgelegt haben.«

»Warum glaubst du, dass es mehrere sind?«

»Als ich Bertil gestern früh getroffen habe, hatte ich gerade den ersten Umschlag gefunden und ihn deshalb gefragt, ob er Fremde hier im Wald gesehen habe, aber er hatte niemanden außer mir gesehen. Als er zum Abendessen herkam, erzählte er, dass er früh am Morgen eine junge Frau mit dem Rad hatte vorbeifahren sehen. Er war sich ganz sicher, dass es eine Frau war, und ich bin mir ganz sicher, dass mich gestern Abend ein Mann verfolgt hat, also dachte ich, es müssten zwei sein. Ich gehe davon aus, dass der im Auto etwas mit dem hier zu tun hat. Meinst du nicht?«

»Wahrscheinlich.«

»Du klingst nicht sehr überzeugt.«

»Wenn er hinter den Briefkuverts steckt, hat er dich auf jeden Fall nicht verfolgt, um herauszufinden, wo du wohnst, denn zu diesem Zeitpunkt hattest du den ersten Umschlag bereits erhalten. Aber er kann dir gefolgt sein, um sicherzugehen, dass du zu Hause bist und den zweiten Umschlag findest.«

»Du hast also auch keine Idee, wer die Umschläge abgelegt hat?«

»Nein, aber sie stammen ganz sicher von einem Mann.«

»Warum glaubst du das?«

»Frauen verwenden mehr Worte als Männer, selbst wenn sie anonym Briefe verschicken.«

8

Der Abendnebel legte eine schwere Decke über die taunasse Wiese, die zum See hinunterführte. Nachdem Ulrik Kaffee gemacht hatte, setzten sie sich in die Sessel vor dem offenen Kamin im Wohnzimmer.

»Willst du mir nicht erklären, warum du meiner Anzeige nachgehst? Als wir das letzte Mal miteinander gesprochen haben, hast du beim NEC gearbeitet, nicht bei der Polizei in Växjö.«

»Es ist etwas passiert, woraufhin die örtliche Polizei mich um Hilfe gebeten hat, und deine Anzeige ist für diesen Fall relevant. Sie haben die Leiche einer jungen Frau gefunden, und vieles deutet auf eine Kopie der Fotomorde hin.«

»Das ist ein Scherz!« Ulrik stand auf und wanderte im Wohnzimmer auf und ab. »Und die Umschläge? Die müssen ja dann fast etwas mit dem Mord zu tun haben! Aber was?«

»Gute Frage und keine, die ich normalerweise mit demjenigen diskutieren würde, der sie erhalten hat. Kannst du dich nicht wieder hinsetzen? Ich bekomme einen steifen Nacken, wenn ich mit dir rede, während du hinter mir stehst.«

»Ja, selbstverständlich. Was sollen mir die Mitteilungen denn deiner Meinung nach sagen?«

»Anonyme Zuschriften können in der Regel in drei Kategorien eingeteilt werden: Drohung, Erpressung oder Hilfeersuchen, aber in diesem Fall kann es sich auch darum handeln, dass unser Nachahmungstäter sichergehen will, dass wir die Parallelen zwischen den Fotomorden und dem neuen Mord schnell entdecken.«

»Aber würde er die Briefumschläge dann nicht an die Polizei schicken?«

»Das wäre das Logischste, aber wie du weißt, gibt es Menschen, die nach einer ganz eigenen Logik agieren. Außerdem vermied auch Viklund die direkte Kommunikation mit der Polizei. Er schickte die Fotos der Opfer an die Presse, nicht an die Polizei.«

»Aber er riskierte doch, dass ich die Umschläge einfach für mich behalten würde, und da wäre er keinen Schritt weiter.«

»Das ist richtig, aber du hättest vermutlich reagiert, wenn du morgen die Fotos von dem neuen Opfer in den Zeitungen sehen würdest.«

»*Wenn* ich sie sehen würde. Und wie kann er wissen, dass ich die Signatur wiedererkennen würde?«

»Und wie konnte er wissen, dass du eine Verbindung zu Viklund hast und den Fotomordfall so gut kennst? Woher weiß er, wo du wohnst, wenn du es niemandem erzählt hast?«

»Es gibt noch eine Sache, die mich wundert. Wenn du an diesem Haus hier eine Nachricht für mich ablegen wolltest und es dir wichtig wäre, dass ich sie finde, wo würdest du sie hinlegen?«

Robert dachte nach.

»Auf die Veranda.«

»Genau! Aber die Vordertür klemmt, daher sagte der Eigentümer, ich solle die Hintertür benutzen. Hätten die Umschläge auf der Veranda gelegen, bin ich nicht einmal sicher, ob ich den ersten überhaupt gefunden hätte.«

»Das klingt, als hätte man dich noch besser beobachtet, als du denkst.«

Ulrik riss die Augen auf.

»Vielleicht solltest du darüber nachdenken, in ein Hotel zu ziehen?«

»Glaubst du, ich bin in Gefahr?«

Robert zuckte mit den Schultern. »Eigentlich nicht. Wären sie darauf aus, dir zu schaden, hätten sie es längst getan. Du warst nützlich für sie, aber deine Rolle ist vermutlich ausgespielt, jetzt, wo wir das erste Opfer gefunden haben.«

»Willst du heute Nacht hierbleiben? Oben gibt es haufenweise Betten, und Hotels sind immer so öde.«

»Nein danke. Einer der Beamten hat mir ein Zimmer in einem kleinen Bed & Breakfast fußläufig zum Polizeipräsidium organisiert, und meine Sachen sind bereits dort. Es ist sehr gemütlich, genau so ein Ort, wie Julie ihn lieben würde.«

»Wie geht es ihr?«

Warum hatte er Julie erwähnt? Er hatte weder Zeit noch Lust, gerade jetzt mit Ulrik über Privates zu plaudern, also musste die Kurzversion reichen. »Wir haben selbstverständlich unsere Differenzen, so ist das wohl mit Teenagern, aber sie ist gut darin, ihre Meinung zu sagen, wodurch wir eigentlich recht gut miteinander auskommen.«

»Ja, wer hätte das gedacht? Wenn ich daran denke, wie

dich die Panik ergriffen hat, als Anette einwilligte, dass du sie sehen darfst.«

Ulrik lachte, aber er hatte auch nie versucht, allein mit einer Zweijährigen klarzukommen, die selbst nicht darum gebeten hatte, am Wochenende zu einem Vater geschickt zu werden, den sie nie zuvor gesehen hatte. Robert stand auf, um zu signalisieren, dass er sich auf den Heimweg machen wollte, aber Ulrik ließ sich nicht beirren.

»Aber es freut mich zu hören, dass du keinen Groll mehr hegst. Es gab ein paar Jahre, da habe ich es beinahe bereut, dass ich Anette ins Gewissen geredet habe.«

Anette? Wann hatte Ulrik mit Julies Mutter gesprochen?

»Was meinst du?«

»Nun, sie hat ja noch an der KUA studiert, als ich angefangen habe, dort zu unterrichten, und wenn wir uns über den Weg gelaufen sind, haben wir einen Kaffee zusammen getrunken.« Ulrik hatte aufgehört zu lächeln. »Hat sie dir nicht erzählt, dass ich es war, der sie dazu gebracht hat, ihre Meinung zu ändern?«

Robert schüttelte den Kopf.

»Am Anfang wollte sie nicht darüber reden. Sie sagte, das sei ihr Recht als Mutter, und es sei besser für Julie, keinen Kontakt mit dir zu haben. Aber ich habe darauf bestanden, und da hat sie eingesehen, dass alle Kinder beide Elternteile brauchen.«

Es war fast dunkel, und Robert hielt auf dem kurvigen Schotterweg die Geschwindigkeit bei dreißig Stundenkilometern, weil sowohl Ulrik ihn vor den vielen Wildschweinen in der Gegend gewarnt hatte als auch weil er einen Gegenpol zu seinen Gedanken schaffen wollte. Wenn sich die Gedanken zu schnell bewegen, hilft es oft, sich selbst langsam zu bewegen.

Ulrik hatte Anette überredet. Warum zum Teufel hatte er sich in etwas eingemischt, das ihn nichts anging? Und das, ohne Robert vorher zu fragen. Das war typisch Psychiater; sie glaubten immer zu wissen, was für andere das Beste sei, und ihre Auffassung von »das Beste« beinhaltete immer irgendeine Variante von festem Arbeitsplatz sowie Vater, Mutter, Kind. Hinter einer Kurve musste er abrupt auf die Bremse gehen, um eine Kollision zu vermeiden. Mitten auf dem Weg stand ein Elch; ein gewaltiger Bulle mit riesigen Schaufeln und freundlichen braunen Augen.

Vorsichtig zog Robert sein iPhone aus der Tasche, aktivierte die Kamera und richtete die Linse auf den Elch, der sich noch immer nicht bewegte. Erst als er auf den Auslöser drückte und das Blitzlicht alles erhellte, drehte der Elch den Kopf und setzte sich in Bewegung. Robert klickte sich ins Fotoalbum des Telefons, aber anstatt eines Elchs sah er nur sein verschwommenes Spiegelbild in der Windschutzscheibe.

Im Posteingang befand sich eine Nachricht. *Hallo, Papa. Es ist noch cooler als letztes Jahr. J.* Mehr brauchte es nicht, um sich einzugestehen, dass er Ulrik faktisch etwas schuldig war – vielleicht mehr, als er irgendwann einmal einem anderen Menschen schuldig gewesen war –, und das war nicht das Einzige, was ihn irritierte, als er die Fahrt durch den dunklen Nadelwald fortsetzte. Bevor er Södra Ryd verlassen hatte, hatte er Ulrik gefragt, ob es noch etwas anderes gab, das er wissen sollte, und er hatte das eindeutige Gefühl gehabt, dass Ulrik gelogen hatte, als er die Frage verneint hatte.

9

Die Tür fiel mit einem Scheppern hinter ihm ins Schloss. Die Treppe knarrte und ächzte. Auf dem Treppenabsatz, der als Frühstücksküche der Villa Falken Bed & Breakfast fungierte, stand ein Rollwagen mit Tee, Kaffee, Obst und Keksen. Der Aufenthaltsraum war menschenleer. Hinter der Tür zum Orientalischen Zimmer donnerte eine Salve los, die von einem Laptop mit äußerst schlechten Lautsprechern kommen musste, während ihm aus dem Grünen Zimmer schwere Celloklänge entgegentönten. Hinter der breiten Doppeltür zum Blauen Zimmer war es still.

Der Aufenthaltsraum ähnelte dem Wohnzimmer einer WG aus den Siebzigern: ein altes Sofa, überzogen mit einer Wolldecke in Brauntönen, und ein Couchtisch aus Korbgeflecht unter einem Wandteppich mit Dalapferden darauf. Es gab auch einen Fernseher, einen DVD-Player und ein kleines Regal mit DVDs, und er stellte fest, dass es genau das war, was er jetzt brauchte; es sich auf dem Sofa gemütlich machen und irgendeine alte Komödie oder einen Actionfilm anschauen. Aber zuerst musste er Bob Savour anrufen.

Er schloss die Tür zur Jungfrauenkammer auf, die genauso spartanisch eingerichtet war, wie der Name es vermuten ließ. Ein schmaler Mahagonischreibtisch hatte in der Fensternische zwischen Schrank und Nachttisch knapp Platz. Er stellte die Reisetasche auf die gehäkelte weiße Bettdecke und öffnete sie. Neben dem Waschbeutel fanden sich darin ein Sweatshirt, zwei etwas langweilige T-Shirts, die er vergangene Weihnachten von den Kindern seines großen Bruders bekommen hatte, sowie eine khakifarbene Leinenhose von Superdry, die dick genug war, um Frostgraden zu trotzen, und daher nicht sonderlich geeignet für den Hochsommer in Småland. Schuhe hingegen fehlten im Gepäck.

Nachdem der enttäuschende Inhalt der Tasche im Kleiderschrank verstaut war, suchte Robert im Telefonbuch seines Handys nach Bob Savours Nummer. Fünfzehn Jahre zuvor, während einer Weiterbildung beim FBI in Quantico, hatten die beiden vereinbart, einander als Sparringspartner zu unterstützen, wenn sie an größeren Fällen arbeiteten, und auch wenn Savour in der Zwischenzeit Leiter der Behavioral Science Unit geworden war, funktionierte ihre Abmachung weiterhin tadellos. Sie sprachen im Großen und Ganzen nicht über private Dinge und vergeudeten keine Zeit mit Small Talk.

»Hallo, Bob. Ich habe einen neuen Fall, den ich gern mit dir besprechen würde.«

»Leg los.«

Robert brauchte eine Viertelstunde, um Bob über den Fall in Kenntnis zu setzen.

»Wie willst du die Sache angehen?«, fragte er, als Robert schwieg.

»Ich dachte mir, den Fokus auf zwei Dinge zu richten: den Nachahmer-Aspekt und die Briefumschläge.«

»Prima. Lass uns mit dem Ersten beginnen. Die Tatsache, dass er kopiert, zwingt dich dazu, alles zu vergessen, was du über Serienmörder gelernt hast. Wenn der Fundort darauf hindeutet, dass er gut organisiert ist und die Spannung ihn reizt, kannst du meines Erachtens damit rechnen, dass von einem weißen Mann die Rede ist, aber abgesehen davon kannst du die Statistiken nicht anwenden. Was Serienmorde betrifft, gibt es nur einige wenige bekannte Fälle mit Nachahmungstätern, und die weichen markant vom Durchschnitt ab, wenn es um Aspekte wie Alter und Motiv geht.«

»Glaubst du, dass die Täterprofile übereinstimmen?«

»Das glaube ich nicht, aber es deutet vieles darauf hin, dass etwas im Modus Operandi des Originals einen potenziellen Täter zum Nachahmungstäter macht. Wäre ich du, würde ich also einiges an Zeit und Energie darauf verwenden, mich in den alten Fall einzuarbeiten.«

»Das Material sollte morgen früh für mich bereitliegen. Worauf sollte ich besonders achten?«

»Gute Frage, auf die ich keine gute Antwort habe. Du solltest den ursprünglichen Täter komplett verinnerlichen; seinen Modus Operandi, sein Motiv und seine Wahl der Opfer, sodass dir eventuelle Abweichungen sofort auffallen.«

»Die Kuverts stellen eine Abweichung dar«, sagte Robert.

»Ja, die Briefumschläge sind interessant. Was denkst du darüber?«

»Meine erste Idee war, dass er die Umschläge geschickt hat, um sicherzugehen, dass wir den Zusammenhang schnellstmöglich herstellen.«

»Das macht Sinn. Er will in seinem Umfeld Angst verbreiten, und je schneller das Wort *Serienmörder* die Runde macht, desto mehr Angst entsteht.«

»Das war auch mein Gedanke.«

»Aber jetzt bist du dir nicht mehr sicher?«

»Nein, denn ich habe am Fundort Viklunds Modus Operandi in weniger als zehn Sekunden wiedererkannt; ohne auch nur ein einziges Bild von Viklund zu kennen.«

»Du hast Recht. Das wäre ja beinahe so, als würde er seine Gegner kleinreden, und ausgehend von dem, was du erzählt hast, sieht er seine Gegner lieber als intelligente Wesen.«

»Was denkst du über die Botschaft in dem zweiten Umschlag?«

»Dass Viklund unschuldig sein soll? Ich denke zwangsläufig an Zodiac. Er wurde mehrfach kopiert, und laut einer Analyse hat die uneindeutige Identifikation des Täters die Zodiac-Morde für Nachahmer so interessant gemacht.«

»Du glaubst also, er versucht, die Ehre für die ursprünglichen Fotomorde einzuheimsen?«

»Das wäre eine Möglichkeit. Wenn es ihm gelingt, die geringste Unsicherheit zu erzeugen, was Viklunds Schuld betrifft, dann werden die Presse und somit die Öffentlichkeit schnell glauben, dass sie es mit einem erfahrenen Serienmörder zu tun haben, der dem Suchscheinwerfer der Polizei jahrelang entgangen ist. Das würde ihm von Beginn an einen enorm hohen Status einbringen und gleichzeitig Bevölkerung und Polizei in zwei Lager spalten, was ihm nutzen kann. Stell dir vor, wie viel Zeit das kosten würde, wenn ihr prüft, ob ein Serienmörder, der seit zwanzig Jahren tot ist, unschuldig sein könnte.«

Robert wog Savours Überlegungen ab. »Das Problem ist, dass Viklund gestanden hat, und zwar so detailliert, dass die Polizei zu der Stelle fahren konnte, wo er seine Trophäen vergraben hatte. Wie kann also jemand glauben, Zweifel bezüglich Viklunds Schuld verbreiten zu können?«

»Vielleicht hat er das Geständnis nicht gelesen? Oder vielleicht ist das eine falsche Fährte. Vielleicht will er euch dazu bringen, richtig viel Zeit auf diese Briefumschläge zu verwenden, anstatt den Fokus auf das wirklich Wichtige zu richten.«

»Du würdest die Umschläge also ignorieren? Du, der immer sagt, man soll sich alle Optionen offenhalten?«

»Selbstverständlich würde ich sie nicht ignorieren, aber ich würde ihren Inhalt vermutlich mit gewissen Vorbehalten betrachten.«

»Vielleicht sollte ich mit dem rein Praktischen beginnen: Warum hat er die Umschläge an Ulrik geschickt? Woher wusste er, wo Ulrik wohnt und dass er den Hintereingang des Hauses benutzt? Diese Art von Fragen.«

»Das klingt vernünftig. Vergiss aber nicht, dass deine wichtigste Aufgabe darin besteht herauszufinden, warum er Viklund kopiert.«

Savour versprach, ihm alles zu mailen, was er über Nachahmungstäter hatte. Und dann war Zeit für die Frage, die all ihre Gespräche beendete.

»Und du hast deine Meinung nicht geändert? Du weißt, dass hier in Gottes eigenem Land, in dem die Serienmörder auf den Bäumen wachsen, immer eine Stelle auf dich wartet.«

Als Savour die Frage zum ersten Mal gestellt hatte, war

Julie fünf oder sechs Jahre alt gewesen, und der Gedanke, dass er gezwungen sein würde, die nächsten dreizehn, vierzehn Jahre in Kopenhagen zu wohnen, hatte bei ihm beinahe Klaustrophobie ausgelöst, aber mit der Zeit war er klüger geworden. Es war durchaus möglich, dass die fachlichen Herausforderungen in den USA größer waren, aber die Stelle, von der Savour sprach, war eine Festanstellung, die nicht nur feste Arbeitszeiten beinhaltete, sondern auch Tausende Stunden hinter dem Schreibtisch und jeden Morgen stundenlange Staus.

»Danke, aber ich fühle mich wohl in Kopenhagen.«

Robert stand eine Weile am Fenster und beobachtete einen Mann, der seinen Hund Gassi führte und so sehr mit seinem Handy beschäftigt war, dass er beinahe über die Hundeleine fiel. Die Salven aus dem Orientalischen Zimmer waren verstummt, und es war, als würde die Stille das Cello heller und leichter klingen lassen.

Warum hatte er Bob Savour nichts von seinem Gefühl erzählt, dass Ulrik etwas vor ihm verheimlichte?

Mittwoch

10

Als er die Tür öffnete, schnellte ein Hase aus dem hohen Gras und spurtete unter dem Stacheldrahtzaun hindurch auf die kleine mit Wacholder bewachsene Anhöhe auf der Wiese zu. Das limbische System reagierte, indem es eine exakt bemessene Dosis Stresshormone direkt in den Magensack schickte, wo sie sich mit dem ersten Kaffee des Tages vermischten und in seinem Körper eine Kettenreaktion auslösten: Das Herz erhöhte seine Frequenz, die Atmung wurde schneller und oberflächlicher, und seine Handflächen wurden von einer dünnen Schweißschicht überzogen. Das Ganze hätte nur ein paar Sekunden andauern sollen – zwei oder drei tiefe Atemzüge reichten in der Regel aus, um die gewöhnliche Ruhe und Ordnung wiederherzustellen –, aber es war, als würde sich der Körper sträuben, sich weigern, ruhig zu werden. Allmählich ging ihm das gründlich auf die Nerven!

Erst da erblickte er ihn.

Er wusste, dass er ihn ungeöffnet bei der Polizei hätte abliefern sollen, tat er das jedoch, könnten Stunden, vielleicht Tage vergehen, ehe er erfuhr, was sich in dem Umschlag befand. Das Warten würde unerträglich sein. Deshalb, und nur deshalb, nahm er ihn mit in die Küche und schlitzte ihn mit dem Filetiermesser auf.

Sobald er das einzelne Blatt aus dem Kuvert gezogen

hatte, wusste er, dass er es unmöglich der Polizei überlassen konnte. Ohne darüber nachzudenken, ging er nach draußen und legte den Umschlag in die ausgebrannte Feuerstelle. Er zündete ihn an allen vier Ecken an und betrachtete die Flammen, die sich durch das weiße Papier fraßen und jegliche Spuren beseitigten.

11

Wer bist du?

Die kalte Erde begrüßte die Morgensonne mit Nebel, und die Luft in seiner Lunge fühlte sich wie ein Fremdkörper an. Auf der Treppe der Villa Falken hielt er inne und blickte über das Stadtzentrum, während er überlegte, das Auto in der Norra Doktorsgatan stehen zu lassen und die kurze Strecke zum Polizeipräsidium zu Fuß zurückzulegen. Nein, er würde das Auto sicher im Laufe des Tages brauchen. Der Hundebesitzer vom Vorabend bog um die Ecke, diesmal ohne Handy, und Robert grüßte ihn mit einem Nicken. Der Dackel knurrte.

Wer bist du? Die Antwort lag noch immer weit außerhalb seiner Reichweite, und das Ziel der Frage bestand eigentlich nur darin, das Gehirn in Schwung zu bringen. Wie immer reagierte es mit einer Unmenge anderer Fragen, die den Umriss einer Karte ausmachten, die ihm anzeigte, wo er nach Einsichten suchen konnte: Warum ist er so fasziniert von den Fotomorden? Von Viklund? Ist er ein Ortsansässiger oder ein Fremder, der in die Stadt gekommen war, um sich für seine Wiederaufführung Viklunds Kulisse zu leihen? Wo hat er sein erstes Opfer gefunden? Warum die Umschläge? Warum gerade jetzt? Was verheimlicht Ulrik? Können wir sicher sein, dass es

der Mörder ist, der die Umschläge ablegt? Woher weiß
er, dass Ulrik in Växjö ist? Und wo er wohnt?

Camilla Nylén. Das klang nach einem guten Ansatz.

Es war halb acht, als er im Präsidium ankam. Camilla
war so früh wohl kaum an der Universität, aber wenn er
Glück hatte, konnte er die Zeit nutzen, um das Material
über den alten Fall zu sichten, und dann würde er Nils
Andersson über das Gespräch mit Ulrik informieren, bevor dieser zur formellen Vernehmung auftauchte.

Linda Berg war bereits da und stand mit einem Mobil-
telefon in der Hand am Empfang der Kriminalabteilung.
Ihr Tuch mit weißen Punkten auf rotem Grund hatte
exakt den gleichen Farbton wie ihr Nagellack.

»Guten Morgen. Gibt es etwas Neues aus den Archiven bezüglich des alten Falls?«

»Es dauert mindestens noch eine Stunde, bis ich den
Gerichtsbeschluss habe.«

Können wir denn sicher sein, dass es der Mörder ist,
der die Umschläge ablegt?

»Robert?« Sie legte ihm eine Hand auf den Arm. »Dort
sitzt ein Ehepaar im Vernehmungszimmer, das gekommen ist, um seine Tochter als vermisst zu melden. Ich
dachte, du hast vielleicht Interesse, bei dem Gespräch
dabei zu sein, nur als Beobachter?«

In Annika Petris hübschem Gesicht war alles abzule-
sen: die Hoffnung, die die großen blauen Augen erwartungsvoll strahlen ließ, und der Kummer, der wie ein zu-
rückgehaltener Atemzug auf der Lauer lag. Ihr Mann,
Kristoffer Petri, saß mit gespreizten Beinen und ver-

schränkten Armen da; hier wurden jede Unsicherheit, jeder Anflug von Verzweiflung effektiv in Schach gehalten.

Nachdem Linda Berg das Tablett abgesetzt hatte, stellte sie Robert und sich vor. Ihr Hände zitterten, als sie Kaffee in die vier Tassen einschenkte, dann setzte sie sich und verbarg ihre Hände unter dem Tisch. Sie sagte nichts, und als die Stille aufdringlich zu wirken begann, ergriff Robert das Wort: »Wenn ich das richtig verstanden habe, wollen Sie Ihre Tochter als vermisst melden?«

»Clara ist bisher nie so lange weggeblieben. Es muss etwas passiert sein, da bin ich mir sicher«, antwortete Annika Petri, und ihre Stimme überschlug sich.

»Wann haben Sie Ihre Tochter denn zum letzten Mal gesehen?«

»Montagnachmittag. Sie hat sich mein Auto geliehen, um in die Stadt zu fahren. Sie wollte ein paar Besorgungen machen und anschließend mit alten Freunden vom Gymnasium essen gehen. Sie sagte, sie wolle bei einer Freundin übernachten. Wir haben uns erst Sorgen gemacht, als sie gestern Abend nicht nach Hause gekommen ist.«

»Wissen Sie, bei wem sie übernachten wollte?«

»Wir haben damit gerechnet, dass sie bei Karina, Karina Rask, übernachten würde, aber als ich sie heute Morgen anrief, sagte sie, dass Clara überhaupt nicht bei dem Essen aufgetaucht ist.«

Annika Petris Augen glänzten.

»Kann sie einen Autounfall gehabt haben?«, fragte Kristoffer Petri tonlos.

»Dann hätte uns doch die Polizei aufgesucht. Das Auto

ist doch auf deinen Namen zugelassen.« In den Augen der Ehefrau bemerkte Robert einen Anflug von Irritation, bevor sie sich abwandte. Jetzt im Profil war die Ähnlichkeit noch frappierender. Robert war sich sicher.

»Wie alt ist Ihre Tochter?«, fragte er.

»Clara ist zweiundzwanzig. Sie studiert hier in Växjö Ingenieurwesen«, antwortete Annika Petri.

»Und sie wohnt noch zu Hause?«

»Nein. Sie hat bisher im Studentenwohnheim gewohnt, aber nach den Ferien übernimmt sie eine Wohnung unten in der Sandgärdsgatan. Sie wohnt den Sommer über bei uns, um die Ausgaben für die Miete zu sparen, damit sie Geld für die Wohnungseinrichtung hat.«

Annika Petri beugte sich nach vorn und stützte die Arme auf den Tisch, wobei sie an den Ellenbogen trockene Hautstellen entblößte. Clara Petri hatte sowohl das Aussehen als auch die Schuppenflechte von ihrer Mutter geerbt.

»Haben Sie ein Foto von Ihrer Tochter?«

Annika Petri schüttelte den Kopf, aber ihr Mann zog sein Portemonnaie aus der Tasche und nahm ein Foto heraus. Er schaute es nicht an, als er es vor Robert auf den Tisch legte.

Linda Berg schnappte nach Luft, und das reichte aus. Reichte aus, um jegliche Hoffnung zu zerstören, reichte aus, um die letzten Verteidigungsmechanismen zum Einsturz zu bringen, und es reichte aus, um Annika Petris Schönheit zu demontieren und ihr Gesicht in einer Maske erstarren zu lassen, einer Maske, die so erschreckend war, dass Robert sich anstrengen musste, nicht wegzusehen.

»Was ist passiert? Wo ist mein kleines Mädchen?«

Kristoffer Petri rührte sich nicht und kniff die Augen zu, als seine Frau die letzten Worte aussprach.

»Es tut mir leid, Ihnen mitteilen zu müssen, dass Ihre Tochter einem Gewaltverbrechen zum Opfer gefallen ist. Sie starb in der Nacht auf Dienstag.«

»Tot? Sie kann nicht tot sein!«

Kristoffer Petri rutschte auf dem Stuhl nach vorn.

»Sie wollen uns also sagen, dass jemand Clara umgebracht hat? Ist es das, was Sie behaupten? Das muss ein Irrtum sein. Ich bin sicher, dass Sie sich irren.«

»Sie erhalten selbstverständlich die Möglichkeit, Ihre Tochter zu sehen, wenn Sie das wünschen, aber es gibt leider keinen Zweifel.«

»Wenn es etwas gibt …«, begann Linda, aber ihre Stimme versagte.

Für einen Moment herrschte Stillschweigen, das nur von Annika Petris Schluchzern unterbrochen wurde. »Können Sie uns sagen, was mit ihr passiert ist?«, fragte sie schließlich.

»Sie haben natürlich das Recht zu erfahren, was mit Ihrer Tochter passiert ist, aber wir können mit diesem Gespräch auch warten, bis Sie Zeit hatten, sich …«

Annika Petri unterbrach ihn mit einer Handbewegung. »Ich muss wissen, was passiert ist, und je eher ich es erfahre, desto schneller kann ich anfangen, es zu verarbeiten.«

Robert räusperte sich. »Gestern Morgen wurde Claras Leiche auf einem Rastplatz gefunden. Die Obduktion steht noch aus, aber an ihrem Hals finden sich deutliche Würgemale, und es besteht kein Zweifel, dass es sich hier um ein Verbrechen handelt.«

»Ist sie …? Wurde sie …?«

»Wir wissen noch nicht, ob Clara sexuell misshandelt worden ist, aber das wird selbstverständlich untersucht.«

»Und Sie wissen nicht, wer das getan hat?«

»Nein. Wir haben noch keine Spur vom Täter, aber ich kann Ihnen garantieren, dass wir alle uns zur Verfügung stehenden Mittel für die Ermittlung einsetzen. Es tut mir leid, dass wir Ihnen zum jetzigen Zeitpunkt nicht mehr sagen können, aber wir informieren Sie, sobald es etwas Neues gibt.«

»Versprechen Sie das?«

»Das verspreche ich. Wir sind gezwungen, Ihnen noch einige Fragen über Clara zu stellen, aber hier und jetzt glaube ich, sollten Sie das Recht haben, ein wenig zu sich zu kommen. Ich empfehle Ihnen, mit einem Krisenpsychologen zu sprechen.«

Annika Petri nickte. Ihr Mann sagte nichts, warf Robert aber einen Blick zu, der sagte: *Findet den Mann, der meiner Familie das angetan hat.*

12

Nils Andersson brachte die hellgraue Anzugjacke an einem Haken hinter der Tür unter und setzte sich an seinen Schreibtisch. Ein schwacher Duft von Kardamom stieg Robert in die Nase und erinnerte ihn an Zimtschnecken.

Was, wenn es nicht Clara Petris Mörder ist, der die Kuverts ablegt?

»Hast du den Umschlag bekommen?«

»Was?«

»Du warst gestern draußen bei Ulrik Lauritzen. Hatte er den Umschlag noch?«

»Ja. Wie sich herausgestellt hat, hat er zwei erhalten. Ich habe sie Arvid gegeben, er will für alle Kopien anfertigen, bevor sie nach Linköping geschickt werden.«

»Zwei?«

»Ich habe die Umschläge sofort in Asservatentaschen gelegt, aber Lauritzen zufolge befand sich im ersten lediglich ein Foto von Viklund, aufgenommen vor der Gerichtspsychiatrie des Sankt-Sigfrids-Krankenhauses, während der andere die Kopie eines alten Artikels enthielt, auf den der Absender ein Foto von Viklund geklebt hatte, obwohl der Artikel von einem Verdächtigen im Fall Liza Tilton handelte, der jedoch freigesprochen wurde.«

Robert berichtete von dem Artikel und Ulriks Reaktion auf dessen Überschrift.

»Hast du irgendeine Idee, warum diese Umschläge gerade bei ihm abgelegt wurden?«

»Bis jetzt noch nicht. Ulrik Lauritzen arbeitete in der Gerichtspsychiatrie zu der Zeit, als Karl Viklund dort eingewiesen war, und Ulrik war einer der Letzten, die ihn lebend gesehen haben. Er war es auch, der Viklund nach seinem Selbstmord gefunden hat.«

»Das erklärt doch einiges. Aber ich verstehe noch immer nicht, warum er den ersten Umschlag nicht gleich abgeliefert hat.«

Nils Andersson trank einen Schluck von seinem Kaffee. Es hatte nicht den Anschein, als würde der Geschmack seinen Erwartungen entsprechen.

»Ulrik fühlte sich für Viklunds Selbstmord verantwortlich, weil er Viklunds Frau erlaubt hatte, ihn zu besuchen, und daran wollte er nicht erinnert werden. Ich glaube, er hatte gehofft, der erste Umschlag wäre eine Eintagsfliege.«

»Klingt das nicht merkwürdig? Ich meine, ist es nicht unrealistisch zu glauben, dass jemand ohne jegliche Erklärung einen solchen Umschlag ablegt und dann nichts weiter unternimmt?«

»Das musst du wohl Ulrik Lauritzen fragen. Er kommt hier vorbei auf dem Weg zur Uni, wo er um elf eine Vorlesung hat.«

Nils Andersson trommelte mit dem Daumen auf die Tischplatte. »Was hättest du an seiner Stelle getan? Hättest du dich nicht sofort an die Polizei gewandt?«

»Ich bin nicht unbedingt der Richtige für diese Frage.«

»Weil du ihn kennst?«

»Nein, weil ich selbst viele merkwürdige Dinge mit

der Post bekomme. Ich bin häufig in den dänischen Medien präsent, wodurch einige Menschen meinen, mich zu kennen, sodass mir besorgte Eltern schon mal die Tagebücher ihrer Kinder schicken, um sich zu erkundigen, ob sie meiner Meinung nach geisteskrank seien. Oder psychotische Menschen schicken mir Zeitungsartikel, von denen sie glauben, sie würden versteckte Nachrichten an sie enthalten. Handelt es sich dabei nicht um dezidierte Drohungen gegen mich oder andere, kann die Polizei nichts tun, und daher erstatte ich nur selten Anzeige.«

Nils Andersson schien nicht überzeugt.

»Wann bekam er den ersten Umschlag?«

»Montagmorgen.«

»Montagmorgen? Linda hat mir erzählt, dass Clara Petris Eltern ihre Tochter am Montagnachmittag noch gesehen haben.«

Was wollte er damit andeuten? Dass der Mord an Clara Petri hätte verhindert werden können, wenn Ulrik das erste Kuvert eher abgeliefert hätte? Das konnte er nicht ernsthaft glauben.

»Meinst du, ihr hättet den Mord an Clara Petri verhindern können?«

Die Antwort blieb Nils Andersson ihm schuldig.

»Sollte das der Fall sein, bin ich vollkommen anderer Meinung. Genau genommen hätte es keinen Unterschied gemacht, wenn Ulrik euch am Montag kontaktiert hätte.«

»Da bin ich mir nun nicht so sicher.«

»Antworte mir ganz ehrlich: Was hättet ihr getan, wenn Ulrik am Montagmorgen hier mit einem alten Foto von Viklund aufgetaucht wäre? Hättet ihr sofort geschlussfolgert, dass ein Nachahmungstäter im Spiel ist? Hättet ihr eine Meldung über das Fernsehen verbreitet? Wärt ihr auf sämtlichen Straßen Streife gefahren? Nach dem Mord an Clara Petri ist es selbstverständlich bequem zu glauben, dass ihr so reagiert hättet, aber es ist viel wahrscheinlicher, dass ihr den Umschlag auf den Stapel mit interessanten Ereignissen gelegt hättet – genauso wie ihr es getan habt, als Ulrik sich am Dienstag an euch gewandt hat.«

Auch darauf blieb Nils Andersson ihm eine Antwort schuldig.

13

Der Parkplatz der Linné-Universität war nahezu leer. Zwischen den niedrigen Studentenwohnheimen lagen die Bewohner auf Decken und Liegestühlen und genossen die Vormittagssonne, während bereits zwei oder drei Ghettoblaster um die Vorherrschaft kämpften. Robert erkannte Nick Caves tiefe Stimme wieder: *Not to touch a hair on your head. To leave you as you are.*

»Hallo, das ist die Mailbox von Julie. Hinterlasst mir eine Nachricht.« Was hatte er sich auch dabei gedacht? Es war nicht einmal zehn Uhr, und er war noch nicht so alt, dass er den Tagesrhythmus des Roskilde-Festivals vergessen hatte. Ohne eine Nachricht zu hinterlassen, steckte er das Telefon wieder in die Tasche. Sie hörte ihre Mailbox ja doch nie ab.

Er hielt einer jungen Frau die Tür auf und folgte der Beschilderung zum Kurs in Psychiatrischer Forschung.

War Clara Petri ein Zufallsopfer, oder hatte sie ein Leben auf dem Gewissen? Das war eines der Dinge, die sie ihre Eltern fragen mussten, wenn diese den ersten Schock einigermaßen verwunden hatten, aber Robert war sich nicht sicher, ob das wirklich eine so große Rolle spielte. Karl Viklund hatte keines seiner Opfer persönlich gekannt, und laut Arvid war das Rachemotiv nach den ersten zwei Morden sekundär.

Was, wenn die Umschläge von jemandem stammen, der offenkundig glaubt, dass Viklund unschuldig war?

Er umrundete eine Ecke, und dann stand sie da; ein komplett anderes Echo aus der Vergangenheit, das ein unerwartetes warmes Gefühl im Zwerchfell auslöste. Camilla Nylén stand am Eingang zum Auditorium und sprach mit einem untersetzten Mann mit stahlgrauen Haaren, und er konnte sehen, dass sie voll und ganz in das Gespräch vertieft war, doch als er näher kam, sah sie auf und hielt mit angehobener Hand inne. »Robert?«

Sie lächelte und breitete die Arme aus. »Robert Strand! Was machst du denn hier?«

»Hallo, Camilla. Ich bin wegen eines Auftrags in Växjö, und als Ulrik erzählte, dass du noch immer hier wohnst, wollte ich einfach gern Hallo sagen.«

Sie umarmte ihn lange, ließ ihn wieder los und lächelte. »Kannst du eine Sekunde warten? Die erste Vorlesung fängt gleich an, und ich will nur eben überprüfen, ob die Technik funktioniert. Dann können wir einen Kaffee trinken.«

Robert musterte Camilla, während sie den grauhaarigen Herrn als Stephen Pinter vorstellte, einen australischen Hirnforscher, der über die neuesten Fortschritte in den Neurowissenschaften referieren sollte. Sie trug eine geblümte Seidenhose, die ihre Figur betonte, sowie ein weißes kurzärmeliges Shirt mit einem Ausschnitt, der ein schönes Dekolleté andeutete.

»Ich muss in einer Stunde zurück sein. Wenn du den Kaffee entbehren kannst, schlage ich eine Runde um den See vor. Ich muss mich bewegen, denn ich sitze schon seit Tagen im Hörsaal.«

Eine Stunde? In dieser Zeit müsste Linda Berg es schaffen, die Archive für ihn zu öffnen. Er nickte, aber Camilla blieb stehen und nahm ihn in Augenschein. Ihr Gesicht war sowohl zu lang als auch zu schmal, um sie als hübsch zu bezeichnen, aber die dunkle Augenpartie verlieh ihrem Aussehen etwas Interessantes, das er noch immer äußerst anziehend fand.

»Du ähnelst dir, auch wenn die Haare den Platz gewechselt haben.« Sie ließ ihre Hand über seinen kahl rasierten Schädel und die Wangen gleiten, wo er die widerspenstigen Bartstoppeln hatte wachsen lassen, um sich nicht mehrfach am Tag rasieren zu müssen.

»Steht dir.«

Sie verließen das Universitätsgelände und begaben sich auf den schmalen Kiesweg, der sich um den Trummensee schlängelte.

»Das ruft wirklich Erinnerungen hervor«, sagte Camilla. »Zwanzig Jahre lang habe ich weder dich noch Ulrik gesehen, und jetzt seid ihr plötzlich beide hier.«

»Fühlst du dich auch so umworben wie damals?«

Sie lachten beide.

»Wir sind kein Paar geworden, nachdem du abgereist warst, aber das weißt du sicher von Ulrik.«

»Ich hoffe nicht, dass du dich meinetwegen zurückgehalten hast. Wenn ich mich recht erinnere, hatten wir eine ganz klare Vereinbarung, dass wir uns zu nichts verpflichten wollten, da ich so oder so weggehen würde.«

»Mach dir keine Hoffnungen. Ich bin tatsächlich ein paar Mal mit Ulrik ausgegangen, aber dann habe ich Daniel kennengelernt, und mittlerweile haben wir zusammen vier Kinder.«

Mann und vier Kinder. Also war sie doch so geworden wie all die anderen.

Sie gingen um das Schloss Teleborg herum und über einen langen schmalen Steg. Sie erzählte von ihrer neuen Professur, bei der es sich um eine kombinierte Stelle handelte und sie sowohl an der Universität lehrte, als auch im Sankt-Sigfrids-Krankenhaus arbeitete. Es war zu spüren, dass sie ihren Beruf mochte. Am Ufer einer kleinen Bucht lag eine einsame Villa umgeben von hohen Birken. Als sie das Haus hinter sich gelassen hatten, blieb Robert auf einer kleinen Anhöhe stehen. »Nicht schlecht!«

Camilla folgte seinem Blick. »Der neue Hochsicherheitstrakt. Den haben sie nach dem Brand gebaut. *State of the art*, wie man so schön sagt.«

Dort, wo sich in den Neunzigern der kleine Anbau mit dem Hochsicherheitsbereich befunden hatte, stand jetzt eine Reihe bunkerähnlicher Gebäude, umgeben von einem Stacheldrahtzaun, der die Abgrenzung um den Hochsicherheitsbereich der Psychiatrischen Klinik in Nykøbing Sjælland wie die Einzäunung eines Vergnügungsparks erscheinen ließ. Der Komplex stand in düsterem Kontrast zum Areal des Krankenhauses, das aus alten Häusern mit gelb gestrichenen Fassaden bestand. Zudem erinnerte der brutale Zaun Robert an etwas, das einer der Gefängnisärzte von Vestre Fængsel in Kopenhagen einmal gesagt hatte: »Je mehr man Menschen wie Tiere behandelt, desto mehr führen sie sich wie Tiere auf.«

Er betrachtete das Gebäude, während er sich eine Zigarette anzündete.

»Ulrik hat erzählt, dass du *Profiler* geworden bist und jetzt für die Polizei arbeitest?«

Er nickte und blies den Qualm nach oben in die Luft.

»Und was machst du dann hier in Växjö?«

»Ich arbeite an einem Fall.«

»Über den du nichts erzählen kannst?«

»So in die Richtung. Aber ich bin zu dir gekommen, weil ich eine Frage habe, die etwas mit dem Fall zu tun hat.«

»An mich?«

»Ja. Bevor ich mehr sage, muss ich darauf hinweisen, dass ich nicht die schwedische Polizei repräsentiere und dass das hier keine offizielle Vernehmung ist. Du sollst also nur dann antworten, wenn du auch antworten möchtest.«

»Du klingst ernst. Was willst du wissen?«

»Ulrik hat einige anonyme Schreiben erhalten, die für den Fall relevant sind, und wir versuchen herauszufinden, woher der Absender weiß, wo Ulrik wohnt. Er hat erzählt, dass du das Haus für ihn gefunden hast?«

»Ja. Ich hatte ihm angeboten, ein Hotelzimmer zu buchen, aber er wollte wissen, ob ich jemanden kenne, der seinen Hof vermietet. Das war nicht der Fall, aber es gibt eine Internetseite, die ich selbst bereits mehrfach genutzt habe, und dort habe ich dieses Haus entdeckt und ihm den Link geschickt.«

»Hast du jemandem erzählt, wo er wohnt?«

»Nein.«

»Und es hat auch niemand danach gefragt?«

»Nein.«

»Vorgestern, als Ulrik zum Abendessen bei dir war, ist ihm anschließend ein Auto gefolgt. Es hielt oben am Ende der Straße, hat auf ihn gewartet und ist ihm dann gefolgt, bis er auf den Waldweg nach Södra Ryd abgebogen ist.

Ulrik ist der Meinung, das hat etwas mit den anonymen Zuschriften zu tun, aber ich möchte ganz sicher sein, bevor ich andere Möglichkeiten ausschließe.«

»Warum hast du Zweifel?«

»Weil er den ersten Umschlag bereits erhalten hatte, als er bei dir zum Abendessen war.«

»Am Montag? Warum hat er nichts gesagt?«

Robert ignorierte ihre Frage.

»Wenn du an die letzten Wochen oder Monate zurückdenkst, gab es da Momente, hattest du da manchmal das Gefühl, beobachtet oder verfolgt zu werden?«

»Das kann man wohl sagen.«

Er sah sie an und konnte in den dunklen Augen einen Schimmer von Wut ausmachen.

»Bis vor einem Monat ist die Polizei mehrfach pro Tag vor meinem Haus Streife gefahren, und sobald ich mich ins Auto setzte, sind sie mir gefolgt.«

»Warum?«

Sie seufzte. »Ich habe einen Patienten, der ab und an dumme Dinge sagt. Er würde seine Drohungen nie ernst machen, aber ein Kollege im Sigfrids hat eine Episode mitbekommen und darauf bestanden, dass ich ihn bei der Polizei anzeige. Meiner Meinung nach haben sie vollkommen überreagiert, und letztendlich musste ich sie bitten, ihren sogenannten Schutz einzustellen, weil meine Kinder anfingen, sich unsicher zu fühlen, und Albträume bekamen.«

»Wie heißt der Patient?«

»Ich glaube, darauf muss ich nicht antworten.«

»Natürlich nicht, aber weißt du, ob er einen silbergrauen oder weißen Pick-up fährt?«

»Das tut er nicht. Er fährt einen alten dunkelblauen Saab, der vor lauter Rost fast auseinanderfällt.«

Sie waren fast wieder bei der Universität angelangt, als Camilla innehielt. »Mir fällt da noch was ein. Vor etwa einem Monat hatte ich Probleme mit meinem Laptop, und das lag offenbar an irgendeiner Spyware, die die Techniker von der IT-Abteilung entfernt haben. Ich weiß nicht, ob das relevant ist.«

»Vermutlich nicht, aber gut, dass du es sagst.«

Während sich Camilla und Robert an seinem Auto verabschiedeten, kam Ulrik auf den Parkplatz gefahren. Als er sie entdeckte, lächelte er, aber es war kein spontanes Lächeln, und es irritierte Robert, dass Ulrik seinem Blick auswich. Sie waren keine fünfundzwanzig mehr, und das Wetteifern um Camilla war seit Langem beendet.

Camilla grüßte Ulrik und wandte sich wieder Robert zu. »Ich muss reingehen und Stephen Pinter Bescheid geben, aber es war schön, dich wiederzusehen.«

Sie umarmte ihn zum Abschied und verschwand über den Parkplatz.

»Wie lief dein Gespräch mit Nils Andersson?«, fragte Robert.

»Es lief ganz gut, auch wenn ich das Gefühl hatte, dass er mich verdächtigt.« Ulrik wich seinem Blick noch immer aus. »Nun, ich muss dann auch rein. Die Studenten warten.«

»Ist irgendwas passiert?«

»Was meinst du?«

»Du wirkst irgendwie abwesend.«

»Das sind nur diese Scheißumschläge, die gehen mir auf die Nerven.«

»Vielleicht solltest du darüber nachdenken, in ein Hotel zu gehen?«

»Nein!«

Die Vehemenz in Ulriks Stimme überraschte Robert.

»Ich dachte nur, es ist dir vielleicht nicht so ganz geheuer, allein in dem einsamen Haus zu wohnen, wenn dort bei Nacht und Nebel jemand herumschleicht.«

»Ich glaube nicht, dass die wiederkommen. Und du hast selbst gesagt, dass die es nicht ernsthaft auf mich abgesehen haben.«

Als Robert Ulrik nachschaute, fiel ihm auf, dass Camilla überhaupt nicht gefragt hatte, worum es in den anonymen Mitteilungen an Ulrik ging.

14

Er hatte den Umschlag verbrannt! Während der gesamten ersten Vorlesung hatte sie an nichts anderes gedacht. *Die Umschläge können enthüllen, ob er ein reines Gewissen hat oder nicht. Wenn er damit nicht zur Polizei geht, ist das ein starkes Indiz, und du kannst mir dabei helfen zu beweisen, dass er sie erhalten hat.*

Man kann der Polizei nichts übergeben, was man verbrannt hat. *Er* hatte Recht.

Die anderen Kursteilnehmer steuerten die Kantine an, aber sie brauchte keinen Kaffee, sie musste sich bewegen. Wohin sollte sie gehen? Am Abend zuvor war sie um den See herumspaziert, und zum ersten Mal seit Wochen hatte sie gut geschlafen. Jetzt hatte sie Lust, eine Runde zu joggen, um einen Teil der überschüssigen Energie zu verbrennen, würde sie aber jemand in diesem *Outfit* von hier wegrennen sehen, würden sie nicht nur glauben, dass sie verrückt sei – dann würden sie es wissen.

Sie nahm eine Abkürzung über den Parkplatz und wäre fast in Ulrik Lauritzen hineingelaufen, der ihr mit verkniffener Miene entgegenkam. Ihr Herz hämmerte in der Brust, aber auch wenn sie mit nur wenigen Metern Abstand aneinander vorbeigingen, nahm er sie überhaupt nicht wahr. Hinter ihm, neben einem protzigen Mercedes, bemerkte sie einen glatzköpfigen Mann, der

Ulrik Lauritzen nachsah. Es war der, den Camilla umarmt hatte! Erst hatte sie geglaubt, Camilla würde sie anlächeln, aber in dem Lächeln hatte etwas ganz Besonderes gelegen, und deshalb hatte sie innegehalten. Sie hatte Camillas Jubel gehört und gesehen, wie sie sich dem Mann regelrecht in die Arme geworfen hatte, was sie mit einer merkwürdigen Mischung aus Sehnsucht und Abscheu erfüllt hatte.

Oben in der Wohnung kramte sie ihren iPod hervor, ging auf die Playlist, die sie extra für das Training zusammengestellt hatte, und entschied sich für *Let's get it started* von den *Back Eyed Peas*. Sobald die Musik einsetzte, tanzte sie mit völlig übertriebenen Bewegungen durch die Wohnung. Sie hüpfte, schlug mit geballten Fäusten in die Luft, trat aus, und als der Song zu Ende war, hielt sie inne und lauschte ihren heftigen Atemzügen. Sie spürte, wie das Herz in ihrer Brust pochte, nun nicht auf die schlechte Art, sondern auf die gute. Der Plan würde gelingen, das wusste sie jetzt, und wenn Ulrik Lauritzen seine Strafe bekommen hatte, würde alles anders werden.

Im Flur blieb sie vor dem Spiegel stehen, ordnete ihre Frisur, damit sie wieder wie eine clevere Studentin mit Dutt aussah, und musste lächeln. Wenn sie mit diesem Lächeln bei der Vorlesung über die psychiatrischen Behandlungsmöglichkeiten von Traumata bei Folteropfern auftauchen würde, hielten die anderen sie garantiert für übergeschnappt.

Die Mühe hätte sie sich sparen können, denn als sie den Kiosk erreichte, verschwand das Lächeln von ganz allein. Obwohl sie das Foto auf der Titelseite der *Kronobergspos-*

ten noch nie zuvor gesehen hatte, war es, als würde sie es wiedererkennen.

Sie vergaß, für die Zeitung zu bezahlen, und der junge Verkäufer musste sich ihr in den Weg stellen, um sie aufzuhalten. Während sie versuchte, im Gehen die Zeitung zu lesen, stolperte sie über einen Fahrradständer und stieß zweimal mit Passanten zusammen. Als sie sich endlich auf eine Bank gesetzt hatte, wusste sie bereits, dass sie unmöglich wieder in den Hörsaal zurückgehen konnte.

15

Robert öffnete das Fenster im Viererbüro, um den Geruch vom Schnellimbiss loszuwerden, der ganz offensichtlich von der Pappschachtel mit Bratwurst- und Senfresten auf Pelles Tisch ausging.

Linda telefonierte, und Robert hatte die Hoffnung, dass es ein kurzes Gespräch werden würde.

»Ich habe doch gesagt, dass ich es nicht weiß. Du hast versprochen, dass du sie abholen wirst, wenn wir eine große Sache reinbekommen, und wenn ein Serienmörder nicht genug ist, dann weiß ich bald nicht ...«

Robert stand auf und wollte gehen; er hatte keine Lust, Zeuge von Lindas ehelichen Streitigkeiten zu werden, aber mit einer Handbewegung signalisierte sie ihm, dass er sitzen bleiben solle.

»Nein, ich will meine Mutter nicht anrufen. Wenn du es nicht rechtzeitig schaffst, kannst du deine Mutter anrufen.«

Unfassbar. Jedes einzelne Wort, das fiel, war so klassisch, dass ein Kind in der dritten Klasse das Drehbuch hätte schreiben können, aber dennoch hielten erwachsene Menschen an dem Glauben fest, dass es möglich sei, zwei Vollzeitkarrieren zu haben und gleichzeitig seine Quote zu erfüllen und die Gesellschaft mit zwei bis drei neuen Arbeitskräften zu versorgen.

»Wo ist das Geständnis?«, fragte er, sobald sie den Hörer vom Ohr genommen hatte.

»Was meinst du? Wir haben kein Geständnis bekommen.«

»Karl Viklunds Geständnis. Das liegt nicht in dem Kasten mit den Unterlagen zum Fall.«

Sie zog ein Blatt aus einem Stapel mit Schriftstücken, das sie einen Augenblick lang studierte, bevor sie antwortete: »Die Unterlagen zum Fotomörder-Fall wurden zwei Monate nach der Verurteilung versiegelt und archiviert. Ich selbst habe das Siegel heute Morgen aufgebrochen, sodass ich mit Sicherheit sagen kann, dass die Unterlagen seither nicht angefasst worden sind. Wenn also etwas entfernt wurde ...«

Robert unterbrach sie. »Es wurde nicht entfernt, es ist ganz einfach nicht da. Es ist im Inhaltsverzeichnis überhaupt nicht aufgeführt.«

»Aber das muss es sein. Malmström hat gesagt, dass sie den Fotomörder aufgrund eines Geständnisses verurteilt haben.«

»Dann sei so nett und finde es. Das Geständnis ist der wichtigste Anhaltspunkt, um zu verstehen, was in Viklunds Kopf vor sich gegangen ist.«

»Wieso ist es hilfreich zu wissen, wie Viklund dachte, wenn er tot ist?«

»Gute Frage, aber das kann ich noch nicht sagen. Wir suchen zwar nach einem anderen Täter mit einem ganz anderen Profil als Viklund, aber ich kann mit Sicherheit sagen, dass irgendetwas an den Fotomorden oder an Viklund unseren Nachahmungstäter fasziniert, und um herauszufinden, worum es sich dabei handeln könnte, muss ich so viel wie möglich über Viklund wissen. Ich habe im Internet recherchiert, aber er hat sich nach dem Urteil nie der Presse gegenüber geäußert, und deshalb brauche ich das Geständnis. Also treib es auf.«

Robert hatte ein eigenes Büro bekommen. Es erinnerte an eine Besenkammer, aber es bot Aussicht über den Friedhof und verfügte über eine Tür, die man hinter sich zumachen konnte. Er setzte sich an den Schreibtisch und blätterte in dem Block, auf dem er sich Notizen gemacht hatte, während er die alten Unterlagen durchgegangen war, aber er konnte sich nicht konzentrieren. Die erste Frage lautete: Können wir sicher sein, dass der Mörder die Umschläge abgelegt hat? Hätte ein anderer Robert diese Frage gestellt, hätte er, ohne nachzudenken, mit Ja geantwortet, denn selbstverständlich gab es einen Zusammenhang zwischen dem Mord an Clara Petri und Ulriks mysteriösen Umschlägen. Dennoch ließ ihm die Frage keine Ruhe. *Wenn es nicht Clara Petris Mörder ist, der die Umschläge ablegt, wer ist es dann? Was, wenn der Absender der Umschläge offenkundig glaubt, dass Viklund unschuldig ist, und es ernst meint? Was würde er dann tun?*

Was hatte es mit diesen Umschlägen auf sich? Jetzt, wo er mehr über den alten Fall wusste, konnte er sich noch weniger erklären, wie sie in das Ganze hineinpassten.

Er nahm sich eine leere Seite des Blocks vor und zeichnete ein asymmetrisches Muster aus kleinen Vierecken, während er versuchte, sich in eine Person hineinzuversetzen, die Viklund für unschuldig hielt. Was hätte denjenigen dazu bringen können, Kontakt zu Ulrik aufzunehmen?

Ulrik war einer der letzten Menschen, die Viklund lebend gesehen hatten. Theoretisch könnte Viklund ihm etwas anvertraut haben. Seine Unschuld, zum Beispiel.

Nein, das ergab keinen Sinn. Viklund hatte gestanden. Er hatte ein umfassendes Geständnis abgelegt, hatte in einem Gerichtssaal gestanden und die Schuld auf sich genommen. Viklunds Anwalt? Wäre der Verteidiger nicht der Erste, den man aufsuchen würde, wenn man beweisen wollte, dass Viklund unschuldig war?

Er wollte mit Viklunds Anwalt sprechen, und würde das zu nichts führen, die Idee fallen lassen, dass die Umschläge von jemand anders stammen konnten als dem Mörder.

Michael Klos wohnte in einem der alten Villenviertel von Växjö, in denen die Bäume in die Höhe gewachsen waren und die Fassaden der Holzhäuser Geschichten von großen Familien und gelebtem Leben erzählten. Der Anwalt öffnete die Tür persönlich; groß, dunkelhaarig und mit einem länglichen Gesicht, das von einer großen Nase dominiert wurde. Robert stellte sich vor und betonte, dass er nicht die Polizei repräsentiere. Der Anwalt schnaufte widerwillig und betrachtete Robert skeptisch, bevor er ihn auf die Terrasse hinter dem Haus bat.

»Worum geht's?«, fragte Michael Klos, während er Limonade in zwei hohe Gläser schenkte.

»Es geht um Karl Viklund.«

Der Name ließ Klos mitten in der Bewegung innehalten.

»Karl Viklund war mein Mandant, und sein Tod hat nichts an der Tatsache geändert, dass ich der Schweigepflicht unterliege.«

»Ich bitte Sie nicht darum, etwas preiszugeben, das Viklund Ihnen anvertraut hat, sondern lediglich um Ihre persönliche Einschätzung eine Fragestellung betreffend.«

Nachdem er einen Stapel Zeitungen aus dem anderen Korbsessel geräumt hatte, nahm auch der Anwalt Platz.

»Sind Sie der Meinung, dass Karl Viklund unschuldig verurteilt worden ist?«, fragte Robert.

»Meine persönliche Auffassung von der Schuld Karl Viklunds kann nur auf den Gesprächen beruhen, die ich mit meinem Mandanten geführt habe, und daher finde ich, dass Ihre Frage an der Grenze dessen liegt, was ich beantworten kann. Da Sie kein Journalist sind, will ich eine Ausnahme machen. Karl Viklunds Verurteilung basierte auf einem Geständnis, und meine einzige Aufgabe bestand darin sicherzustellen, dass die Formalitäten eingehalten wurden. Aus diesem Grund war mein Umgang mit Karl Viklund verhältnismäßig begrenzt, jedoch habe ich nichts erlebt, was Zweifel daran aufkommen ließ, dass sein Geständnis nicht der Wahrheit entsprach.«

Robert überlegte. »Hat Ihnen in der letzten Zeit irgendjemand Fragen bezüglich Viklunds Schuld gestellt?«

Die Frage ließ ein zorniges Funkeln in seine dunklen Augen treten.

»Ich habe meine Schweigepflicht nicht gebrochen, und niemand hatte Zugang zu Viklunds Akte außer mir. Wie oft soll ich das noch wiederholen?« Ehe Robert reagieren konnte, fuhr der Anwalt fort: »Hat sie Sie geschickt?« Seine Stimme klang nicht wütend, vielmehr resigniert.

»Mich hat niemand geschickt.«

»Ich habe ihr gesagt, dass ich die Polizei rufe, wenn sie

noch mal hier auftaucht, und ich bin keiner von denen, die leere Drohungen aussprechen.«

Das klang eher wie ein Monolog, und plötzlich wurde er zu dem, der er in Wirklichkeit war: ein alter Mann. Alles an ihm war kraftlos und schlaff: die Wangen, die Mundwinkel sowie die langen Ohrläppchen.

»Wer hat Sie belästigt?«

»Wir haben nichts mehr zu besprechen«, antwortete Michael Klos und stand auf, um Robert nach draußen zu begleiten.

Robert zündete sich eine Zigarette an und ging zum Präsidium zurück.

Jemand hatte Viklunds Anwalt aufgesucht und ihm Fragen zu dem Fall gestellt, und dieser *Jemand* war eine Frau. Michael Klos musste so schnell wie möglich zur Vernehmung einbestellt werden.

16

FRAU ERMORDET! NACHAHMUNGSTÄTER TREIBT SEIN UNWESEN!

Arvid Jönsson hatte Recht behalten. Dieses Mal hielten sich die Medien nicht zurück. Das Foto der toten Clara Petri, das die Zeitung von »einer anonymen Quelle« erhalten hatte, füllte fast die komplette Titelseite.

Robert kaufte die Zeitung und blätterte, während er den Oxtorget überquerte, zum Artikel im Innenteil. Der *Kronobergsposten* war es gelungen, die Bilder auszugraben, die der Fotomörder zwanzig Jahre zuvor nach jedem Mord an die Presse geschickt hatte. Robert packte die Wut, als er sah, wie stark das Foto des zweiten Opfers, Anna Lindberg, vergrößert worden war, sodass ihr Gesicht ganz genau zu erkennen war.

Sie war ein Mensch mit einer Persönlichkeit gewesen, und jetzt war sie nicht mehr als eine Sensation, großflächig über die Seiten geschmiert, damit die Leute etwas hatten, worüber sie in der Frühstückspause reden konnten. Er knüllte die Zeitung zusammen und warf sie in den nächstbesten Mülleimer. Wenn ihnen nicht bald ein Durchbruch bei der Ermittlungsarbeit gelang, würde bald eine andere Frau den gleichen Übergriffen wie Anna Lindberg ausgesetzt sein.

Auf seinem Weg von der ersten in die zweite Etage hielt er plötzlich inne. Irgendetwas war mit den Fotos. Nicht mit dem von Clara Petri, sondern mit denen von den ersten Fotomorden. Die Farben waren verblichen, aber die Motive waren scharf und aus sehr kurzer Distanz aufgenommen worden, sodass jeder sehen konnte, in welcher Stellung die Opfer platziert worden waren, und der Streifen an Anna Lindbergs Hals belegte, dass sie mit einem dünnen Draht stranguliert worden war.

Aber die Fotos waren erst jetzt veröffentlicht worden, und aufgrund der Positur der Leichen war nicht zu erkennen, dass Viklund seinen Opfern die Nägel ausgerissen hatte. Vielleicht lag Savour falsch: Vielleicht lautete die Frage nicht, *warum* Clara Petris Mörder Viklund kopierte, sondern vielmehr, *wie*?

Der Luft im Büro mangelte es ganz offensichtlich an Sauerstoff. Nils Andersson, Linda und Pelle saßen an ihren Plätzen, Göran Malmström lehnte an der Fensterbank, aber Arvid war nicht zu sehen.

»Robert. Komm rein«, sagte Nils Andersson.

»Nein danke. Ich wollte Arvid nur etwas fragen.«

»Er musste nach Hause«, sagte Linda.

»Nach Hause?«, fragte Malmström.

»Die Schafe.«

Robert wartete darauf, dass Linda ihre Antwort weiter ausführen würde, aber ihrem Chef reichte das völlig aus.

»Ich habe auch eine Frage an dich, Robert. Hast du den ehemaligen Rechtsanwalt des Obersten Gerichts, Michael Klos, aufgesucht und vernommen?«, fragte Nils Andersson.

»Nein. Ich war bei Michael Klos und habe mit ihm gesprochen, aber ich habe ihm ganz klar zu verstehen gegeben, dass es sich nicht um eine Vernehmung handelt, mit dem Ergebnis, dass er sich weigerte, auf die meisten meiner Fragen zu antworten.«

»Malmström hat erzählt, dass Klos Beschwerde gegen dich eingereicht hat. Also halte dich bitte von ihm fern.«

»Das kann ich leider nicht. Ganz im Gegenteil bitte ich dich, ihn zu einer formellen Vernehmung einzuberufen.«

»Klos? Warum?«

»Das ist eine lange Geschichte.«

»Wir haben Zeit.«

Robert hätte am liebsten entgegnet, dass sie absolut keine Zeit hatten, aber auch wenn Andersson ihn irritierte, wollte er seine Autorität vor dem Polizeipräsidenten nicht herausfordern.

»Habt ihr den Inhalt der beiden Umschläge gesehen?«

Alle Anwesenden nickten.

»In der zweiten Mitteilung wird Viklunds Unschuld behauptet.«

»Aber das stimmte doch nicht«, sagte Linda Berg.

»Genau, und daher ist die Frage, was der Absender mit seiner Botschaft erreichen will. Vielleicht versucht er, Zweifel bezüglich Viklunds Schuld zu säen, sodass er selbst die Lorbeeren für die Fotomorde ernten und auf diese Weise noch furchterregender erscheinen kann.«

»Das macht in gewisser Weise Sinn«, sagte Nils Andersson.

»Das Problem ist, dass geistesgestörte Menschen einen anderen Sinn in den Dingen sehen als wir, und daher müssen wir auch die Möglichkeit in Betracht ziehen, dass die Botschaften der Umschläge wortwörtlich gemeint sind, also als Ausdruck dafür, dass Viklund nach Ansicht des Absenders wirklich unschuldig war.«

»Was?«, entgegnete Malmström.

»Ich habe Klos aufgesucht, weil ich das auch zuerst getan hätte, um Beweise für Viklunds Unschuld zu sammeln. Ich habe ihn gefragt, ob er Viklund für unschuldig hält, was er entschieden verneint hat. Als ich wissen wollte, ob ihm kürzlich jemand anders die gleiche Frage gestellt hat, wurde er wütend. Er weigerte sich zu antworten, aber dann fragte er, ob *sie* mich geschickt habe.«

»Er ist also danach gefragt worden?«, sagte Nils Andersson.

»Das müssen wir annehmen.«

»Okay. Ich bestelle Klos ein, aber das wird erst morgen etwas, und ich will dabei sein, wenn du mit ihm sprichst.«

»Warum erst morgen?«

»Weil ich Klos kenne. Mit Verweis auf seine Schweigepflicht wird er sich weigern, sich zu äußern, also können wir uns auch einen richterlichen Beschluss besorgen, bevor wir ihn herholen.«

»Einverstanden. Was ist mit dem Geständnis? Hast du es gefunden, Linda?«

Sie schüttelte den Kopf und schaute zu Malmström hinüber.

»Wir bekamen das Geständnis von Anton Strömberg, dem Chefarzt der Gerichtspsychiatrischen Abteilung im Sankt Sigfrids. Karl Viklund war bei ihm in Behandlung, und während einer Sitzung fing Viklund plötzlich an, über die Fotomorde zu reden. Strömberg kontaktierte uns umgehend und zeigte uns das Geständnis, woraufhin sofort Anklage gegen Viklund erhoben wurde. Klos' erste Amtshandlung, nachdem er zu Viklunds Verteidiger berufen worden war, bestand darin, Strömberg gerichtlich zu belangen, weil dieser seine Schweigepflicht gebrochen hatte, und in diesem Zusammenhang mussten wir sämtliche Kopien des Geständnisses abliefern. Klos verlor den Fall. Da Viklund aber an seinem Geständnis festhielt, war es nicht erforderlich, dass es während des Gerichtsverfahrens als Beweismittel vorgelegt wurde, und somit bekamen wir es nie zurück.«

»Könnt ihr das Sigfrids kontaktieren und um Zusendung des Geständnisses bitten?«

»Dafür ist vermutlich auch ein richterlicher Beschluss erforderlich, aber ich kümmere mich sofort darum«, antwortete Linda.

17

Eine Katze mit grünen Augen schlich um den Brunnen herum. Neben einer Bretterwand lag ein Stoß neuer Zaunpfähle, und vor dem, was das Wohnhaus sein musste, parkte ein dunkelgrüner Volvo V70, sonst war der Hof leer.

Er ging auf die Veranda und ließ den Türklopfer einige Male auf das blau gepinselte Holz der Eingangstür aufschlagen. Keine Reaktion. Nach dem zweiten Versuch ging er um das Haus herum, wo Arvid auf der anderen Seite eines enormen Gemüsegartens mit einem langen Stock in der Hand hinter einer Schafherde herlief.

»Eines der Schafe hat entdeckt, dass der elektrische Zaun lediglich in dem Moment Schmerzen verursacht, wenn es durchläuft. Es ist das dritte Mal allein in dieser Woche«, erklärte Arvid, nachdem er die Schafe ins Gatter getrieben hatte und bei Robert angelangt war.

»Kannst du dieses eine nicht in den Stall sperren?«, fragte Robert, der keine große Ahnung hatte, was Schafe oder Tiere im Allgemeinen betraf.

»Das bringt nichts. Sie sind das ganze Jahr über draußen, außerdem ist es das Leittier der Herde, das heißt, die anderen blöken die ganze Zeit, wenn sie es nicht sehen können. Entweder schlachte ich es, bevor es den anderen zu viele Kunststücke beigebracht hat, oder ich stelle einen Stacheldrahtzaun auf.«

»Aber das ist doch ein riesiges Gehege. Kannst du ihm nicht eine Kette anlegen oder es in einem kleineren Gatter in einer Ecke des großen unterbringen, wo die anderen es sehen?«

Arvid schien den Vorschlag zu überdenken.

»Du bist vermutlich nicht gekommen, um über Schafe zu reden?«

Robert grinste.

»Nein. Ich habe ein paar Fragen, was die technischen Untersuchungen betrifft.«

»Und deswegen bist du extra zu mir rausgefahren?«

Robert wedelte eine Fliege weg, die auf seinem blanken Schädel herumstolzierte.

»Nein, ich wollte vor allem ein bisschen frische Luft schnappen. Ich warte darauf, dass ich Viklunds Geständnis bekomme und einen Anwalt namens Klos vernehmen kann, und warten gehört nicht gerade zu meinen Stärken. Als du nicht ans Handy gegangen bist, habe ich mir am Empfang deine Adresse erschlichen.«

»Dann lass uns reingehen und einen Kaffee trinken. Den brauche ich jetzt wirklich.«

Während sich Arvid um den Kaffee kümmerte, machte Robert es sich auf einer alten grauen Klappbank bequem. Dort, wo die Farbe längst abgeblättert war, gab die Bank Einblicke in ihre Vergangenheit preis: braun, weiß, gelb und blau war sie gewesen, bevor sie hier im 21. Jahrhundert in dieser Küche gelandet war. Er streichelte eine von den Hauskatzen, die es sich auf dem Kissen neben ihm gemütlich gemacht hatte.

»Ich wäre nie darauf gekommen, dass du Landwirt bist.«

»Das war auch nicht so geplant. Ich bin hier aufgewachsen und konnte nach dem Abitur nicht schnell genug in die Stadt kommen. Ich habe mitten im Zentrum
gewohnt und all meine Ferien in Großstädten verbracht.«

»Und trotzdem bist du hierher zurückgekehrt?«

»Ich bin Einzelkind. Meine Mutter ist vor vielen Jahren
gestorben. Vor fünf Jahren hatte mein Vater einen Herz-
infarkt, und da stand ich plötzlich mit einem Hof da, mit
Tieren und unzähligen Stunden täglicher Arbeit. Ich war
gezwungen, hier rauszuziehen, bis ich einen Käufer für
den Hof gefunden hatte, aber als die Formalitäten rund
um das Erbe geklärt waren, musste ich feststellen, dass
es mir gefiel. In der Tat überlege ich, ob ich meinen Job
an den Nagel hänge und Vollzeitlandwirt werde.« Er
machte eine Pause und fügte dann hinzu: »Ich kann mir
gut vorstellen auszuprobieren, inwieweit man sich selbst
versorgen kann.«

»Was wolltest du mich fragen?«, sagte Arvid.

»Mir ist durchaus bewusst, dass die technischen Untersuchungen noch nicht abgeschlossen sind, aber hast
du schon etwas gefunden, das von Viklunds Vorgehensweise abweicht?«

Arvid ließ sich viel Zeit.

»Nein.«

Sie sahen sich an, und bevor Robert mehr sagen
konnte, bemerkte er an Arvids Blick, wie die Erkenntnis
Form annahm.

»Wir sollten austrinken und zusehen, dass wir loskom-
men. Das SKL hat mir für heute Informationen zugesagt,
und wenn wir Glück haben, liegen die Antworten auf
deine Frage bereits auf meinem Schreibtisch.«

»Den technischen Berichten des alten Falls war zu entnehmen, dass das erste Opfer, Liza Tilton, anders als die drei späteren Opfer vergewaltigt worden war. Die Techniker müssten mittlerweile wissen, ob Clara Petri vergewaltigt wurde, und dann sollen sie schnellstmöglich prüfen, ob Klorin verwendet worden ist.«

»Das ist es. Das konnte ich an ihren Haaren riechen, als wir sie bewegt haben.«

»Wir brauchen auch eine Dokumentation der Informationen, die an die Öffentlichkeit gelangt sind, sowohl während der Arbeit an dem Fall als auch danach, und dann brauchen wir die Namen der Leute, die damals in die Ermittlungen involviert waren.«

»Du meinst die Kollegen.«

»Ich weiß durchaus, dass es nicht geschätzt wird, Verdächtigungen …«

Arvid unterbrach ihn mit einer Handbewegung. »Darüber musst du dir keine Gedanken machen. Malmström stellt die Gerechtigkeit über alles, und er würde nie die Hand über einen von seinen eigenen Leuten halten.«

Sie gingen hinaus auf den Hof, wo Roberts Auto neben Arvids bescheidenerem Volvo parkte.

»Die dänische Polizei bezahlt offensichtlich ein bisschen besser als die schwedische«, sagte Arvid mit einem Nicken in Richtung des königsblauen Mercedes.

Robert lächelte. »Das da ist mein Erbstück. Meine Familie leitet den Mercedes-Import nach Dänemark, und als mein Vater starb, schlossen meine Brüder und ich einen Vertrag. Sie bekamen die Firma, und ich behielt im Gegenzug ein paar Aktien und bekomme alle vier Jahre ein neues Auto nach Wahl.«

»Klingt ganz so, als hättest du ein Händchen für Verträge.« Arvid lächelte, hielt zum Gruß eine Hand an die Schläfe und setzte sich in seinen Volvo.

18

Sie hatte Camilla angerufen. Sie saßen sich am Tisch gegenüber, und sie sollte etwas sagen, erklären, warum sie dort war, und würde sie sich nicht zusammenreißen, würde sie nur wirres Zeug herausbringen, dann wäre das Ganze vorbei. Sie hatte alles einstudiert, sie durfte auf keinen Fall etwas über den Plan sagen und nichts über die Bilder von steifen toten Körpern, die in ihrem Kopf herumspukten. Körper, die voller Leben waren, bevor sie ihrem Vater begegnet waren.

Sie versuchte zu schlucken. Sie war sich vollkommen im Klaren darüber, wie unnatürlich es war, sich einer so natürlichen Sache wie dem Runterschlucken der eigenen Spucke derart bewusst zu sein. Spucke, die nicht da war, weil ihr Mund völlig trocken war. Jetzt musste sie schlucken, damit sie Luft holen konnte, damit sie die Worte aussprechen konnte, die ihr auf der Zunge lagen. Camilla lächelte sie an. Dann konnte sie die Situation für einen kurzen Moment in einen kleinen Sieg umkehren. Sie hatte die Krise überwunden: Es ist mir gelungen zu schlucken, bevor mich die Panik übermannt hat. Ich bin vollkommen verrückt, dachte sie.

»Kannst du mir Betablocker geben? Ich weiß, dass das keine dauerhafte Lösung ist, aber ich glaube einfach, dass ich wegen des Kurses ein bisschen gestresst bin.«

»Lass uns sagen, dass ich sie dir gebe … Sie werden dir helfen, ein wenig zur Ruhe zu kommen, aber wie du selbst sagst, ist das keine langfristige Lösung.«

»Nein, aber das wird mir helfen, den Teufelskreis zu durchbrechen. Mit dem Kurs höre ich selbstverständlich auf, und dann habe ich sowohl diese als auch die beiden kommenden Wochen, um mich zu erholen, bevor ich wieder zu arbeiten anfange. Es sollte reichen, wenn ich mich einfach entspanne, ordentlich esse und lange Spaziergänge mache.«

Es ging besser jetzt, nachdem sie erst einmal angefangen hatte zu sprechen, und sie hatte das Gefühl, Camilla würde ihr das Ganze abkaufen, aber sobald sie verstummte, drängten sich die Bilder wieder auf. Es ist nicht meine Schuld! Ich habe niemanden ermordet!, dachte sie, aber es war, als würde sie von einer Klippe springen und schreien: Ich sterbe nicht!

»Willst du mir erzählen, warum du dich für das Seminar angemeldet hast?«

Zurück in der Wirklichkeit, diese Geschichte hatte sie vorbereitet, es galt nur, sie abzuspulen. »Ich arbeite sehr gern als Krankenschwester, aber mittlerweile glaube ich, dass es wichtig ist, sich auch größeren Herausforderungen zu stellen, und da habe ich mir überlegt, mich in der Psychiatrie zu bewerben. Ich dachte, der Kurs würde mir eine umfassende Einführung bieten und sich gleichzeitig gut im Lebenslauf machen.«

Camilla saß noch immer ganz ruhig da, wie immer, aber ihre feinen Augenfältchen entlarvten sie, zeigten, dass sie das ganz sicher nicht für eine gute Idee hielt. Jetzt galt es, ihr zuvorzukommen, sie zu beruhigen.

»Es ist nicht so, dass ich mich langfristig mit Psychiatrie beschäftigen will. Ich dachte nur, es sei vielleicht schlau, meine schlimmste Befürchtung zu konfrontieren, aber in dem Bereich tatsächlich zu arbeiten ist vielleicht zu viel des Guten, das weiß ich inzwischen.«

Jetzt nickte Camilla.

»Ich gebe dir ein Rezept für Propranolol für die nächsten fünf Tage. Zudem denke ich, dass du heute Nacht hier schlafen solltest, in sicherer Umgebung, bis du ein Stück weit wieder im Gleichgewicht bist.«

Heute Nacht hierbleiben? Aber sie musste doch den letzten Umschlag abliefern. Und sie konnte *ihn* nicht anrufen und es ihm sagen, denn er durfte nicht wissen, dass sie hier war, er sollte weiterhin glauben, dass sie ein ganz normales Mädchen war, das niemals an einem Ort wie diesem untergebracht gewesen war. Würde sie es aber ablehnen hierzubleiben, würde Camilla ihr nicht die Tabletten geben, und ohne die Tabletten war sie sich nicht sicher, ob sie in der Lage sein würde, mit dem letzten Umschlag rauszufahren. Nein, sie war sich ganz sicher, dass sie es *nicht* schaffen würde. Sie war gezwungen zu bleiben, und jetzt war sie gezwungen, etwas zu sagen, denn Camilla schaute sie erwartungsvoll an.

»Das ist vermutlich eine gute Idee«, sagte sie.

»Prima. Und dann vereinbaren wir beide einen Termin für nächste Woche, nachdem du die letzte Tablette genommen hast. Ich finde, wir sollten darüber sprechen, warum dich das Seminar so mitgenommen hat. Außerdem möchte ich die Möglichkeit haben abzuschätzen, ob du auf dem richtigen Weg und bereit bist, nach den Ferien wieder mit der Arbeit zu beginnen.«

Nächste Woche. Nächste Woche würde alles überstanden sein, dann würde sie nicht mehr tun können.

Sie antwortete Camilla mit einem Nicken.

19

Die Sonne war um das Gebäude herumgewandert, und die Luft, die durch das geöffnete Fenster des Viererbüros hereinströmte, war angenehm kühl. Robert nahm einen Apfel aus der Tüte, die Nils Andersson soeben auf den Schreibtisch gelegt hatte. Der herbsüße Geschmack erinnerte ihn daran, dass er nur eine Portion Cornflakes am Morgen gegessen hatte. Pelle kam herein und nahm sich ebenfalls einen Apfel, bevor er sich an seinen Platz setzte und die Füße auf den Tisch legte. »Ist irgendwas Spannendes passiert?«, fragte er mit einem Blick in die Runde.

Arvid räusperte sich: »Robert hat eine interessante Frage gestellt: Wie konnte Clara Petris Mörder den ersten Fotomord so genau kopieren?«

Er machte eine Pause, ehe er fortfuhr: »Die Untersuchungen des SKL haben ergeben, dass der Stahldraht, der bei der Strangulierung von Clara Petri verwendet wurde, die gleiche Stärke hat wie der, durch den Liza Tilton sowie Viklunds andere drei Opfer starben, und sie haben soeben bestätigt, dass die Leiche sehr sorgfältig gereinigt wurde, unter anderem mit Klorin. Ihre Fingernägel fehlen, und sie wurde nicht vergewaltigt.«

Er unterbrach sich erneut.

»Die Fotos der Opfer wurden erst heute veröffentlicht,

und sie zeigen bei Weitem nicht alle Details. Die Frage ist also: Woher hat er diese Informationen?«

»Wir müssen uns einen Überblick darüber verschaffen, welche Informationen genau vor oder während des Gerichtsverfahrens an die Öffentlichkeit gedrungen sind«, ergänzte Robert.

»Diese Frage sollte Malmström am besten beantworten können«, sagte Nils Andersson und griff zum Telefonhörer.

»Wir haben das auf ein Minimum begrenzt. Der Redakteur der *Kronobergsposten* hat uns umgehend kontaktiert, nachdem er das Foto von Liza Tilton erhalten hatte, und wir haben uns darauf geeinigt, es den Lesern nicht zu zeigen. Unser Pressesprecher hat alle großen Medien kontaktiert, und er konnte sie überzeugen, dem Beispiel der *Kronobergsposten* zu folgen. Jedoch schrieben mehrere Zeitungen, dass sie stranguliert worden war und dass der Täter ihre Arme über Kreuz gelegt hatte. Es gab auch ein Interview mit der Frau, die Malin Trindgärd gefunden hatte, jedoch ohne Einzelheiten zu nennen.«

Jetzt erinnerte sich Robert daran, woher der Satz stammte: wie eine Puppe.

»Einige Boulevardzeitungen haben eine große Nummer daraus gemacht, das Leben des Opfers auf den Kopf zu stellen. Auf diese Weise kam auch die Geschichte über Liza Tiltons Beteiligung an dem Verkehrsunfall ans Licht.« Der Polizeipräsident dachte nach. »In Verbindung mit der Suche nach Zeugen haben wir bekanntgegeben, wo die Opfer gefunden worden und wo sie zuletzt gesehen worden sind, aber darüber hinaus haben wir nur mitgeteilt, dass die Fundorte nicht mit den Tatorten übereinstimmen.«

»Warum das?«, fragte Robert.

»Weil sie sich nicht mehr auf die Rastplätze getraut haben, fingen die Leute an, für ihre Pausen direkt am Rand der Hauptverkehrsstraßen zu halten. Es kam zu ein paar kleineren Unfällen, und wir wollten vermeiden, dass es richtig kracht.«

»Okay. Aber was ist mit den Leichen? Die Vorkehrungen, die er getroffen hatte, um seine Spuren zu verwischen?«

»Ich kann mit Sicherheit sagen, dass wir darüber niemals auch nur irgendetwas preisgegeben haben.«

»Auch nicht in Verbindung mit dem Gerichtsverfahren?«

»Das basierte ja auf dem Geständnis, und aus Rücksicht auf die Hinterbliebenen der Opfer lief das hinter verschlossenen Türen ab.«

»Was machen wir dann jetzt?«, fragte Pelle.

»Wir finden heraus, wer so weit in die Ermittlungen involviert war, um diese Details hier zu kennen«, antwortete Nils Andersson.

»Polizisten?«, fragte Pelle.

»Darum werde ich mich kümmern«, sagte Malmström.

Er kopiert Viklund komplett bis ins kleinste Detail.

»Robert?«

»Was?«

»Linda fragt, ob wir die Medien kontaktieren sollen, um herauszufinden, ob Viklund ihnen weitere Fotos zugeschickt hatte als die, die wir kennen«, sagte Nils Andersson.

»Möglicherweise gibt es welche, auf denen man sehen kann, dass er den Opfern die Nägel ausgerissen hat«, ergänzte Linda.

»Auch das schärfste Foto kann nicht entlarven, dass die Leichen mit Klorin gereinigt wurden, und man kann auch nicht sehen, dass keine Vergewaltigung stattgefunden hat.«

»Du glaubst also, es ist jemand Internes?«, fragte Pelle.

»Nein, das glaube ich nicht.«

»Warum nicht?«, fragte Malmström.

»Darauf komme ich später noch zurück, aber zuerst möchte ich hören, wie es mit der Beschaffung von Viklunds Geständnis vorangeht?«

Ein Ausdruck innerlicher Ermüdung machte sich auf Lindas Gesicht breit. »Nicht besonders gut. Ich habe mehrfach im Sankt Sigfrids angerufen, und sie behaupten, weder Viklunds Akte noch sein Geständnis zu haben.«

»Muss ich rausfahren und mit denen sprechen?«, fragte Robert.

Nils Andersson zuckte mit den Schultern. »Ich kann mitfahren, aber wir müssen wohl bis morgen warten, wenn die Verwaltung wieder besetzt ist.«

»Ich gebe euch eine Kopie des richterlichen Beschlusses«, sagte Linda.

»Gilt der nur für Viklunds Akte, oder müssen wir auch um andere Informationen bitten?«

»Was denkst du?«, fragte Nils Andersson.

»Ich glaube, unser Nachahmungstäter mordet nicht zum ersten Mal.«

Pelle nahm die Füße vom Tisch und lehnte sich nach vorn.

»Bist du dir im Klaren darüber, wie wenige unaufgeklärte Morde wir in Schweden haben?«, fragte Malmström.

»Das bin ich, und aus diesem Grund interessiere ich mich für das Sigfrids. Wenn ich Ulrik Lauritzen richtig verstanden habe, befand sich Viklund in der Zeit bis zu seinem Tod in der Isolation. Vor der Urteilsverkündung kann er durchaus Kontakt zu Mitgefangenen gehabt haben. Viklund hat sich nie gegenüber der Presse geäußert. Die meisten Serienmörder erleben eine große Genugtuung, wenn sie von ihren Taten erzählen, und die Insassen einer gerichtspsychiatrischen Anstalt sind für gewöhnlich ein aufmerksames Publikum. Sollte Viklund einem Mithäftling, der selbst wegen Mordes einsaß, ausführlich beschrieben haben, wie er die Morde durchgeführt hat, könnte dieser Mithäftling die letzten zwanzig Jahre lang darüber fantasiert haben, ihm die Taten nachzumachen.«

»Wie kannst du wissen, dass er vorher schon gemordet hat?«, fragte Arvid.

»Gegenfrage: Warum glaubst du, hat Viklund Liza Tilton nicht vergewaltigt, aber die anderen Opfer schon?«

Arvid biss sich auf die Lippe. »Vielleicht geriet er in Panik, weil sie sich gewehrt hat.«

»Das ist auch meine Einschätzung.«

Robert trat an das große Whiteboard und schrieb ganz oben *Täter*.

»Wie ich gestern gesagt habe, ist unser Täter ein intelligenter weißer Mann mit einer dissozialen Persönlichkeitsstörung und sadistischen Neigungen, und es ist unwahrscheinlich, dass er Clara Petri persönlich ge-

kannt hat. Ich denke, dass er ein sogenannter spannungs-
motivierter Täter ist, aber er ist auch sehr gut organisiert,
was bedeutet, dass er nicht impulsiv handelt. Er nimmt
sich Zeit, alles sehr genau zu planen, und er verfügt über
ausreichend Selbstkontrolle, um sicherzustellen, dass er
keine Spuren hinterlässt.« Er schrieb die Kennzeichen
des Täters an die Tafel. »Dieses Profil ist nicht atypisch
für Serienmörder, aber es ist auch kennzeichnend, dass
selbst der organisierteste Täter einen Augenblick der in-
tensiven Panik erlebt, wenn er die Grenze zwischen Fantasie und Wirklichkeit überschreitet. Auch wenn alles
wie geplant läuft, verliert er in der Regel die Kontrolle
über sich, wenn das erste Opfer stirbt, weil die Spannung
ganz einfach zu überwältigend wird. Bei der Erstellung
des Profils eines Serienmörders legen wir immer besonderes Gewicht auf das erste Opfer und den ersten Tatort,
denn hier besteht die größte Chance, dass er in Panik gerät und etwas von sich preisgibt.«

Arvid musterte ihn. »Aber Clara Petris Mörder wurde
nicht von Panik ergriffen. Er kopierte ganz einfach
Viklunds Modus Operandi von A bis Z, ohne auch nur
einmal mit der Hand zu zittern, und das konnte er nur,
weil er es vorher schon ausprobiert hat.«

»Ganz genau.«

20

Durch die Fenster fiel das sanfte Dämmerlicht in den Raum hinein. Unten auf dem Oxtorget hielt mit einem langen Seufzer ein Bus. Malmström war nach Hause gefahren, aber Robert beantwortete noch immer Fragen zum Profil.

»Was ist mit seinem Alter? Wie alt ist er deiner Meinung nach?«, wollte Linda wissen.

»Ich weiß noch zu wenig, um mich jetzt schon dazu äußern zu können. Nachahmungstäter sind anders als andere Täter, und das Alter ist einer der Aspekte, bei denen wir die größten Abweichungen erleben. Serienmörder sind bei ihrem Debüt typischerweise Ende zwanzig, während die wenigen Nachahmungstäter von Serienmördern, die uns bekannt sind, etwas älter waren.«

»Aber du bist dir sicher, dass es sich um einen weißen Mann handelt?«

»Ganz sicher.«

»Was ist mit seiner Signatur? Kannst du darüber etwas sagen?«, fragte Pelle.

»Tatsächlich ist es ein Mythos, dass Serienmörder immer eine Signatur hinterlassen, aber wenn sie es tun, sagt diese oft etwas über ihre Motivation aus. Wenn er seine Opfer drapiert, so wie Viklund es getan hat, ist das ein Zeichen dafür, dass er nicht bereut und dass er den Wunsch hat, das Opfer zu kontrollieren und zu erniedrigen, auch nach dem Tod. Aber Nachahmungstäter sind nun einmal genau dadurch gekennzeichnet, dass sie kopieren, und selbst wenn wir Abweichungen von Viklunds Modus Operandi finden, können wir nicht wissen, ob sie Ausdruck dafür sind, dass er eine persönliche Präferenz auslebt, oder ob sie mangelnden Kenntnissen geschuldet sind.«

Pelle wirkte enttäuscht.

»Aber du meinst, dass Viklunds Signatur die Art und Weise war, wie er seine Opfer drapiert hat?«, fragte Nils Andersson.

»Meiner Meinung nach ist das Material da nicht eindeutig genug.«

Er ging zu der Pinnwand mit den Fotos vom Fundort Clara Petris und zeigte auf eine Nahaufnahme von ihrem Oberkörper. »Viklund legte seine Opfer in der gleichen Stellung ab. Das Auffälligste an der Positur ist die Art und Weise, wie die Arme über der Brust gekreuzt sind. Das ist eine kontrollierte und ausgesprochen defensive Haltung. Wenn eine Person mit den Armen in dieser Haltung dasitzt oder -steht, bedeutet das, dass ihre Körpersprache verschlossen ist. Wir legen diese Haltung als Ausdruck dafür aus, dass die Person kein Interesse hat zuzuhören. Wie Arvid mir erzählt hat, ging es in Viklunds Geständnis zum Teil um die angebliche Schuld der Opfer, und das passt sehr gut zu dieser Positur: In seinen Augen waren sie schuldig, weigerten sich aber, ihre Strafe anzuerkennen, woraufhin er die Bestrafung übernommen hat. Auffällig ist auch, dass er in keiner Weise versucht hat, die Opfer zu verstecken, sondern sie richtiggehend zur Schau stellt.«

Robert verstummte und betrachtete das Foto.

»Das klingt recht einleuchtend«, sagte Nils Andersson.

»Merkwürdig ist, dass er von jedem Opfer etwas mitgenommen hat«, sagte Robert.

»Die Trophäen?«, kam es von Arvid.

»Ja. Den Schmuck kann ich zur Not nachvollziehen; der diente ihm vermutlich als eine Art Andenken, das er hervorholen konnte, um die beim Mord verspürte Erregung noch mal zu durchleben. Aber die Haarsträhnen passen nicht ins Bild. Die sind viel zu intim und deuten mehr auf Ergebenheit hin als auf Hass, was in keiner Weise zu der Zurschaustellung der Opfer passt. So etwas sehen wir typischerweise, wenn der Prästressor eine Person war, die der Mörder sowohl hasste als auch liebte, zum Beispiel ein Elternteil, aber ich bin mir ziemlich sicher, dass Viklunds Prästressor keine Person war.«

»Warum?«

»Es gibt keinerlei Ähnlichkeit zwischen den Opfern, weder was das Aussehen, das Alter noch den Beruf angeht. Abgesehen vom Geschlecht gibt es praktisch keine Gemeinsamkeit.«

»Wir hatten faktisch einen möglichen gemeinsamen Nenner«, sagte Arvid. »Mithilfe des FBI haben wir ein geografisches Profil der Fundorte erstellt. Das war damals was ganz Neues, und die Ergebnisse waren nicht so zuverlässig wie heute, aber es wurde ein Zentrum im Växjösjön ausgemacht, ziemlich nah am Krankenhaus von Växjö. Alle vier Opfer waren ein knappes Jahr vor ihrem Tod im Krankenhaus oder in der Notaufnahme gewesen, und da Viklund dort gearbeitet hat, nahmen wir an, dass er sich seine Opfer dort ausgeguckt hat.«

Robert nickte, blieb aber vor dem Foto von Clara Petri stehen.

Warum gerade sie? Nach welchen Kriterien hast du sie ausgesucht?

»Ich habe bisher noch nie mit so einem Profil gearbeitet«, sagte Linda.

»Wie können wir es in der Praxis verwenden? Ich verstehe, dass wir nach einem weißen Mann suchen, aber wie können wir die psychologischen Aspekte nutzen?«

»Wenn ich sage, dass er gut organisiert ist, dann bedeutet das, dass er ein gut funktionierendes Leben führt, zumindest nach außen hin. Ich kann nicht ausschließen, dass der Drang zu töten von einer drastischen Veränderung im Leben *ausgelöst* wurde, aber wenn ein Täter in der Lage ist, einen Mord wie diesen zu planen und durchzuführen, dann ist er in der Regel auch in der Lage, einer geregelten Arbeit nachzugehen.«

»Hast du nicht gesagt, dass er an einer psychischen Krankheit leidet?«

»Dissoziale Persönlichkeitsstörung oder Psychopathie, wie es früher genannt wurde, ist ein abweichender Charakterzug. Psychopathen fühlen nicht so wie andere Menschen, aber ihre Auffassung von der Wirklichkeit ist nicht wesentlich verzerrt. Man kann sagen, dass sie ausgehend von anderen Werten agieren, besonders das Mitgefühl mit anderen Menschen ist praktisch nicht vorhanden, aber sie sind oft in der Lage, die Gefühle anderer Menschen zu imitieren, wodurch sie nach außen hin keinen Verdacht erwecken. Rund drei Prozent aller Männer und ein Prozent aller Frauen leiden unter einer dissozialen Persönlichkeitsstörung, und Untersuchungen deuten darauf hin, dass ihre Konzentration in einflussreichen Positionen ungewöhnlich hoch ist. Das sagt wenig darüber aus, wie gut sie im Alltag funktionieren können.«

Linda nickte.

»Unser Täter kann gut allein leben. Die Misshandlung von Clara Petri weist deutliche sadistische Züge auf, und sadistische Psychopathen haben oftmals eine Reihe gescheiterter Beziehungen hinter sich. Sind sie verheiratet oder in einer festen Beziehung, dann immer mit einer Frau, die sie unterdrücken können. Er hat das große Bedürfnis, sein Umfeld zu kontrollieren, und muss stets wissen, was wir tun. Daher empfehle ich, dass ihr eure Strategie aufrechterhaltet, der Presse so wenige Informationen wie möglich zu liefern.«

Linda lehnte sich über den Tisch und stützte ihr Kinn mit ihren Fäusten ab. »Ich verstehe nicht ganz, welchen Nutzen es haben kann, keine Informationen rauszugeben. Die Bevölkerung wird unsicher, wenn die Polizei keine Auskünfte gibt«, meinte sie.

»Derzeit befindet sich der Täter in der, was wir als *Cool-down*-Phase bezeichnen. Der Rausch des ersten Mordes befindet sich am Abklingen, und wenn er sich an Viklunds Zeitplan hält, ist noch ein wenig Luft, bis er in die nächste Phase eintritt. Seine Angstschwelle ist sehr niedrig, aber er genießt es, um sich herum Angst zu verbreiten. Man kann sagen, dass er ein Bedürfnis danach hat, aufgeputscht zu sein, und jedes Mal, wenn er etwas über die Ermittlungen liest, bekommt er einen neuen *Rausch*, der ihn an die Befriedigung erinnert, die er direkt nach dem Mord erlebt hat. Bekommt er diesen *Rausch* nicht, fühlt er sich unzufrieden, und wenn wir Glück haben, begeht er dann die nächste Dummheit.«

»Wie?«

»Vermutlich wird er seinen Plan für den nächsten Mord wieder und wieder gedanklich durchspielen, und das bedeutet, dass wir, wenn wir die Rastplätze unter Beobachtung halten, eventuell auf ihn stoßen. Hier kann er Viklunds Plan nicht wiederholen.«

Nils Andersson machte sich Notizen.

»Seine Frustration kann so groß werden, dass er Kontakt zu uns aufnimmt. Mir ist klar, dass jetzt sicher viele Hinweise bei euch eingehen, aber es ist wichtig, dass diejenigen, die die Anrufe entgegennehmen, sich bewusst sind, dass auch der Täter unter den Anrufern sein kann. Worauf sie achten sollten, sind die etwas seriöseren Typen, die den Eindruck vermitteln, an ihrer Information könnte etwas dran sein, die gleichzeitig aber auch versessen darauf sind, etwas zu erfahren. Er wird Fragen stellen, um zu klären, ob das, was er gesehen hat, relevant ist, so lange, bis es auffällig wird.«

»Ich sorge dafür, dass die Rastplätze kontrolliert werden und dass die Kollegen am Empfang instruiert sind, wie sie mit Anfragen neugieriger Bürger umgehen sollen«, sagte Nils Andersson.

»Gut. Was ist mit Klos?«, fragte Robert.

»Ich habe Bosse gebeten, ihn für morgen früh herzubestellen, sodass er gegen neun Uhr hier sein müsste«, antwortete Linda.

»Ist die Vernehmung immer noch relevant?«, fragte Nils Andersson.

»Wir müssen uns alle Optionen offenhalten. Derzeit

haben wir ein Profil, aber wir haben keinen Verdächtigen, mit dem wir es abgleichen können. Die Umschläge sind das Einzige, was von Viklunds Modus Operandi abweicht, und ich glaube, die Frau, die bei Klos war, ist dieselbe, die die Umschläge abgelegt hat.«

»Und uns liegt ein richterlicher Beschluss vor?«, fragte Nils Andersson.

»Er liegt auf deinem Tisch«, entgegnete Linda.

21

»Wir bestellen Pizza. Möchtest du auch eine?«, fragte
Linda.

»Nichts, danke.«

Robert nahm seinen Pullover und ging, bevor sie etwas
entgegnen konnte.

Im Präsidium war es still. Draußen auf dem Oxtorget
waren die meisten Stellplätze des kreisförmig angelegten
Parkplatzes leer. Es war an der Zeit, etwas Ordentliches
zwischen die Zähne zu bekommen. Und er musste drin-
gend ein bisschen abschalten, sonst würde er sich später
in dem schmalen Bett in der Jungfrauenkammer nur hin
und her wälzen.

Er hatte sich bemüht, überzeugend zu klingen, als er
seinen Entwurf des Täterprofils präsentiert hatte. Als er
jetzt aber innehielt, um zu überlegen, wohin er gehen
sollte, spürte er den Zweifel. Sie hatten zwar über zwölf
Stunden gearbeitet, dennoch hatte er das Gefühl, dass
der Tag ihn nur weiter von dem entscheidenden Punkt
entfernt hatte. Dem Empfinden, dass er den Täter wiedererkennen würde, sollte dieser ihm begegnen.

Er querte die Storgatan, die bis zum Oxtorget Fußgän-
gerzone war, und erreichte den Stortorget. Das Stadtzentrum war vollkommen still. Bis auf einen jungen Mann mit
Fahrrad, auf dem Gepäckträger eine Palme, begegnete er

niemandem. McDonald's, Gina Tricot und The Body Shop waren ein unverkennbares Zeugnis dafür, dass das Zeitalter der Globalisierung auch in der Hauptstadt Smålands Einzug gehalten hatte. Aber die Konditorei Askelyckan hatte überlebt, und auf der Ecke der Västergatan thronte Nordlunds noch immer mit seinen Schaufenstern für konventionell-klassische Bekleidung für Sie und Ihn. Würde ihnen nicht bald ein Durchbruch gelingen, müsste er dem Geschäft demnächst einen Besuch abstatten, um den Inhalt seiner Reisetasche aufzustocken.

Schräg gegenüber entdeckte er ein Restaurant, das es Anfang der Neunziger noch nicht gegeben hatte. Im »PM & Vänner« gab es nur wenige freie Tische, und Robert musste sich auf die Sofareihe zwischen einen übergewichtigen Herrn und eine Frau zwängen, die den Boden zwischen den Tischen komplett mit ihren Einkaufstüten zugestellt hatten.

Während er auf die Bedienung wartete, wurde ihm bewusst, dass es sein Besuch bei Anwalt Klos war, der das Ganze trübte. Wäre da nicht Klos' überraschende Reaktion, würde seine Empfehlung vollkommen klar sein: Lasst uns den Fokus auf alle bereits bestraften Mörder richten sowie auf alle, die über Insiderwissen zu den Fotomorden verfügen.

»Möchten Sie essen?«

Er sah auf. Eine Kellnerin mit schwarzer Bluse und weißer Schürze stand vor ihm und reichte ihm eine Speisekarte über den Tisch.

»Ja danke.«

»Das Risotto ist bereits aus.«

Jetzt hatte er erst recht Appetit auf Risotto. Er studierte

die Karte, der zufolge die Globalisierung auch eine gehobenere Küche in die Stadt gebracht hatte. Er bestellte gedämpften Heilbutt mit Forellenrogen und Spinat. Das Essen wurde schnell serviert, jedoch reichte der wohlschmeckende Fisch nicht aus, um seine Gedanken von dem Fall abzulenken.

Ein Täterprofil war selbstverständlich niemals eindeutig; es würde immer Bruchstücke geben, die in verschiedene Richtungen wiesen, aber die Kuverts und Klos' Aussage sprengten das Profil in zwei unvereinbare Hälften, mit kaltblütiger Psychopathie auf der einen Seite und mentalem Ungleichgewicht an der Grenze zu verzerrter Wirklichkeitswahrnehmung auf der anderen. Er war sich so sicher gewesen, dass die Kuverts eine bewusst gelegte falsche Fährte waren. Jetzt war er gezwungen, sie ernst zu nehmen, und das beeinflusste auch seine Auffassung von dem, was Ulriks Rolle in diesem Fall betraf. Wenn er nur Viklunds Geständnis hätte. Er musste Viklund verstehen, um die Kuverts korrekt zu deuten.

»Kann ich Ihren Teller mitnehmen?«

»Robert?«

Camilla löste sich aus einer kleinen Gruppe von Frauen, die sich vor dem Kino auf dem Oxtorget versammelt hatten. Ihre Haare kitzelten an seinem Gesicht, als sie ihn umarmte. Er meinte Popcorn zu riechen.

»Hej, Camilla. Bist du an einem so schönen Abend im Kino gewesen?«

»Wir treffen uns jeden ersten Mittwoch des Monats zur Sieben-Uhr-Vorstellung, egal ob Schneesturm oder Hochsommer. Was ist mit dir?«

»Ich war etwas essen.«

»Musst du zurück zur Arbeit?«, fragte sie und nickte in Richtung Präsidium.

»Nein, für heute bin ich fertig.«

»Hast du Zeit, eine alte Geliebte ein bisschen zu unterhalten?«

»Sehr gern. Ich muss auf andere Gedanken kommen«, antwortete Robert.

»Schön. Warte einen Moment.«

Sie wandte sich an ihre Freundinnen, die eifrig darauf bedacht waren, so auszusehen, als hätten sie Robert nicht angestarrt. »Ich haue jetzt ab. Robert ist ein alter Freund, den ich lange nicht gesehen habe.«

Es wurde genickt und gelächelt.

»Wollen wir einen Kaffee trinken oder ein Stück spazieren gehen?«, fragte er.

»Lass uns erst einen Kaffee trinken und anschließend eine Runde gehen.«

Sie gingen die Storgatan entlang, und kurz darauf befand sich Robert erneut im »PM & Vänner«. Jetzt waren nicht mehr so viele Gäste dort. Sie bestellten am Tresen Kaffee und suchten sich einen Platz.

»Ich bin froh, dass ich dir wieder über den Weg gelaufen bin. Du hast mir gar nicht erzählt, was in deinem Leben so passiert ist. Ich wollte Ulrik schon nach deiner Handynummer fragen, aber er hatte so schlechte Laune, dass ich es dann lieber gelassen habe.«

Ist diese Sorgenfalte zwischen ihren Augenbrauen vor zwanzig Jahren auch schon dort gewesen?

Sie schälte sich aus der Jacke und fuhr sich mit den Händen durch die Haare.

»Er wirkt sehr einsam.«

»Ich glaube, die Scheidung hat ihn härter getroffen, als er zugeben will.« Robert musste die Stimme anheben, um das Fauchen der Espressomaschine zu übertönen.

»Er hat erzählt, dass das Haus immer noch nicht verkauft ist, und er wohnt immer noch allein in dem riesigen Kasten, ewig weit weg vom Zentrum.«

Robert nickte.

»Was ist mit dir? Wohnst du in Kopenhagen, oder bist du auch in einen dieser Vororte gezogen?«

»Nein, ich wohne mitten in der Stadt.«

»Ein Kollege von mir hat einige Jahre lang in Kopenhagen gearbeitet. Er erzählte, dass die Immobilienpreise explodiert seien.«

Robert zuckte mit den Schultern. »Ich wohne zur Miete und habe nicht vor umzuziehen, sodass ich die Entwicklungen auf dem Wohnungsmarkt nicht so verfolge.«

»Selbstverständlich wohnst du zur Miete«, sagte sie lächelnd. »Ich erinnere mich auch daran, dass du geschworen hast, nie eine feste Stelle anzunehmen, aber die Wirklichkeit holt uns doch irgendwann alle ein.«

Sie hatte die Ellenbogen auf den Tisch aufgestützt, und ihre Hände bewegten sich im Takt mit ihren Worten. Der Ehering an ihrer rechten Hand war ein ganz einfaches schmales Modell aus Gold.

»Ich habe keine feste Stelle. Ich unterrichte ein bisschen an der Polizeischule und arbeite freiberuflich für eine von den Spezialeinheiten der Polizei.«

Die Kellnerin kam mit dem Kaffee und wechselte die Kerze im Teelichthalter aus, bevor sie wieder verschwand.

»Was ist mit Familie? Hast du Frau und Kinder?«

»Keine Frau, aber ein Kind. Ich habe eine Tochter, sie heißt Julie.«

»Wie alt ist sie?«

Robert zögerte. »Sie ist neunzehn.«

»Neunzehn? Aber, dann ist …« Camilla beugte sich vor und starrte Robert an. »Heißt das, du kanntest ihre Mutter, als wir noch zusammen waren?«

»Nein«, entgegnete Robert. »Das ist eine lange Geschichte …«, unternahm er einen Versuch, gab aber auf, als er Camillas Blick sah. »Ich kannte Julies Mutter drei Wochen. Fünf Monate später teilte sie mir mit, dass ich Vater würde, dass von mir aber nichts anderes erwartet würde, als in der Geburtsurkunde zu stehen.«

»Du hast also keinen Kontakt zu deiner Tochter?«

»Doch. Es war sogar Ulrik, der Anette unter Druck gesetzt hat, damit ich Julie sehen konnte, als sie etwa zwei Jahre alt war. Die Anfangsjahre war sie nur jedes zweite Wochenende und ab und an in den Ferien bei mir, und nach der Folkeskole entschied sie sich für ein Gymnasium in der Stadt und zog zu mir, wodurch ich die letzten vier Jahre lang Vollzeitpapa war.«

»Also hast du deine Freiheit doch nicht bekommen.« Camilla lächelte ihn an und trank einen Schluck Kaffee, bevor sie fortfuhr: »Wenn man jung ist, glaubt man, dass Trauscheine, feste Wohnsitze und Festanstellungen das sind, was man meiden sollte, aber das ist alles nichts im Vergleich dazu, Eltern zu werden. Das gilt auf Lebenszeit.«

»Hast du es bereut, Kinder bekommen zu haben?«

»Nie! Ich habe immer davon geträumt, Mutter von

vier Kindern zu sein. Daniel wollte nur bis drei mitgehen, aber dann waren es beim dritten Mal Zwillinge.«

»Ich hatte eigentlich immer den Eindruck, dass du eine Gegnerin der Kernfamilie warst?«

»Das bin ich so gesehen noch immer.«

»Aber du lebst doch in einer?«

»Ich glaube nicht, dass wirklich viele unseren kleinen Haushalt als Kernfamilie bezeichnen würden.« Sie schwieg einen Augenblick, bevor sie fortfuhr: »Vielleicht bin ich auch ein bisschen so wie die Mutter deiner Tochter; ich wollte Kinder, aber ohne Mann dazu. Ich hatte einfach Glück, einen Mann zu finden, der mit dem Konzept einverstanden war. Daniel ist Pressefotograf und auf der ganzen Welt unterwegs, und er liebt Kinder. Er hat ein Zimmer im Haus, sodass er mit den Kindern zusammen sein kann, wenn er in Schweden ist. Aber wir sind nie ein Paar im herkömmlichen Sinne gewesen.«

Er griff nach ihrer Hand und strich über den Ehering. »Aber ihr seid verheiratet?«

Erst sah sie ihn überrascht an, dann lachte sie. »In Schweden trägt man den Ehering an der linken Hand.«

Das hatte er vergessen.

»Ich bin vielleicht nicht der Richtige, um das zu beurteilen, aber ich verstehe nicht, worauf deine Abneigung gegenüber der Kernfamilie beruht«, sagte Robert.

»Purer Realismus. Bist du dir im Klaren darüber, wie viele Kinder heutzutage Scheidungskinder sind? Meine Eltern ließen sich scheiden, als ich fünf war, und den Rest meiner Kindheit verbrachte ich ausgestattet mit einem Koffer, ohne mich bei irgendeinem von beiden zu Hause zu fühlen. Das wollte ich meinen Kindern nie antun. Mir ist durchaus bekannt, dass die meisten Menschen glauben, es ist für immer, wenn sie heiraten und Kinder bekommen, aber die Statistiken sprechen ihre eigene Sprache. Also entschied ich mich für eine Lösung, bei der ich sicher sein konnte, dass kein Mann mir jemals meine Kinder wegnehmen könnte.«

»Ich bin mir nicht ganz sicher, ob das Realismus oder Pessimismus ist. Außerdem kann Daniel jederzeit ausziehen und darauf bestehen, dass die Kinder auch bei ihm sind.«

»Du bist Daniel definitiv noch nicht begegnet. Er ist süß und lustig, und er liebt die Kinder über alles, aber im Grunde ist er selbst ein großes Kind. Er würde totale Panik schieben, wenn er sie auch nur ein einziges Wochenende allein hätte.«

22

Auch wenn es nach zehn Uhr abends war, war es noch immer hell, als sie das Restaurant verließen. Camilla zog ihre Jacke fest um sich, und ohne darüber nachzudenken, legte er einen Arm um sie.

»Magst du immer noch ein Stück gehen?«, fragte er.

»Gerne. Lass uns rüber in den Linné-Park gehen. Hast du etwas dagegen, kurz über etwas Fachliches zu reden? Ich habe eine Patientin, die mir Kopfzerbrechen bereitet, und ich würde die Sache gern mit dir diskutieren.« Sie drehte ihren Kopf und sah ihn an.

»Vollkommen in Ordnung für mich.«

»Okay. Sie ist sechsundzwanzig Jahre alt und seit einem halben Jahr meine Patientin. Sie wurde wegen Panikattacken eingeliefert, aber die eigentliche Diagnose lautet schwere Depression. Irgendwann gleich zu Beginn erwähnte sie, dass es in ihrer Familie einige Geisteskranke gegeben hätte, weigerte sich aber, mehr darüber zu erzählen, und ich hatte das Gefühl, sie hatte diese panische Angst, weil sie befürchtete, selbst psychisch krank zu werden. Eine Zeit lang war sie eine Musterpatientin. Sprach richtig toll sowohl auf die Medikamente als auch auf die Gesprächstherapie an, und ich hatte keinen Zweifel daran, dass sie gesund war, als ich sie vor zwei Monaten entlassen habe.«

Solche Patientengeschichten hatte Robert schon oft gehört, und er hatte keine Ahnung, was Camilla mit dem Gespräch bezweckte. Sie arbeitete in einer Institution, wo man andauernd auf einen Psychiater stieß – warum also wollte sie diese Sache dann mit jemandem besprechen, der kaum über klinische Erfahrung verfügte? Robert wurde bewusst, dass er nicht zuhörte, was Camilla sagte.

»Auf den ersten Blick scheint sie gut klarzukommen, mit einer eigenen Wohnung und einem festen Arbeitsplatz, aber seit der Entlassung treffe ich überall auf sie. Es ist, als würde sie mich verfolgen. Als ich sie aber einmal damit konfrontierte, behauptete sie, dieses Aufeinandertreffen sei vollkommen zufällig.«

Verfolgt mich. Robert hatte nicht an den Fall gedacht, seit er Camilla vor dem Kino begegnet war, aber jetzt tauchten Ulrik und die weißen Umschläge wieder vor seinem inneren Auge auf. Am Tag zuvor hatte Ulrik sich verfolgt gefühlt, und er hatte Angst gehabt. Am Vormittag war er wütend geworden, als Robert vorgeschlagen hatte, er solle in die Stadt ziehen. Wut entstand oftmals aus Angst, aber wovor hatte Ulrik Angst?

Camilla hatte ihm eine Frage gestellt.

»Wie bitte? Ich habe jahrelang kein Schwedisch gesprochen, da bekomme ich nicht immer gleich alles mit.«

Sie blieb stehen und sah ihn an. »Falsche Bescheidenheit von jemandem, der wie ein Einheimischer klingt. Ich habe gefragt, ob du meinst, dass ich versuchen sollte, sie zwangseinzuweisen?«

Was sollte er antworten? Es wäre äußerst unseriös, ihr einen Rat zu geben, obwohl er nicht einmal die Hälfte mitbekommen hatte, aber er wollte auch nicht wirklich zugeben, dass er an den Fall gedacht hatte. Seiner Erfahrung nach war es glücklicherweise so, dass die wenigsten Menschen ernsthaft Ratschläge von anderen annehmen wollten, und daher entschied er sich, mit einer Gegenfrage zu antworten: »Was denkst du selbst?«

Sie ließ sich mit der Antwort Zeit und sagte schließlich: »Ich glaube, ich habe nicht genug Anhaltspunkte, die meinen Verdacht bestätigen. Und wenn ich sie zwangseinweisen lasse, riskiere ich, die Fortschritte wieder zunichtezumachen, die sie trotz allem erreicht hat.«

»Dann ist es vielleicht besser abzuwarten, was die Zeit bringt?«

Sie nickte. »Danke. Schön, mit dir darüber gesprochen zu haben. Du bist schon immer ein guter Zuhörer gewesen.«

Sie waren am Linné-Park angelangt, wo sich die Ärzte im Praktikum vom Växjöer Krankenhaus in den Pausen trafen, um Waffeln zu essen und die Sonne zu genießen. Er und die anderen Studenten vom Sigfrids hatten es damals genauso gemacht, und hier, mitten auf dem großen Rasen am See, war es auch gewesen, wo er Camilla zum ersten Mal begegnet war.

Camilla schaute auf die Uhr. »Ich sollte jetzt besser nach Hause fahren. Mir fällt es unglaublich schwer, mich wach zu halten, wenn ich in den Zuhörerreihen sitze und meinen lieben Kollegen lausche, und wenn ich meinen Schlaf nicht bekomme, kann ich den morgigen Tag komplett vergessen.«

Sie gingen quer über den Friedhof und standen wenig später vor Camillas großem silbergrauem Familienauto, das sie auf dem Oxtorget geparkt hatte.

»Versprichst du anzurufen, wenn du eine Pause von der Arbeit brauchst? Ich habe es wirklich genossen, wieder Zeit mit dir zu verbringen«, sagte Camilla, nachdem sie ihre Telefonnummern ausgetauscht hatten.

Als Robert die Tür zur Jungfrauenkammer aufschloss, versuchte er, sich ein Zuhause vorzustellen, in dem Mutter und Vater zusammenwohnten, ohne ein Paar zu sein. Lebten nicht viele seiner Freunde so?

Donnerstag

23

Vor dem Supermarkt hielt ein großer Lieferwagen. Der Fahrer sprang heraus, öffnete die Schiebetür und zog Zeitungsbündel hervor, die er auf die Erde warf. Robert wich aus, konnte aber einen Blick auf die Titelseite der *Kronobergsposten* werfen, die sein eigenes Gesicht zierte. Das ewig gleiche Bild, das ein Fotograf des *Ekstra Bladet* an einem Tatort draußen bei Falster von ihm aufgenommen hatte und das häufig in den dänischen Medien gezeigt wurde, wenn er an einem Fall arbeitete.

Die Polizei setzt alles daran, den Mörder zu finden, stand über dem Foto geschrieben.

Er nahm sich nicht die Zeit, ein Exemplar zu kaufen.

Michael Klos hatte darauf bestanden, sich umzuziehen, bevor er einem Beamten folgte, der gekommen war, um ihn abzuholen. Jetzt saß er im Vernehmungszimmer, bekleidet mit einem dunklen Anzug, einem weißen Hemd mit großem Kragen sowie einer breiten, rot-blau gestreiften Krawatte, mit doppeltem Knoten gebunden. Auf dem Tisch lag ein beigefarbener Hut, und neben seinen Füßen stand eine zerschlissene Ledermappe.

Robert und Nils Andersson nahmen auf der anderen Seite des Tisches Platz.

»Ich kann mir schon denken, warum ich hier bin.

Damit Herr Strand Antworten auf die Fragen bekommt, die er mir bei unserer letzten Begegnung gestellt hat«, sagte Klos.

Er lehnte sich zurück. »Ich wurde ganz richtig von einer Person kontaktiert, die Fragen zum Fall Viklund stellte. Es war eine junge Frau, die sich nicht vorgestellt hat.«

»Wie und wann hat sie Kontakt zu Ihnen aufgenommen?«, fragte Nils Andersson.

Klos beugte sich nach unten und öffnete die Mappe, zog einen schmalen Kalender in schwarzem Ledereinband heraus und blätterte darin. »Das war der 15. Juni, also vor gut zwei Wochen«, stellte er fest. »Am Vormittag. Sie hat einfach an der Haustür geklingelt. Genau wie Herr Strand.«

Er warf Robert einen vorwurfsvollen Blick zu.

»Wie wirkte sie?«, fragte Robert.

»Sie erinnerte mich an die Studenten, die in der Hoffnung auf einen Praktikumsplatz im Büro aufzutauchen pflegten. Nett, hartnäckig und leicht nervös. Sie trug einen grauen Hosenanzug in einem etwas altmodischen Schnitt. Sie hat versucht, die Hände in die Hosentaschen zu stecken, aber es gab keine Taschen, sodass ich annahm, dass es nicht die Art von Bekleidung war, die sie für gewöhnlich trug.«

»Was wollte sie?«, fragte Robert.

»Sie wollte wissen, ob ich Viklunds Akte nach dem Gerichtsverfahren irgendjemandem gezeigt hätte.«

»Warum?«

»Das wollte sie mir nicht sagen.«

»Aber sie hat nicht gefragt, ob Viklund Ihrer Ansicht nach unschuldig war?«

»Nein, darüber hat sie überhaupt nicht gesprochen. Sie hat sich nur für seine Akte interessiert und dafür, ob mich jemand aufgesucht und danach gefragt hat. Aus diesem Grund glaubte ich, sie hat Sie geschickt, weil Sie das Gleiche gefragt haben.« Er sah Robert direkt in die Augen. »In meinen vierzig Berufsjahren habe ich immer großen Wert auf die Schweigepflicht gelegt, die so entscheidend dafür ist, dass die Mandanten ihren juristischen Beratern vertrauen können. Das habe ich ihr erklärt, und dann bat ich sie zu gehen.«

»Ist sie dann gegangen?«, fragte Robert.

»Nein. Sie war schon auf dem Weg die Treppe hinunter, kehrte dann aber noch mal um. Sie stand so dicht vor mir, dass ich ihren Atem in meinem Gesicht spürte, als sie fragte, ob es stimme, dass Viklund seinen Opfern die Fingernägel ausgerissen hat.«

»Was haben Sie geantwortet?«

»Ich habe die Frage nicht beantwortet, aber ich glaube, sie konnte die Antwort an meinen Augen ablesen. Dann lief sie die Treppe hinunter und verschwand.«

»Sie haben ihr die Akte also nicht ausgehändigt?«, fragte Nils Andersson.

»Selbstverständlich habe ich das nicht getan. Das habe ich doch gesagt!«

»Entschuldigung«, entgegnete der Kriminalkommissar.

Robert stand am Fenster und sah, wie Michael Klos die Liedbergsgatan hinaufstapfte. Die Sonne stand bereits hoch am Himmel. Am Schnellimbiss auf dem Markt hockte eine ältere Frau und wischte einem kleinen Mädchen Eis von der Wange.

Sie hatte nach den Fingernägeln gefragt.

»Das Ganze hat uns nicht wirklich viel gebracht«, sagte Nils Andersson, als er ins Besprechungszimmer zurückkehrte, nachdem er den Anwalt nach draußen begleitet hatte.

»Was meinst du?«

»Seine Personenbeschreibung. Du wirst allein in diesem Gebäude hier mindestens zwanzig Frauen finden, die auf diese Beschreibung passen.«

Robert zuckte mit den Schultern. Dann erhob er sich und ging ins Viererbüro, wo Arvid hinter seinem Computer saß. Es roch nach Kaffee.

»Habt ihr aus dem Anwalt irgendetwas rausgekriegt?«

Robert nickte, stieß ein Fenster auf und erzählte von der Befragung.

»Ich schätze, sie war auf das Geständnis aus, schließlich musste dieses Teil der Akte sein. Wenn Viklunds Geständnis so detailliert war, wie du sagst, ist es eine eindeutige Quelle.«

»Aber warum hat sie dann Klos aufgesucht?«

»Im Sigfrids behaupten sie, die Akte nicht mehr zu haben, aber als Viklunds Verteidiger hatte Klos Zugang zu den Unterlagen.«

»Hat er sie ihr gegeben?«

»Nein. Er nimmt seine Schweigepflicht sehr ernst. Das Interessante aber ist, dass sie bereits etwas über Viklunds Vorgehensweise gewusst haben muss, bevor sie ihn aufgesucht hat. Andernfalls hätte sie nicht nach den Fingernägeln fragen können.«

Arvid zupfte sich am Ohrläppchen und überlegte. »Du glaubst also, er hat einen Komplizen? Einen, der die Umschläge für ihn abliefert und der ihm auch bei der Beschaffung von Informationen geholfen hat?«

Robert hatte diese Möglichkeit bereits in Betracht gezogen. Waren es zwei Personen, wären seine Probleme mit dem Profil gelöst – der Mörder war kaltblütig, der Komplize unausgeglichen –, aber Klos' Aussage deutete darauf hin, dass der Komplize etwas anderes war und mehr als nur ein unwissender Bote, und das passte keineswegs zu den Daten, die ihm Savour geschickt hatte.

»Es kommt vor, dass Serienmörder zu zweit arbeiten, aber dann ist der Modus Operandi ein ganz anderer. Ich bin das gesamte FBI-Material zu Nachahmungstätern durchgegangen, und es gibt nichts über diese Form eines Teams. Vielmehr hat es den Anschein, dass sich einige Nachahmer selbst als Helfer des Originaltäters betrachten.«

Er ging zurück in sein Besenkammerbüro und rief Bob Savour an. In Virginia war es fünf Stunden früher, aber Savour war bereits im Büro und auf dem Weg zu einer Besprechung, nahm sich aber die Zeit, um sich Roberts Bericht von den Gesprächen mit Klos anzuhören.

»Interessant.«

»Einer der Polizisten hier fragt, ob die Frau, die den Anwalt aufgesucht hat, die Gehilfin des Täters sein könnte. Den Gedanken hatte ich auch, aber es ist doch eindeutig, dass sie mehr über den Fotomörder weiß als das, was öffentlich zugänglich ist.«

»Du meinst eine Insiderin? Das ist vollkommen ausgeschlossen. Wenn er tatsächlich so gerissen ist, wie es der Fundort andeutet, habe ich keinen Zweifel daran, dass er jeden manipulieren und ausnutzen wird, um sein Ziel zu erreichen, aber er arbeitet allein. Sie ist eine Außenstehende, und sie hat keine Ahnung, was er treibt.«

So viel zu dieser Theorie.

24

Die Glocken der Domkirche klangen in seinen Ohren wie eine wohlbekannte Erinnerung, und noch bevor er die Hand auf den runden Metallgriff der Tür legte, wusste er, dass er sich in der Handfläche glatt und kühl anfühlen würde. Das Sankt-Sigfrids-Krankenhaus. Wie oft war er die drei Granitstufen zum Verwaltungsgebäude hinaufgegangen? Es hatte eine Zeit gegeben, zuletzt im Winter des besagten Jahres, wo er diesen Ort regelrecht gehasst hatte, wenn er seinen Dienstplan bekam und daran dachte, dass jemand – genauer gesagt die Oberschwester – bereits festgelegt hatte, womit er sich drei Wochen, vier Tage und fünf Stunden lang beschäftigen sollte.

Was wäre passiert, wenn der Fotomörder nicht aufgetaucht wäre? Als er gesehen hatte, wie sich sein Chef im Fernsehen über das psychologische Profil des Täters äußerte, hatte er gewusst, dass er *Profiler* werden wollte, und diese Entscheidung hatte einen ganz neuen Blickwinkel auf seine praktische Ausbildung geworfen; sie war nicht mehr etwas, das es auszuhalten galt, sondern ein wichtiger Schritt auf dem Weg zu einem neuen Ziel, und von diesem Zeitpunkt an hatte er seine Zeit im Sigfrids geliebt.

Robert und Nils Andersson wurden in das Büro der Direktionssekretärin geführt. Gunilla Häg war eine füllige Frau mittleren Alters, die in ihrem Büro mit Fotos von ihren Kindern und Enkeln auf der Fensterbank eine heimelige Atmosphäre geschaffen hatte.

»Ich verstehe nicht, was Sie wollen. Ich habe mehrmals mit Ihrer Kollegin Linda Berg gesprochen. Wir können Ihnen nicht weiterhelfen. Ich habe im ganzen System nach Karl Viklunds Akte gesucht, aber sie ist unauffindbar.«

Sie klickte ein paar Mal und studierte die Bildschirmansicht. »Es gibt nur einen Bericht zu dem Brand, der 1993 den Hochsicherheitstrakt zerstört hat. Er wurde von einem Ulrik Lauritzen ausgefertigt, und soweit ich sehen kann, beinhaltet er eine Einschätzung der achtzehn Patienten, die den Brand überlebt haben.«

»Können wir eine Kopie davon bekommen?«, fragte Robert.

»Ich weiß nicht ...« Gunilla Häg warf einen Blick auf den richterlichen Beschluss, den Nils Andersson nach ihrer Ankunft auf ihren Schreibtisch gelegt hatte. »Das muss ich erst mit meinem Chef klären.«

»Dann können Sie uns vielleicht mit einer Liste aller Patienten helfen, mit denen Viklund Kontakt gehabt haben könnte, als er hier im Sigfrids war«, sagte Robert. Das letzte bisschen Entgegenkommen schwand aus Gunilla Hägs flachem Gesicht. »Das ist auf keinen Fall machbar. Das liegt zwanzig Jahre zurück, und wir haben keine Möglichkeit, im System danach zu suchen. Viele der Patienten wurden in andere Abteilungen verlegt, abhängig davon, ob sich ihr Zustand verbessert oder verschlechtert hat, und ohne Viklunds Akte wissen wir nicht einmal, in welchen Abteilungen er untergebracht war.«

»Wenn Sie uns den Bericht von dem Brand geben, würden wir zumindest einen Teil der Namen kennen«, sagte Robert.

»Ich kann Ihnen mitteilen, dass wir den Verdacht haben, dass einer von ihnen möglicherweise mit dem Mord an einer jungen Frau zu tun hat«, sagte Nils Andersson.

»Die, die draußen an der 25 gefunden wurde?« Sie kniff die Augen zusammen.

»Dieser Bericht ist zwanzig Jahre alt, und wir versichern Ihnen, dass wir ihn ausschließlich polizeiintern verwenden. Das wäre eine große Hilfe für uns«, erklärte Robert.

»Ich werde trotzdem erst mit meinem Chef sprechen«, sagte sie.

Sie wiegte den Kopf hin und her, bevor sie erneut einige Male auf die Maus klickte. Dann ratterte der Drucker hinter ihr, und kurz darauf reichte sie Robert drei Blätter. »Es tut mir leid, dass ich Ihnen mit der Akte nicht behilflich sein kann, aber sie muss bei dem Brand verloren gegangen sein.«

Robert ließ den Blick über die erste Seite von Ulriks altem Bericht gleiten und wählte einen zufälligen Namen aus. »Können Sie nach Alvin Persstorp suchen?«

Sie kniff erneut die Augen zusammen, aber Robert wich ihrem Blick nicht aus und lächelte sie aufmunternd an. »Sie müssen nichts über den Inhalt dessen preisgeben, was Sie eventuell finden. Ich will lediglich wissen, ob seine Akte existiert.«

Klick, klick.

»Sie ist da.«

»Ist er noch immer hier Patient?«

»Das kann ich Ihnen leider nicht sagen.«

»Nein, selbstverständlich. Was ist mit Rikard Helmsjö?«

»Die Akte ist auch da, auch wenn er 1994 verstorben ist.« Sie warf Robert einen kurzen Blick zu. »Das darf ich wohl sagen«, sagte sie zögernd.

Robert lächelte sie an. »Sie sagen also, dass sich ein Patient, der 1994 gestorben ist, noch immer im System befindet, während Viklund, der 1993 starb, dort nicht zu finden ist. Wo liegt die Verjährungsfrist?«

»Wir sind dazu verpflichtet, sämtliche Akten für einen gewissen Zeitraum aufzubewahren, aber wir löschen sie nie aus dem System, da sie ab und an zu Forschungszwecken verwendet werden.«

»Aber die von Viklund ist verschwunden?«

»Es tut mir leid, aber egal was Sie mich fragen, sie ist hier nicht zu finden.«

Robert blieb vor dem Gebäude stehen und zündete sich eine Zigarette an, während Nils Andersson ihn mit einem unzufriedenen Ausdruck in den blauen Augen musterte.

»Irgendetwas stimmt da nicht«, sagte Robert. »Es hat nur im Hochsicherheitstrakt der Gerichtspsychiatrischen Klinik gebrannt, und ich weiß, dass es garantiert oben in der Verwaltung eine Kopie aller Patientenakten gab.«

»Ich habe den Eindruck, dass Gunilla Häg die Wahrheit sagt, und ohne Akte können wir nicht wirklich etwas machen.«

Robert nahm einen Zug von der Zigarette, drückte sie dann am Mülleimer aus und ging wieder zurück ins

Verwaltungsgebäude. Nils Andersson folgte ihm. Robert wusste, dass die Chanchen gering waren, ohne Besuchsvereinbarung Zutritt zum Hochsicherheitstrakt zu erhalten, aber er wollte es auf einen Versuch ankommen lassen.

»Hat Kerstin Kullen heute Dienst?«

Die Rezeptionistin schaute auf ihren Bildschirm und nickte.

»Ist es möglich, mit ihr zu sprechen?«

Sie griff zum Telefon. »Ich muss Sie erneut um Ihre Namen bitten«, sagte sie dann an Robert gewandt.

»Robert Strand und Nils Andersson.«

Sie gab die Namen durch, und nach einer Weile wiederholte sie Roberts Namen. Dann sah sie auf. »Gehen Sie einfach dort hinunter. Die Wache ist informiert.«

Nachdem sie ihre Wertsachen abgegeben, drei schwere Metalltüren und die Sicherheitsschranken hinter sich gelassen hatten, wurden sie von Kerstin Kullen begrüßt. Die Oberschwester war noch immer so rank und schlank, wie Robert sie in Erinnerung hatte, aber die Haare, die einst dick und blond gewesen waren, waren ergraut, und ihr Gesicht hatte Falten.

»Robert Strand! Was treibt dich denn hierher?«

»Hallo, Kerstin. Ich dachte schon, dass du hier noch immer das Sagen hast.«

»Die Rente rückt näher, aber ich bin noch immer dabei, und das Ganze ist auch viel einfacher geworden, jetzt, wo die Ärzte ihre Akten selbst schreiben und ich nicht mehr so viel Zeit darauf verwenden muss, ihr unmögliches Gekritzel zu entziffern.«

Kerstin Kullen war Oberschwester gewesen, als Robert drei Monate seiner praktischen Ausbildung in der Gerichtspsychiatrie absolvierte, und sie hatte ihn gezwungen, all seine Berichte zu diktieren, weil sie behauptete, seine Handschrift sei eine Katastrophe, selbst nach ärztlichen Standards bemessen. Auch wenn Nils Andersson ungeduldig von einem Fuß auf den anderen trat, bestand sie darauf, alte Erinnerungen aufzufrischen, bevor die beiden auch nur eine einzige Frage stellen konnten.

»Nun, womit kann ich euch helfen?«, fragte sie, nachdem sich die beiden Ermittler auf den Besucherstühlen in ihrem Büro niedergelassen hatten.

»Wir brauchen eine Kopie von Viklunds Akte. Wenn ich mich recht erinnere, gab es sowohl hier in der Abteilung als auch oben in der Verwaltung von allen Akten jeweils eine Kopie«, sagte Robert.

»Das ist richtig. Vor dem Computerzeitalter mussten wir alles mit Durchschlagpapier auf der Schreibmaschine verfassen und dann ein Exemplar in die Verwaltung bringen, damit die Akten immer komplett waren. Leider befanden sich beide Exemplare der Akten vom Hochsicherheitstrakt unten in der Abteilung, als das Feuer ausbrach.«

»Warum das?«

»Weil Claes Bohlin ein kleiner intriganter Drecksack war, der es liebte, die Fehler anderer Menschen auszustellen«, sagte sie mit unerwarteter Schärfe in der Stimme.

Dann lächelte sie ebenso unerwartet. »Eine Woche vor dem Brand hat Bohlin entdeckt, dass in einer Akte eine Seite fehlte. Es handelte sich um einen Patienten, der nach Kumla verlegt werden sollte, und es war Bohlins Aufgabe abzusichern, dass sie bei der Verlegung alle Informationen zu dem Patienten mitlieferten, aber es fehlte wie gesagt diese eine Seite. Die Akten lagen in meiner Verantwortung. Bohlin ist also direkt zu Strömberg marschiert und hat vorgeschlagen, dass ich jede einzelne Akte durchgehe, Seite für Seite. Wir brauchten ja die Akten unten in der Abteilung, und deshalb bin ich in die Verwaltung rüber, um die Kopien zu holen. In meinen Pausen habe ich sie dann miteinander verglichen.«

Sie atmete tief ein und seufzte. »Es ist wohl meine Schuld, dass wir sie nicht haben. Es dauerte mehrere Wochen, die anderen Akten zu rekonstruieren, aber da Viklund zu dem Zeitpunkt bereits verstorben war, einigten wir uns darauf, keine Zeit darauf zu verwenden, seine Akte neu aufzusetzen.«

»Glaubst du, es ist möglich, eine Liste mit den Patienten zu erstellen, zu denen Viklund Kontakt gehabt haben kann, während er hier einsaß? Wir haben bereits die Namen der anderen Insassen zum Zeitpunkt des Brandes, aber er kann auch Kontakt zu anderen gehabt haben.«

»Viklund war mit überhaupt keinem anderen Patienten in Kontakt, nachdem er in den Hochsicherheitstrakt verlegt worden war, das kann ich mit Sicherheit sagen. Er wurde in maximaler Isolation gehalten, und auch wenn wir Häftlingen in der Isolation Hofgänge anbieten, hat er diese nicht in Anspruch genommen.«

»Du sagst, er wurde in den Hochsicherheitstrakt verlegt. Warum wurde er verlegt, und wo war er bis dahin untergebracht?«

»Er wurde verlegt, weil er angefangen hatte, von den

Fotomorden zu reden, und davor war er in der Gerichtspsychiatrie.«

»Da bist du dir ganz sicher?«

»Ganz sicher, denn ich habe sein Geständnis ins Reine geschrieben, und ich habe nur für Strömberg und seine Leute gearbeitet.«

»Weißt du, warum er in die Gerichtspsychiatrie eingeliefert worden war?«

»Selbstverständlich habe ich seine Akte gelesen, aber ich kann mich nicht daran erinnern, was dem Geständnis vorausgegangen war.«

»Woran kannst du dich denn erinnern?«

Sie schüttelte den Kopf. »Ich versuche, so viel wie möglich davon zu vergessen, und Viklunds Geständnis war gewiss nichts, was man in Gedanken mit nach Hause nehmen will. Aber an eine Sache kann ich mich erinnern. Er hat beschrieben, wie er einem der Opfer seine Strümpfe in den Mund gestopft hat, weil das Mädchen angefangen hatte, nach seiner Mutter zu rufen.«

Dann strich sie sich mit der Hand über die Stirn, als wollte sie die Erinnerung wegwischen.

»Wie war er?«, fragte Robert.

»Viklund? Das weiß ich nicht. Als Oberschwester hat man ja nicht viel Kontakt mit den Patienten. Bohlin hat sich seiner angenommen, und es gefiel ihm, sich wichtig zu fühlen. Er sprach immer von *seinen* Patienten.«

»Strömberg geht nicht an sein Handy«, sagte Nils Andersson. »Ich weiß, dass er in Rente ist, aber wenn Sie viele Jahre lang mit ihm zusammengearbeitet haben, wissen Sie vielleicht …«

»Strömberg war nicht der Typ, der mit den Kollegen

über Privates plauderte, aber ich erinnere mich daran, dass er sich darauf freute, nach seiner Pensionierung mehr Zeit in Jämtland verbringen zu können. Ich glaube, er stammt von da oben, und ich weiß, dass er im Urlaub ab und an zum Angeln hochgefahren ist. Vielleicht ist er jetzt auch dort.«

25

Jetzt war es besser, und sie war ruhiger. Alles war ein wenig verschwommen, aber dieses Gefühl kannte sie bereits. Der Arzt hatte es eilig gehabt, das war ihm deutlich anzumerken gewesen. Er hatte sie kurz angesehen, einen Blick in seine Unterlagen geworfen und gesagt, es gebe keinen Grund, warum sie dortbleiben solle. Der Arzthelfer hatte nur die Stirn gerunzelt. Vielleicht hatte er von der Nachtschwester erfahren, dass sie stundenlang die Flure auf und ab gewandert war, während sie darauf gewartet hatte, dass die Medikamente die Herzfrequenz so sehr gesenkt hatten, dass das Gehirn nicht mehr annahm, sie befände sich in akuter Gefahr? Oder dass die Albträume aufgehört hatten, die sie so laut hatten schreien lassen, dass man sie schließlich in ein Einzelzimmer verlegt hatte? Aber er sagte nichts. Vielleicht war er nur froh, sie loszuwerden.

Das Licht war so grell, dass sie vor der Tür stehen bleiben musste, weil sie nichts sah, aber sobald sich die Augen daran gewöhnt hatten, ging sie in Richtung Campus. Es war nicht weit, einen knappen Kilometer am Seeufer entlang. Hauptsache, sie lief nicht Camilla in die Arme. Morgen früh, sobald sie den letzten Umschlag abgeliefert hatte, wollte sie nach Hause nach Tingsryd fahren, wo sie ihre Ruhe hatte.

Sie war noch immer ein wenig benommen und achtete daher sorgsam auf ihre Schritte, damit sie nicht vom Weg abkam. Deshalb roch sie den Qualm seiner Zigarette, bevor sie ihn sah. Den Mann, den Camilla umarmt hatte. Er stand neben einem Auto, neben einem nichtssagenden, langweiligen Auto, und sprach mit einem kleinen rothaarigen Mann, der aussah, als wäre er lieber an einem anderen Ort. Sie senkte den Blick und holte nicht einmal Luft, bis sie an den beiden vorbei war. Wer war er, und was machte er hier?

Ein dänischer Polizist.

Es hatte sie eine enorme Überwindung gekostet, in den kleinen Kiosk auf dem Campus zu gehen, aber sie hatte sein Foto in der Zeitung gesehen, und das Bedürfnis zu wissen, wer er war, wog schwerer als die Angst, jemandem zu begegnen. Jetzt saß sie auf einem der beiden Küchenstühle, die sich in der Campuswohnung befanden, und starrte geradewegs in seine braunen Augen. Robert Strand. Auf dem Foto sah er jünger aus, zudem hatte er Haare auf dem Kopf, und die kleine Narbe fehlte, die das eine Auge immer ein wenig traurig wirken ließ, wenn er lächelte, aber es bestand kein Zweifel daran, dass es sich um den Mann handelte, den Camilla umarmt und den sie kürzlich vor dem Sigfrids gesehen hatte.

Dem Artikel zufolge war er einer der kompetentesten *Profiler* Europas, zudem hatte er in den USA gearbeitet. Ihr stockte der Atem, als sie las, dass Strand von 1992 bis 1993 in Växjö gewohnt und im Sankt Sigfrids gearbeitet hatte.

Genauso wie Ulrik Lauritzen. In der Zeit waren auch die Fotomorde passiert.

Vielleicht ist das hier größer, als du glaubst. Wenn mein Verdacht stimmt, kann unser Plan damit enden, dass ein Mörder zur Verantwortung gezogen wird.

26

Robert zündete sich eine weitere Zigarette an. Er blieb stehen und ignorierte Nils Andersson, der die Autotür bereits geöffnet hatte.

»Sollen wir uns auf den Rückweg machen?«

»Ich will noch einmal mit Michael Klos sprechen. Können wir bei ihm vorbeifahren?«

»Darf ich fragen, warum du noch mal mit ihm sprechen willst?«

»Weil er eine Kopie von Viklunds Geständnis hat.«

»Wie kommst du zu dieser Annahme?«

»Als du ihn gefragt hast, ob er der Frau die Akte gegeben hat, fing er wieder mit seinem Geschwafel über die Schweigepflicht an, aber warum leugnen, sie ihr gegeben zu haben, wenn er sie überhaupt nicht hat?«

Nils Andersson seufzte. »Ich verstehe das nicht. Wir haben soeben einen ganzen Vormittag darauf verwendet, dieses Geständnis ausfindig zu machen, während wir hätten nach Zeugen suchen, mit den Hinterbliebenen des Opfers sprechen und alle Spuren analysieren sollen, die das SKL gefunden hat. Malmström hält nicht viel von diesem ganzen Psychologiegerede hier, und ich muss ihm Recht geben, dass du offensichtlich deine gesamte Energie darauf verwendest, in einem alten Fall herumzustochern, der längst abgeschlossen ist.«

Robert wog seine Antwort lange ab, bevor er sagte: »Du musst das nicht verstehen, und du musst mich nicht die ganze Zeit begleiten, als wäre ich ein Strafgefangener auf Ausgang. Mach du deine Arbeit, dann mache ich meine.«

Nils Andersson ging nicht darauf ein.

»Willst du mit, oder soll ich allein mit ihm reden?«, fragte Robert.

»Lass uns auf dem Rückweg bei ihm vorbeifahren, und wenn er das Geständnis nicht hat, will ich kein Wort mehr davon hören.«

Robert blieb ihm eine Antwort schuldig.

Eine Drossel hüpfte vor ihnen den Weg zum Garten entlang, setzte schließlich zum Flug an und suchte Zuflucht in einem Apfelbaum. Neben einem Beet standen kleine schwarze Plastikkübel sowie ein kleiner Rechen und eine Schaufel, aber in dem Vorgarten war niemand zu sehen.

Klos wollte Robert die Tür vor der Nase zuschlagen, aber als er unten an der Treppe Nils Andersson entdeckte, wies er ihnen den Weg in sein Arbeitszimmer, in dem die Wände vom Boden bis zur Decke mit Bücherregalen zugestellt waren.

»Wie lange wollt ihr mich noch schikanieren? Ich habe alle Fragen beantwortet.«

Der Anwalt hatte Jackett und Krawatte abgelegt und die schwarzen Schuhe gegen Pantoffeln getauscht.

»Wir sind nicht gekommen, um Fragen zu stellen«, sagte Robert. »Wir sind gekommen, um Sie zu bitten, uns Viklunds Akte zu übergeben.«

»Wie kommen Sie darauf, dass ich sie habe?«

»Ich weiß, dass Sie sie haben, und ich möchte Sie daran erinnern, dass das hier eine Mordermittlung ist und dass Sie verpflichtet sind, uns die Informationen zu geben, um die wir Sie bitten.«

Es war, als würde aus dem pensionierten Anwalt alle Luft entweichen. »Darüber bin ich mir durchaus im Klaren. Ich weiß, dass ich sie nicht hätte an mich nehmen sollen. Das war das einzige Dokument, das ich aus meinen Archiven entfernt habe, als ich in Pension ging.«

»Warum haben Sie die Akte dann an sich genommen?«, fragte Robert.

»Das ist schwer zu erklären«, antwortete er.

»Versuchen Sie es«, drängte ihn Robert.

»Wissen Sie, wie viele Serienmörder es im Laufe meiner Karriere in Växjö gab?«, fragte er.

Robert schüttelte den Kopf.

»Einen. Viklund. Ich habe dafür gesorgt, dass während des Gerichtsverfahrens kein anderer das Geständnis in die Hände bekam, aber ich wusste natürlich, dass meine Partner das Archiv durchgehen und aufräumen würden, und ich wollte nicht, dass sie es finden.«

»Das verstehe ich nicht«, sagte Nils Andersson.

»Nein«, brummte Klos. »Das tun Sie ganz sicher nicht. Es ist widerlich zu lesen. Wirklich widerlich.«

27

Der grüne Textmarker glitt mit einem Quietschen über das Papier.

... und legte ihn zusammen mit dem Ring in Großvaters alte Tabakschachtel.

Klos hatte tatsächlich nur Viklunds Geständnis gehabt. Robert hätte gern Strömbergs Einschätzung aus ärztlicher Sicht gelesen, und er hatte gehofft, mehr Informationen über Viklunds Hintergrund zu erhalten, aber die Enttäuschung verschwand schnell, als er anfing, das Geständnis zu lesen. Er hatte es zweimal gelesen, erst schnell und anschließend gründlich und war nun dabei, die wichtigsten Passagen zu markieren.

Savour würde vollkommen außer sich sein. Sobald er wieder in Kopenhagen war, wollte Robert es übersetzen lassen und ihm mailen. Dieses Dokument war Gold wert, ein exzeptioneller Einblick in die Denkweise eines sadistischen Serienmörders, und Robert wusste, dass es eine zentrale Rolle in der Ausbildung zukünftiger *Profiler* spielen würde.

Es verging ein Moment, bis er bemerkte, dass Linda Berg in der Tür stand.

»Das ist das Schrecklichste, was ich jemals gelesen habe«, sagte sie.

Robert musste ein paar Mal tief Luft holen, damit

sich seine Begeisterung so weit legte, dass er ihr einigermaßen sachlich antworten konnte. »Ja, das ist recht starker Tobak.«

»Das Schlimmste ist, dass ich das alles vor mir sehe. Er beschreibt alles so detailliert, und zum Schluss hatte ich das Gefühl, ich stecke in seinem Kopf.« Sie lehnte sich an den Schreibtisch. »Dort, wo er von dem Polizeiauto erzählt, das hinter ihm herfuhr, und Malin Trindgärd in seinem Kofferraum lag ...«

Sie verstummte.

»Du hast dich bei der Befürchtung ertappt, dass er entdeckt werden würde.«

Linda nickte.

»Ging es dir genauso? Ich meine, findest du es nicht erschreckend, dass man die Seite einer Person einnehmen kann, die so krank und böse ist?«

»Du bist nicht auf seiner Seite, du versetzt dich nur in seine Lage. Das sind zwei komplett verschiedene Dinge.«

Nils Anderssons Gesicht war blass unter dem roten Haarschopf, als er im Türrahmen auftauchte. »Das hier muss definitiv unter uns bleiben. Ihr dürft das Geständnis niemandem außerhalb der Gruppe zeigen, und sorgt dafür, dass eure Kopien eingeschlossen sind, bevor ihr eure Büros verlasst. Ich kann gut verstehen, warum Klos es genommen hat, und ich bin froh darüber, dass es nie an die breite Öffentlichkeit gelangt ist.«

Robert hatte den Eindruck, dass es ihn Überwindung kostete fortzufahren.

»Aber so haben wir die Antwort auf deine Frage gefunden.«

»Welche Frage?«

»Wie er die Fotomorde so genau kopieren kann. Dieses Geständnis hier ist doch das reinste Drehbuch.«

»Abgesehen von dem Aspekt mit den Fingernägeln«, sagte Robert. »Die sind nirgends erwähnt.«

Nils Andersson ließ die Schultern hängen.

Robert begleitete Linda zum Viererbüro, um mit Arvid zu sprechen. Der saß am Besprechungstisch, den Stuhl halb dem Fenster zugewandt.

»Hast du kurz Zeit?«, fragte Robert.

Arvid drehte sich um und nickte. »Ich habe gerade darüber nachgedacht, wie merkwürdig es ist, dass man etwas vergessen kann, das so großen Eindruck auf einen gemacht hat. Als ich das Geständnis hier vor zwanzig Jahren gelesen habe, war ich mir sicher, dass jedes einzelne Wort für alle Ewigkeit in mein Gedächtnis eingebrannt sein würde, und dennoch sind viele kleine Details daraus verschwunden.«

Er drehte den Stuhl zum Tisch um, sodass er Robert direkt gegenübersaß. »Worüber willst du sprechen?«

»Es gibt da etwas, das mich verwirrt, und ich dachte, es wäre gut, mit dir darüber zu diskutieren.«

Er breitete sein Exemplar von Viklunds Geständnis vor Arvid auf dem Tisch aus, sodass die Bogen mit seinen Anmerkungen nebeneinanderlagen. Er zeigte auf eine grüne Markierung auf der zweiten Seite. »Das, was ich grün markiert habe, sind Dinge, bei denen es sich um Signaturhandlungen drehen kann«, erklärte er und gab Arvid Zeit, sich die grün gekennzeichneten Passagen auf allen fünf Seiten anzusehen.

»Das sind viel zu viele«, sagte Arvid, als er aufsah.

»Genau. Es wirkt, als habe er mit einem Lehrbuch für Serienmörder dagesessen und alle bekannten Signaturen kopiert.«

Nils Andersson streckte den Kopf zur Tür herein.

»Ich sage Malmström und Pelle Bescheid, damit wir eine Statusbesprechung abhalten können«, sagte er und verschwand wieder.

Robert wollte protestieren, aber Arvid hielt ihn mit einer Geste zurück. »Nisse ist in Ordnung. Für ihn muss eben alles immer nach Vorschrift ablaufen. Und es fehlt ihm vielleicht ein bisschen an Malmströms Autorität.«

28

Nils Andersson schaute Robert an. »Okay. Jetzt hast du dein Geständnis. Und da willst du uns vielleicht erzählen, warum das so wichtig ist.« Seine Stimme hatte einen schrillen Unterton, der nicht unbedingt dazu beitrug, Autorität zu signalisieren.

»Die Definition eines Serienmörders beinhaltet, dass er *scheinbar* ohne Grund mordet. Das heißt im Prinzip, dass er aus Beweggründen heraus mordet, die für andere Menschen unlogisch sind, wohingegen für ihn die Logik ganz klar ist, und diese ist oft in seiner Signatur erkennbar. Wenn wir die Signatur identifiziert haben, sind wir daher besser in der Lage, sein weiteres Vorgehen vorherzusagen.«

Robert drehte seinen Stuhl so, dass er auch Linda und Pelle sehen konnte. »Das trifft leider nicht auf Nachahmungstäter zu, und deswegen sind wir gezwungen, in diesem Fall hier einen Umweg zu machen, und dieser Umweg geht über die Frage: Warum kopiert er ausgerechnet die Fotomorde? Er hätte jeden anderen Serienmörder kopieren können, aber er hat sich für Viklund entschieden. Warum?«

»Warum sollte er nicht Viklund auswählen?«, fragte Linda.

»Dagegen sprechen gleich mehrere Aspekte. Serienmörder sind glücklicherweise selten, aber die meisten sind Gegenstand enormer öffentlicher Aufmerksamkeit geworden. Ihr Leben wurde verfilmt, im Internet wurde rauf und runter über sie berichtet, und es gibt Menschen, die sich ausschließlich damit beschäftigen, jedes einzelne bekannte Detail in ihrem Leben zu studieren. Aber im Fall von Viklund ist die Dokumentation extrem übersichtlich. Die Polizei entschied sich seinerzeit, kaum Informationen herauszugeben, und Viklund starb, bevor er seinen *Moment des Ruhms* bekam. Das ist für diese Ermittlung unser größter Vorteil, weil es die Anzahl der Personen einschränkt, die überhaupt die Möglichkeit hatten, den Fotomörder zu kopieren.«

Malmström nickte. »Du meinst, dass mehrere Aspekte dagegen sprechen?«, sagte er.

»Viklund wurde festgenommen«, antwortete Robert. »Der am häufigsten kopierte Serienmörder ist der *Zodiac-Killer*, und es ist der Polizei nie gelungen, seine Identität eindeutig festzustellen. Es gab mehrere Verdächtige, aber die technischen Beweise reichten nie aus, um jemanden zu verurteilen. Diese Unsicherheit gibt einem Nachahmer die Möglichkeit, mit der Angst zu spielen, dass *er* der richtige *Zodiac-Killer* sei. Aber auf einer tiefer liegenden Ebene dreht es sich vermutlich auch um Vorbilder: Nachahmungstäter kennzeichnet in der Regel, dass sie extrem perfektionistisch sind. Zudem ist ihre Persönlichkeit oft von Größenwahn geprägt. Daher finden sie eher Gefallen daran zu versuchen, einen Serienmörder zu imitieren oder zu übertreffen, dem seine Taten gelungen sind, ohne gefasst zu werden, anstatt einen zu kopieren, der gefasst und verurteilt wurde.«

Pelle öffnete eine Tüte Süßigkeiten und stopfte sich den Mund voll.

»Und drittens ist es fast zwanzig Jahre her, dass er gefasst wurde. Nachahmer sind weitaus gewöhnlicher. Aber das auffälligste Kennzeichen dieser Art ist, dass Nachahmungstäter ihre Aktivitäten für gewöhnlich dann aufnehmen, wenn derjenige, den sie kopieren, noch immer auf freiem Fuß ist, sodass sie parallel operieren.«

»Wir hatten vor ein paar Jahren so einen Fall«, unterbrach Pelle ihn. »Erst als zwei Vergewaltigungen zur gleichen Zeit stattgefunden hatten, wurde uns klar, dass wir nach zwei verschiedenen Männern suchten.«

»Was ihn reizt, ist also nicht nur die Tatsache, *dass* Viklund vier Frauen ermordet hat, sondern auch die Art und Weise, wie er es getan hat.«

»Was meinst du?«, fragte Pelle.

Robert machte sich im Stillen über Pelles Machogetue lustig.

»Stell dir vor, du hast dein Leben lang deine Homosexualität unterdrückt, aber plötzlich siehst du auf dem Titel einer Pornozeitschrift ein homoerotisches Foto, das dich vollkommen um den Verstand bringt.«

Die Irritation stand Pelle förmlich im Gesicht geschrieben, während in Arvids Mundwinkeln ein verdächtiges Lächeln lauerte.

»Du wirst versuchen, das Foto zu verdrängen, genauso wie du ein Leben lang deine Homosexualität verdrängt hast, aber an irgendeiner Stelle wird dein Unterbewusstsein genau dieses Foto als Platzhalter für die ultimative Befriedigung abspeichern. Wenn du dich irgendwann dazu entschließt, dich zu outen, wirst du unbewusst nach einem Partner suchen, der bereit ist, deine Fantasie zu erfüllen, und in der gleichen Weise wird unser Nachahmungstäter versuchen, seine Fantasie auszuleben, indem er das Verbrechen kopiert, welches ihn *aktivierte.*«

Linda kicherte, und Arvid musste wegschauen. Es war vermutlich an der Zeit, Pelle zu erlösen.

»Um herauszufinden, welche Details unseren Täter aktiviert haben können, brauche ich das Geständnis.«

»Hast du schon etwas gefunden?«, wollte Malmström wissen.

»Das Problem ist, dass Viklunds Modus Operandi zu den komplexesten gehört, die mir jemals untergekommen sind. Viklunds Opfer weisen keinerlei Gemeinsamkeiten auf, was Alter, Aussehen oder Beruf betrifft.«

»Aber war Viklunds Motiv nicht Rache? Er ermordete doch nur Frauen, die selbst ein Leben auf dem Gewissen hatten«, sagte Pelle.

Malmström mischte sich ein. »Aber vielleicht war das nur ein Vorwand.«

»Ja, es wirkt beinahe, als wollte er vertuschen, dass er nur zum eigenen Vergnügen mordete«, sagte Arvid.

»Das ist genau das Gefühl, das ich habe, wenn ich Viklunds Signatur analysiere. Sie wirkt irgendwie zu konstruiert, als wollte er damit von etwas anderem ablenken.«

»Und was sollte das sein?«, fragte Pelle.

»Ich denke, Viklunds eigentliche Signatur besteht in der Abwesenheit technischer Beweise, in der Art, wie er die Spuren beseitigt hat.«

Arvids ließ seine Faust mit einem leichten Knall auf die Tischplatte sausen, aber er sagte nichts.

»Auch wenn Viklund in seinem Geständnis die Fingernägel nicht erwähnt, beschreibt er ausführlich, wie er die Leichen behandelt hat, bevor er sie an den Fundorten platzierte«, sagte Robert.

»Und was bedeutet das?«, fragte Arvid.

»Ich glaube, es ging darum, dass er mit der Polizei gespielt hat. Viklund wollte die Polizei verwirren, und das spricht auch unseren Nachahmungstäter an. Er kopiert Viklund detailliert, versucht aber gleichzeitig, uns mit den Umschlägen, deren Botschaften viel zu explizit erscheinen, auf eine falsche Fährte zu locken. Exakt wie Viklunds Signatur. Wenn ich Recht habe, suchen wir nach einer Person, die ein äußerst ambivalentes Verhältnis Autoritäten gegenüber hat. Er ist mit einem Vater aufgewachsen, der ihn mit straffen Zügeln und ohne Liebe aufzog, und nun strebt er danach, die gleiche Macht zu erlangen und sich gleichzeitig jeglicher Form von Autorität von anderen zu widersetzen.«

»Wie sollen wir das im Hinblick auf unsere Ermittlungen verwenden?«, fragte Linda.

»Abgesehen davon, was wir über Geschlecht, Herkunft und Beruf gesprochen haben, solltet ihr euer besonderes Augenmerk darauf legen, dass wir es mit einer detailversessenen Person zu tun haben.«

»Und das bedeutet?«, fragte Pelle.

»Das bedeutet, dass er keine Mühen gescheut hat, um jegliche verfügbaren Informationen über Viklunds Vorgehensweise aufzuspüren. Er weiß das mit den Fingernägeln. Ich nehme jedoch an, dass er auch das Geständnis hat. Er muss es haben.«

»Das klingt plausibel, aber woher soll er es haben? Ich

habe keinen Grund zu der Annahme, dass Klos gelogen hat. Er hat es niemandem gezeigt, und ich glaube auch Kerstin Kullen, die sagt, dass es bei dem Brand den Flammen zum Opfer gefallen ist«, sagte Nils Andersson.

»Dann bleiben also nur noch wir«, sagte Arvid.

»Was meinst du?«

»Alle Polizisten, die an dem Fall gearbeitet haben, wussten das mit den Fingernägeln. Ich habe keine Kopie von dem Geständnis gemacht, bevor ich es übergeben habe, als Klos uns gerichtlich belangt hat, aber das hätte ich tun können, und das Gleiche hätten alle anderen tun können, die an dem Fall gearbeitet haben.«

Robert drehte sich zu Malmström um, der den Kopf schüttelte.

»Wir waren ein kleines Team, und außer Arvid und mir leben nur noch zwei Kollegen. Ich habe mit ihnen gesprochen, aber lasst sie uns zu einer Vernehmung einberufen und nach dem Geständnis fragen.«

»Vielleicht sollten wir auch mit den Hinterbliebenen der inzwischen Verstorbenen sprechen? Sie könnten zu Hause über die Morde gesprochen und das mit den Fingernägeln erwähnt haben, und vielleicht hat einer der Erben beim Aufräumen der Wohnung des Verstorbenen eine Kopie des Geständnisses gefunden«, sagte Arvid.

»Das ist doch vollkommen absurd«, wandte Linda ein.

»Ich stimme Arvid zu, und wir könnten die Erklärung dafür finden«, sagte Malmström.

»Der Sohn eines Polizeibeamten passt auch ganz gut zu deiner Beschreibung einer Person, die mit einer autoritären Vatergestalt aufgewachsen ist«, meinte Nils Andersson.

29

Zwei Dohlen kämpften um die Reste einer Zimtschnecke. Eine von ihnen bekam den weichen Klumpen in den Schnabel, aber nach ein paar unsicheren Flügelschlägen musste sie aufgeben, und der Kampf begann von vorn.

Pelle hatte Robert einen Zugang zu der schwedischen Internetseite Infotorg.se organisiert, die detaillierte Informationen über sämtliche Staatsbürger Schwedens beinhaltete, und jetzt saß er im Hinterhof der Konditorei Askelyckan im Schatten mit einem Krabbenbrot und dem Bericht, den Gunilla Häg ihm und Nils Andersson übergeben hatte. Es ging um die achtzehn Patienten, die den Brand überlebt hatten.

Wenn Kerstin Kullen Recht hatte, dann hatte keiner von ihnen Kontakt zu Viklund gehabt, nachdem er in den Hochsicherheitstrakt verlegt worden war. Aber bevor er die Fotomorde gestanden hatte, war er in der Gerichtspsychiatrie untergebracht gewesen, und das traf möglicherweise auch auf einige der anderen zu. Auch wenn die Wahrscheinlichkeit gering war, musste Robert überprüfen, ob der Name von Clara Petris Mörder eventuell auf einer der drei Seiten stand, die vor ihm lagen.

Er aß sein Brot auf und schaltete sein MacBook ein. Zweiundsiebzig ungelesene Mails. Er klickte den Posteingang nicht an.

Er brauchte nur eine halbe Stunde, bis er elf Namen von der Liste ausschließen konnte; fünf waren tot, und sechs waren seit über zwanzig Jahren nicht mehr mit einer Adresse beim Einwohnermeldeamt registriert. Sie befanden sich vermutlich noch immer hinter Schloss und Riegel. So blieben neben Viklund noch sechs Namen übrig. Bei dreien von ihnen musste Robert passen, weil die Personennummer fehlte und ihre Namen zu gewöhnlich waren und daher häufig in der Datenbank zu finden waren.

So blieben noch drei Personen, die zusammen mit Viklund eingesessen hatten, die jetzt aber mit einer Adresse beim Einwohnermeldeamt registriert waren: Uffe Heimdahl, Anders Ferring und Per Myhrvolk.

Uffe Heimdahl hatte wegen mehrerer gewalttätiger Überfälle auf Postboten im Sigfrids in Gewahrsam gesessen. In zwei Fällen hatte er versucht, sein Opfer zu erwürgen. Dem Bericht zufolge hatte nach dem Brand der Traumatologe Lars Setter mit Heimdahl gesprochen, wobei es beim ersten Gespräch notwendig gewesen war, den Patienten zu fixieren, weil er überzeugt war, Setter sei vom Satan geschickt worden, um ihn zu töten. Dieses Verhalten sowie die Diagnose Schizophrenie passten überhaupt nicht zum Profil des Täters.

Setter hatte auch mit Anders Ferring gesprochen, der den Psychiater bedroht und die weiblichen Mitglieder der Familie des Arztes sexistisch diffamiert hatte. Ferring war wegen Vergewaltigung in mehreren Fällen in der Klinik untergebracht, und auch wenn die Notiz zu ihm kurzgefasst war, fand Robert, dass er bedeutend besser in das Täterprofil passte als Uffe Heimdahl.

Der letzte Name auf der Liste kam Robert bekannt vor. Per Myhrvolk hatte mit Rauchvergiftung im zentralen Krankenhaus gelegen, als Ulrik nach dem Brand mit ihm gesprochen hatte. Der Gewaltverbrecher hatte durch einen Sturz als Jugendlicher einen Gehirnschaden erlitten, und Ulrik beschrieb ihn als einen *klassischen Psychopathen* und nahm an, dass der Brand »kaum größere psychische Auswirkungen« auf Myhrvolk haben würde.

Als Robert die Adressen der beiden Männer auf Infotorg.se überprüfte, zeigte sich, dass Anders Ferring jetzt in der Nähe von Sundsvall lebte, fast 1000 Kilometer nördlich von Växjö, während Myhrvolk im Mörners Väg wohnte, rund einen Kilometer von der Konditorei Askelyckan entfernt.

Die Wohnung befand sich in der oberen Etage eines zweistöckigen Hauses, mit einem Aufgang an der Außenseite anstatt eines Treppenhauses. Ausgehend von dem Abstand zwischen den hellgelben Türen vermutete Robert, dass es sich um Einzimmerwohnungen handelte. Es war vollkommen still, und seine Schritte hallten auf dem Betonboden. Dennoch hörte er nicht, dass die Tür der Wohnung links neben der von Per Myhrvolk geöffnet wurde, und er zuckte zusammen, als eine ältere Frau den Kopf herausstreckte und sagte: »Er ist nicht zu Hause.«

Sie musterte Robert, und eine Locke ihrer stahlgrauen Haare fiel in ihr rundes sonnengebräuntes Gesicht.

»Wissen Sie, wo er ist?«, fragte Robert.

»Worum geht's denn?«

»Ich bin Arzt und habe Per Myhrvolk vor vielen Jahren behandelt.«

»Welche Art von Arzt.«

»Wissen Sie, wo er ist?«, wiederholte Robert seine Frage.

»Ich bin Pers Mutter. Vielleicht ist es besser, wenn wir drinnen bei mir reden.«

Alma Myhrvolks Wohnung hatte zwei Zimmer, aber das Wohnzimmer, in das sie Robert bat, war so klein, dass ein Zweisitzersofa die komplette Längsseite vereinnahmte. Im Gegenzug verfügte die Wohnung über einen kleinen Balkon, der den Blick auf Kronobergs schöne Natur freigab, und durch diese Aussicht wirkte das Wohnzimmer einladend.

»Möchten Sie Kaffee? Ich habe gerade frischen gemacht.«

»Ja danke, das wäre nett«, antwortete Robert und folgte ihr in die Küche.

Sie stellte den Kaffee und ein paar Plätzchen auf ein Tablett und trug es auf den Balkon.

»Waren Sie einer der Ärzte, die Per damals im Karolinska behandelt haben?«, fragte sie, als sie ihnen beiden Kaffee eingeschenkt hatte.

»Nein. Ich bin Psychiater und habe Anfang der Neunziger im Sigfrids gearbeitet.«

Er hatte eine negative Reaktion erwartet, aber es war, als würden sich durch seine Antwort die Muskeln in ihrem Gesicht entspannen.

»Ich habe gleich gedacht, dass Sie ein wenig zu jung sind, um vor fast dreißig Jahren Gehirnchirurg gewesen zu sein.« Sie nahm ein Plätzchen und tunkte es in den Kaffee. »Aber warum kommen Sie jetzt her?«, fragte sie und schob sich das Plätzchen in den Mund.

»Ich bin nicht gekommen, weil Per etwas falsch gemacht hat. Ich möchte mit ihm nur über einen Patienten sprechen, mit dem er zusammen im Gewahrsam war.«

»Ich glaube, er wurde wieder festgenommen. Er hat es geschafft, zwei Monate hier zu wohnen, bevor er gestern mit dem Kioskbesitzer in Araby in Streit geriet. Ich habe ihn den ganzen Tag lang nicht gesehen, sodass ich eigentlich nur darauf gewartet habe, Bescheid zu erhalten, dass sie ihn festgenommen haben.«

»Es tut mir leid, das zu hören«, sagte Robert.

Sie schaute ihm direkt in die Augen. »Ich habe nicht geschlafen, seit er zu Hause ist. Jedes Mal, wenn ich seine Tür zuschlagen höre, sitze ich da und warte darauf, dass die Polizei bei mir klingelt. Es wäre eine Erleichterung zu wissen, wenn man ihn wieder ins Sigfrids gebracht hätte.«

30

Als Robert die erste Stufe betrat, sah er unten an der Treppe einen Schatten verschwinden. Daher war er vorbereitet, als sich Per Myhrvolk auf ihn stürzte und ihn gegen die Wand presste.

Obwohl Myhrvolks Gesicht sowohl runder als auch faltiger war, erkannte Robert ihn sofort wieder. Ihre sogenannten »therapeutischen Gespräche« waren die reinste Zeitverschwendung gewesen, weil Myhrvolk ausschließlich über Växjös lokale Fußballmannschaft, Östers IF, diskutieren wollte, deren Aktivitäten er mit einem ans Krankhafte grenzenden Interesse verfolgte.

Jetzt umklammerte er Roberts Schultern und schüttelte ihn. »Was hast du bei meiner Mutter gemacht?«, schrie er. Sein Speichel landete auf Roberts Kinn und rief umgehend Übelkeit hervor. Myhrvolk war kleiner als Robert, aber er war in Rage, sodass Robert nicht vorhatte, Widerstand zu leisten, sofern die Konfrontation nicht eskalieren würde.

»Antworte!«

»Ich bin gekommen, um mit dir zu reden, Per.«

Er ließ Robert nicht los, lockerte aber den Griff, sodass Roberts Schultern nicht mehr gegen die Betonwand gedrückt wurden.

»Ich habe dich schon mal gesehen. Wo?«

»Im Sigfrids. Du hast mir die Namen aller Spieler von Östers beigebracht.«

»Wann?«

»Vor zwanzig Jahren.«

Er betrachtete Robert mit halb geschlossenen Augen. »Was willst du?«

»Ein Patient hieß Karl Viklund. Erinnerst du dich an ihn?«

Myhrvolk nickte. »Der Fotomörder. Ein richtig kleiner Leisetreter. Er wurde kurz vor mir in den Hochsicherheitstrakt verlegt.«

»Kannst du dich erinnern, wie lange er in der Gerichtspsychiatrie war, bevor er verlegt wurde?«

Myhrvolk dachte nach. Robert überlegte ihn zu bitten, von ihm abzulassen, wollte aber nicht riskieren, Myhrvolk zu provozieren, also hielt er den Schweißgeruch und die Hände des Mannes auf seinen Schultern aus.

»Keine Ahnung. Nicht wirklich lange. Wir haben erst danach herausgefunden, was er getan hatte.«

»Und da bist du dir sicher?«

»Wir haben die Neuen immer gefragt, warum sie da waren, und er hat behauptet wegen eines Unfalls. So als wären wir Idioten. Deswegen haben Kelko und Bernt angefangen, ihm auf den Zahn zu fühlen.«

»Wie wirkte er sonst?«

»Das weiß ich verdammt noch mal nicht. Er blieb für sich, versuchte, sich unsichtbar zu machen. So wie viele der Schmächtigen dort. Die scheißen sich doch vor Angst in die Hose.«

Er ließ Robert los und ballte die Fäuste. Die Fingerknöchel der linken Hand waren von Narben übersät.

»Du bist dir also sicher, dass Viklund nie über die Fotomorde gesprochen hat?«

»Ja, zum Teufel. Wie oft soll ich das noch sagen?«

Myhrvolk hatte Viklund bestimmt mit einem anderen Gefangenen verwechselt.

»Nun, dann will ich dich nicht weiter belästigen«, sagte Robert.

Statt Robert gehen zu lassen, trat Myhrvolk einen Schritt näher an ihn heran und berührte mit seiner linken Faust Roberts Nase. Robert drückte Myhrvolks Arme an den Ellenbogen zur Seite, sodass er das Gleichgewicht verlor und Robert nichts weiter tun musste, als einen Schritt zur Seite zu gehen, bevor Myhrvolk mit dem Kopf voran auf der Wand aufschlug. Als er sich umdrehte, lief ein Blutrinnsal aus einem Nasenloch, und es schien, als hätten seine Augen Probleme mit dem Fokussieren.

Als Robert auf dem Weg zum Auto war, fauchte Myhrvolk: »Ich zerschmettere dich! Wenn du mir oder meiner Mutter noch mal zu nahe kommst, bist du tot!«

Robert drehte sich erneut um und sah Myhrvolk, der die Treppe hinaufstieg und sich eine Hand unter die Nase hielt.

Robert fuhr ins Zentrum zurück.

Zumindest hatte Per Myhrvolk niemanden ermordet: Clara Petris Mörder war kein Linkshänder, und ein derart aggressives und hemmungsloses Verhalten, wie er es an den Tag gelegt hatte, zeugte weder von hoher Intelligenz noch von Selbstkontrolle.

Er parkte das Auto in der Nähe der Storgatan und schickte Julie eine SMS.

Hoffe, es geht dir gut? Wenige Sekunden später antwortete sie: *Jetzt hör auf, dir Sorgen zu machen, Papa :-) Es ist noch immer supergeil. Liebe dich auch. J*

31

Der Verkäufer kam mit der Hose über dem Unterarm und reichte sie Robert, so als würde es sich um einen Kunstgegenstand handeln. Es war eine dunkelblaue Leinenhose mit Bügelfalten.

»Dieses Modell hier verkauft sich seit vielen Jahren gut, und es kommt nie aus der Mode.«

Nein, aber es war ganz sicher auch nie richtig modern gewesen, dachte Robert und schüttelte den Kopf. Der junge Mann schob seine Brille auf die Nasenwurzel, nahm ein hellblau-weiß gestreiftes Hemd von Eton und hielt es über die Hose, so als hätte er Roberts Geste nicht bemerkt. Er selbst trug das gleiche Hemd, und die Tatsache, dass er heftig unter den Armen schwitzte, machte es nicht gerade attraktiver.

Robert schüttelte erneut den Kopf. »Danke für die Hilfe, aber das ist nicht der Stil, den ich suche.«

Der Verkäufer musterte Robert von Kopf bis Fuß und sagte: »Vielleicht sollten Sie es bei Kompagniet versuchen?«

Bei Kompagniet fand er eine kobaltblaue Chino von Morris, einen ansehnlichen Stapel T-Shirts sowie ein Paar Sneaker, die Cheap Monday für Reebok designt hatte. Damit sollte er klarkommen, bis sie den Fall gelöst hatten. Er warf die Einkaufstüten in den Kofferraum, doch anstatt zurück zum Präsidium zu gehen, fuhr er raus zur Universität.

Camilla Nylén stand auf dem Podium. Im Hörsaal war es unerträglich warm. Ihr schwarzes Leinenkleid war unter den Armen und über der Brust zerknittert. Die Studenten saßen oder vielmehr hingen in ihren Stühlen, und Robert beneidete sie nicht um ihre Aufgabe – später Nachmittag und eines der langweiligsten, aber leider auch wichtigsten Themen der Psychiatrie auf dem Stundenplan: der Einsatz von Psychopharmaka.

Sie entdeckte Robert und warf ihm schnell ein Lächeln zu, bevor sie fortfuhr: »Im Laufe der letzten fünfzig Jahre hat es große Fortschritte in der Entwicklung von Psychopharmaka gegeben, sodass wir in hohem Maße in der Lage sind, durch Medikation Persönlichkeit, Verhalten und Gefühle eines Menschen zu modulieren. Aber Mitte des 19. Jahrhunderts begannen Mediziner bereits mit Bromsalzen, Chloralhydrat und Barbituraten zu experimentieren«, erklärte sie.

Robert ließ sich in der Nähe des Eingangs nieder. Anfangs versuchte er, sich auf die Vorlesung zu konzentrieren, aber das schwarze Kleid hatte einen großzügigen Ausschnitt, und er konnte es nicht unterlassen, daran zu denken, wie es sich anfühlen würde, den Finger die lange Kurve von ihrem Ohr hinab zur Schulter gleiten zu lassen.

»Benzodiazepine wirken durch die Modulation des GABAA-Rezeptors, der gewöhnlichste, hemmende Rezeptor im Gehirn«, erklärte Camilla und ging anschließend darauf ein, wie die sogenannten Downer Angst und

Unruhe dämpften, indem sie die Aktivität in bestimmten Teilen des zentralen Nervensystems hemmten.

»Wir sehen uns morgen!«

Sie schaltete den Beamer aus und kam zu ihm. »Hallo! Was machst du hier?«

»Ich brauche eine Pause und habe gehofft, du würdest auch ein bisschen frische Luft brauchen können.«

»Ich muss nur eben hier abschließen. Wollen wir uns im Café im Linné-Park treffen? Ich brauche sowohl Kaffee als auch frische Luft, aber ich muss auch noch kurz nach Hause und mich umziehen, bevor ich um sieben das Abendessen für die Dozenten ausrichte.«

Robert saß draußen vor dem Blockhaus und folgte Camilla mit dem Blick, als sie den silbergrauen Minibus parkte. Ihr Gang hatte etwas Zögerndes, was ihm bisher nicht aufgefallen war und was sie femininer wirken ließ, wie er fand. Erst als sie die hohen Bäume passiert hatte, deren Kronen sich über das Grasdach der Hütte neigten, drehte sie den Kopf und sah in Roberts Richtung. Sie legte ihre Handtasche auf den Stuhl ihm gegenüber und stützte die Hände auf die Stuhllehne.

»Hast du schon bestellt?«, fragte sie.

Robert schüttelte den Kopf und erhob sich. »Ich wollte auf dich warten. Was möchtest du?«

»Eine Waffel. Mit Schlagsahne und Marmelade. Und dazu Kaffee.«

»Schwarz?«

Sie nickte, wollte sich setzen, aber entschied sich dann dagegen. »Ich gehe mit.«

Die junge Frau hinter dem Tresen, bei der sie ihre Waffeln bestellten, hatte die blonden Haare zu einem hohen Pferdeschwanz gebunden. Ihre Schläfen und ihre Oberlippe waren mit winzig kleinen Schweißperlen bedeckt, die sich wie ein feinmaschiges Netz über ihre Haut zogen.

Camilla holte Tassen und Besteck von dem Selbstbedienungstisch, und als sie sich nach vorn lehnte, um alles auf das Tablett zu stellen, berührten sich ihre Arme. Anschließend blieb sie ganz dicht hinter ihm stehen. Er konnte ihr Parfüm riechen und ihre tiefen ruhigen Atemzüge hören. Als sie sich eine Haarsträhne aus dem Gesicht pustete, spürte er ihren Atem wie eine unsichtbare Berührung.

Sie nahm sich Zeit, strich eine Schicht Erdbeermarmelade auf ihre Waffel und verteilte Schlagsahne darauf. »Mmhhh«, machte sie nach dem ersten Bissen. Robert schnitt ein Stück von seiner Waffel ab, tauchte es in Marmelade und Schlagsahne und genoss die Mischung aus salzig und süß, weich und knusprig.

»Ich bin froh, dass du heute aufgetaucht bist«, sagte Camilla. Sie schaute kurz weg, und als sie fortfuhr, bemerkte er in ihrer Stimme eine Verletzlichkeit, die vorher nicht da gewesen war: »Es gibt etwas, worüber ich schon lange mit dir sprechen wollte. Damals, als wir zusammen waren, wussten wir ja von Anfang an, dass du am Ende des Jahres abreisen würdest.«

Er nickte.

»Glaubst du, dass das unser Verhältnis beeinflusst hat?«

»Das weiß ich nicht. Was meinst du?«

Sie drehte die Kaffeetasse in den Händen, bevor sie schließlich aufsah und seinem Blick begegnete. »Ich habe überlegt, ob wir uns sonst dem anderen mehr hingegeben hätten.«

Als sie später an ihren Autos standen, nahm sie seine Hände in die ihren. »Wohnst du im Royal Corner?«, fragte sie.

»Nein, ich wohne in einem Bed & Breakfast oben in Väster.«

»Darf ich dich anrufen, wenn das Abendessen überstanden ist? Ich glaube nicht, dass es spät wird.«

Die Haut an ihrem Hals fühlte sich sanft und weich an, und als er sich vorbeugte, um ihr einen Kuss auf die Wange zu geben, drehte sie den Kopf, und ihre Lippen trafen sich.

32

Robert stand am Fenster, während er darauf wartete, dass der Computer hochfuhr.

Betrachtete man den Friedhof von etwas weiter oberhalb, war deutlich zu erkennen, dass die Bepflanzung System hatte: Orange- und lilafarbene Farbkleckse erstreckten sich in symmetrischen Mustern unter den großen Ulmen, zudem gab es keinerlei verwelkte Pflanzen oder zugewachsene Ecken. Es sah vielleicht schöner aus als auf vielen dänischen Friedhöfen, aber Robert vermisste die Abwechslung, die zufälligen Nuancen und die dunklen Winkel.

Clara Petri sollte bald begraben werden. Würden sie bis dahin ihren Mörder gefunden haben?

Er setzte sich an den Computer und nahm sich das Dokument mit den Notizen über den Täter vor. Gab es dem überhaupt etwas Neues hinzuzufügen? In seinem Kopf herrschte vollkommene Leere, und wenn er auf den vergangenen Tag zurückblickte, kam dieser ihm einfach nur chaotisch vor.

Er rief Bob Savour an, der unbedingt etwas über die neuesten Entwicklungen in dem Fall erfahren wollte. Er stellte eine Unmenge an Fragen zu dem Geständnis, und Robert versprach, es sofort nach Abschluss des Falls für ihn übersetzen zu lassen.

»Wenn wir damit anfangen, unsere Schlussfolgerungen über diesen Viklund zu ziehen, stimme ich dir zu, dass die vielen Signaturhandlungen ein Versuch sein müssen, etwas Subtileres zu verbergen. Und ich glaube, du hast Recht mit deiner Annahme, dass er die Polizei zum Narren gehalten hat. Er wirkt extrem gerissen, und vielleicht spricht genau das deinen Nachahmungstäter an. Er muss irgendetwas mit der Polizei am Laufen haben.«

Robert erzählte von dem Bericht und seinem Besuch bei Per Myhrvolk.

»Ja, das wäre selbstverständlich herrlich einfach, wenn er auf dieser Liste stehen würde, aber ich glaube, ihr müsst den Rahmen eurer Ermittlungen viel weiter stecken. Interessante Informationen haben die Angewohnheit, innerhalb der forensischen Psychiatrie verblüffend große Kreise zu ziehen, und die Angaben des Anwalts deuten darauf hin, dass dein Nachahmungstäter große Anstrengungen unternommen hat, um Informationen zu sammeln. Du musst dir alle Optionen offenhalten. Manchmal sind die Dinge nicht so, wie sie scheinen.«

Robert verabschiedete sich, schaltete den Computer aus und machte sich auf den Weg nach Öjaby. Es war an der Zeit, das zu tun, was er den ganzen Nachmittag schon vor sich hergeschoben hatte.

Der Helgasjön war der größte der Seen rund um Växjö, und Robert erinnerte sich daran, dass er einmal auf einem alten Dampfschiff über den See geschippert war. Hatte es nicht irgendwo eine Schleuse gegeben? Öjaby lag am südwestlichen Ende des Sees, und das Haus der Fami-

lie Petri befand sich direkt am Ufer mit eigenem Boots-
steg.

Sie öffnete die Tür. Ihr Gesicht war geschwollen und
ungeschminkt, ihr Blick wirkte abwesend. Robert hatte
den Bericht des Gesprächs gelesen, das Linda und Pelle
am Vortag mit Clara Petris Eltern geführt hatten, und daher wusste er, dass das Verhör abgebrochen und ein Arzt
herbeigerufen werden musste, weil Annika Petri zusam-
mengebrochen war.

»Kommen Sie herein«, sagte sie mit heiserer Stimme.

Hinter ihr tauchte ein junger Mann in der Tür auf, und
als er Robert erblickte, machte er kehrt und verschwand
wieder. Das musste Claras großer Bruder sein, Alexander. Robert folgte Annika Petri ins Wohnzimmmer. Sie
setzten sich in die Sessel, die mit Blick über den See vor
dem Fenster standen.

»Haben Sie ihn gefunden?«

Ihre Stimme war nicht nur heiser, sie war auch vollkommen tonlos.

»Nein, aber ich hatte Ihnen versprochen, dass wir Sie
auf dem Laufenden halten. Außerdem wollte ich sehen,
wie es Ihnen geht.«

»Uns geht es entsetzlich.«

Sie hob abwehrend die Hand, und Robert bohrte nicht
weiter nach.

Unten am Seeufer entdeckte er Kristoffer Petri bei
einem kleinen Segelboot aus Holz, das an Land gezogen
worden war. Der Mast war heruntergenommen worden,
und Kristoffer Petri war dabei, mit langsamen rhythmi-
schen Bewegungen das Holz abzuschleifen.

»Er ist sofort zu seinem Boot gegangen. Wenn Sie den,

der das getan hat, nicht bald finden, schleift er das Holz so dünn, dass das Boot zusammenbricht, wenn wir Segel setzen.«

Ihren Worten folgte ein merkwürdiges Lachen, das plötzlich in ein Schluchzen überging. Wenn sie irgendwann einmal wieder Segel setzten, dachte Robert. Schweigend beobachteten sie Kristoffer Petris manische Arbeit an dem Boot, dann erkundigte sich Robert, ob er einige Fragen über Clara stellen dürfe. »Ich weiß, dass Sie bereits mit der Polizei gesprochen haben, aber ich möchte wissen, ob Clara kürzlich im Krankenhaus gewesen ist?«

»Nein, nicht soweit ich weiß. Warum?«

»Wir versuchen, so viel wie möglich über Clara und ihre letzten Stunden herauszufinden, und daher stellen wir vielleicht auch Fragen, die für Sie unverständlich wirken können.«

»In Ordnung.«

»Können Sie uns sagen, ob Clara irgendwann in einen Unfall verwickelt war, bei dem jemand ums Leben gekommen ist?«

»Sie meinen genau wie damals?«

»Was meinen Sie damit?«

»Sie wollen wissen, ob sie jemanden getötet hat, ohne dafür bestraft worden zu sein?«

Sie hatte sich zu ihm umgedreht, sodass er die Ungläubigkeit in ihren Augen sehen konnte.

»Sie haben die Zeitungen gelesen?«, fragte er.

Sie nickte.

»Ich konnte nicht anders, und jetzt ist mein Kopf voller Bilder, die nie wieder verschwinden werden. Jedes Mal, wenn ich an sie denke, werden es diese Bilder sein, die ich vor mir sehe. Sie war so ein fröhliches Mädchen.«

Dann fing sie seinen Blick auf: »Und nein, Clara hat niemals den Tod eines anderen Menschen verschuldet.«

33

Camilla rief gegen zehn Uhr an, und er ging nach unten, um sie in Empfang zu nehmen. Sie hatte ihr schwarzes Kleid gegen einen rosafarbenen Jumpsuit aus einem leichten dünnen Stoff getauscht, und die hellen Haare waren zu einer Frisur hochgesteckt, die ihren langen Hals betonte. Robert nahm ihre Hand und führte sie die Treppe hinauf in die Jungfrauenkammer. Dort betrachteten sie einander, neugierig und ungeniert, bis ihr Blick ihm zu verstehen gab, dass sie bereit war. Er zog sie an sich, ließ seine Hände über ihren Rücken gleiten und schließlich auf ihren Hüften ruhen. Dann lehnte er sich leicht zurück und schaute ihr direkt in die Augen. Ein wortloser Austausch kleiner Impulse. Wünsche und Versprechen, eine stillschweigende Vereinbarung. Seine Lippen fanden ihre, ganz sanft und vorsichtig, bis er spürte, dass ihre fordernder wurden. Die Zunge mischte sich ein, und er nahm ihr Gesicht in seine Hände. Wortlos führte er sie zum Bett, zog die Träger ihres Jumpsuits über ihre sonnengebräunten Schultern und hakte ihren BH auf. Er drang in sie ein, ohne den Blick von ihren Augen zu lösen. Er sah, wie sich ihre Pupillen weiteten, sodass sie fast die ganze Iris bedeckten. Lange lagen sie da, ohne sich zu bewegen, aber dann wurde es unerträglich. Mit einem einzigen harten Stoß besiegelte Robert eine Vereinbarung, die sie soeben erst eingegangen waren, noch immer ohne ein Wort: erst schnell, und dann, als die unerträgliche Anspannung gelöst war, noch einmal, langsam und gefühlvoll.

Freitag

34

Ihr Schrei erreichte ihn durch die dicken Balken des Hauses hindurch. Für einen kurzen Moment versuchte er, die Bilder auf der Netzhaut mit der Angst in ihrer Stimme zu vereinen. Er stellte sich vor, dass sie lediglich einen weißen Umschlag gefunden hatte, aber ihr Schrei klang anders. Er warf die Decke zur Seite und blieb unschlüssig stehen, wusste, dass er sich beeilen sollte, jedoch fand er es unpassend, ihr splitterfasernackt zu Hilfe zu eilen. Trotz allem kannten sie sich nur flüchtig. Er hob seine Boxershorts vom Boden auf und musste sich daher keine Sorgen um seine Nacktheit machen, als sich ihm wenige Sekunden später ein Anblick darbot, der nur widerstrebend in sein Bewusstsein vordrang.

Der Körper lag direkt vor der Tür, mit dem Gesicht nach unten. Die rechte Wange ruhte auf einem flachen Stein. Aus einem faustgroßen Loch in der Stirn lief das Blut in einem dicken Rinnsal die Schläfe hinab und bildete auf dem Boden eine Lache. Das Blut war noch nicht angetrocknet. Das Mädchen stand vollkommen unbeweglich in der Tür. Er schob sie beiseite, damit er über den Körper steigen und ins Gras treten konnte. Er suchte nach Lebenszeichen, aber als er seine Augen sah – offen und ohne Fokus –, wusste er, dass es zu spät war.

Er hatte nie geglaubt, dass er sich jemals so sehr wünschen würde, dass ein weißer Umschlag auf seiner Türschwelle gelegen hätte.

35

Camilla beobachtete ihn mit erwartungsvollem Blick, während sein Mund über ihren Körper glitt, ihren weichen Bauch streifte. Ein kurzer Schimmer von ihr, sie saß auf ihm in dem schmalen Bett, die Haare zerzaust im Gesicht, den Mund zur schönsten Grimasse verzogen. Seine Erleichterung, als er aufgewacht war und festgestellt hatte, dass sie gegangen war.

Robert ging nach unten in die Kantine, um sich einen Kaffee zu holen. Als er an einem der Tische vorbeiging, hörte er Clara Petris Namen, und seine Gedanken waren nicht mehr bei Camilla, sondern wieder bei dem Fall. Als er sich an den Schreibtisch setzte und die Augen schloss, tauchte das Gesicht von Alma Myhrvolk auf. Hatte sie etwas gesagt oder getan, was keinen Sinn ergab? Er ging das ganze Gespräch gedanklich noch einmal durch, war aber dennoch der Meinung, dass die Fahrt raus in den Mörnars Väg Zeitverschwendung gewesen war.

Er hatte gerade einen ordentlichen Schluck von dem dünnen schwedischen Kaffee genommen, als sein Telefon klingelte. Er erkannte sofort an Ulriks schnellen Atemzügen, dass etwas nicht stimmte.

»Robert? Ich glaube, er ist tot, aber ich bin nicht sicher. Was soll ich tun? Soll ich den Puls fühlen, oder soll ich ihn lieber nicht anfassen? Es ist irrsinnig viel Blut. Er muss …«

Klick.

Es war still in der Leitung. Robert hielt sich das Telefon unschlüssig ans Ohr. Würde er Ulrik anrufen, wäre sein eigenes Telefon besetzt. In seinem Besenkammerbüro gab es kein Festnetztelefon, aber am Empfang an Bosses Platz müsste sich eins finden.

Sein Schädel brummte aufgrund des fehlenden Schlafs, als er die wenigen Meter zum Vorzimmer lief und Ulriks Nummer im Telefonbuch seines Handys suchte. Er gab die Nummer in Bosses Telefon ein, wurde aber nach nur zwei Ziffern von einem schrillen Ton im Ohr unterbrochen. Er drückte die 0 und hoffte auf ein Freizeichen, aber die Leitung war komplett tot. Im selben Augenblick stand Linda vor ihm.

»Was geht hier vor?«

»Was muss ich drücken, um rauszukommen?«

»Die 9.«

Robert drückte die 9 und gab Ulriks Nummer ein. Während er darauf wartete, dass der Ruf durchging, sagte er zu Linda: »Ulrik Lauritzen hat mich angerufen und war total aufgelöst. Es klang so, als sei jemand tot, aber die Verbindung wurde unterbrochen.«

Linda zog ihr Handy aus der Tasche, und als Ulrik sich endlich meldete, hatte sie einen Streifenwagen sowie einen Notarzt angefordert und diese gebeten, sich bereitzuhalten.

»Sag mir erst mal, wo du bist«, forderte Robert ihn auf, ehe Ulrik etwas sagen konnte.

»Auf Södra Ryd.«

»Wer ist zu Schaden gekommen?«

»Es ist Bertil. Er liegt hinter dem Haus, und da ist über-

all Blut.« Seine Stimme wurde schrill. »Ich habe es überprüft, er hat keinen Puls. Ihr müsst euch beeilen.«

»Ich fahre jetzt los und rufe dich unterwegs vom
Handy aus an.«

»Nein! Der Empfang hier draußen ist grottenschlecht.«

»Bleib einfach genau dort stehen, wo du jetzt stehst …«
Mehr konnte Robert nicht sagen, es knackte, und die Verbindung war weg.

Arvid kam in die Tiefgarage gefahren, als Linda und
Robert zu Roberts Auto liefen. Sie rief ihm zu, ihnen zu
folgen. Sobald Roberts Handy mit dem Command-Sys-
tem seines Mercedes verbunden war, rief er Ulrik an,
aber der Ruf ging nicht durch.

»Ich informiere Nisse und sage ihm, dass wir uns dort
treffen. Hast du eine Adresse?«

»Nein, aber er weiß, wo es ist. Södra Ryd heißt der
Hof, und er hat es mir am Dienstag auf der Karte gezeigt.« Dann kam ihm die gelbe Metallschranke in den
Sinn. »Shit! Ein paar Kilometer vom Haus entfernt gibt
es eine abgeschlossene Schranke. Wir *müssen* Ulrik erreichen, damit er sie aufschließt.«

Er versuchte es erneut, und dieses Mal nahm Ulrik ab.
»Was passiert da?«

Einen Moment war es still. »Ich habe Besuch. Sie hat
sich übergeben«, antwortete Ulrik mit leiser Stimme.

Hauptsache, Ulriks Gast hatte nicht den Tatort konta-
miniert.

»Okay. Hör zu, du musst mir einen Gefallen tun. Du
musst hochfahren und die Schranke öffnen, damit wir
mit dem Krankenwagen durchkommen.«

»Aber was ist mit Bertil?«

»Du bist ganz sicher, dass er keinen Puls hat?«

»Ja. Er ist tot.« Ulrik verstummte, dann sagte er: »Ich werde hochfahren und aufschließen, aber beeilt euch, denn auf der Lichtung gibt es keinen Empfang mehr, und ich möchte Sarah nicht mit ihm allein lassen.«

Die Sirenen von Kranken- und Streifenwagen klangen fremd, anders als das dänische Martinshorn, dennoch war es beruhigend, sie hinter sich zu wissen, als sie den Kreisverkehr bei Mörnars Väg mit über 100 Sachen nahmen und regelrecht über die große Ampelkreuzung bei der Autobahnauffahrt flogen. Linda saß völlig entspannt auf dem Beifahrersitz und telefonierte sowohl mit Nils Andersson als auch mit Malmström, während sich Robert auf das Fahren konzentrierte. Bald hatten sie die wenigen Kilometer auf der 23 hinter sich gelassen und bogen Richtung Bergkvara gods ab.

Vor einer scharfen Kurve wechselte Robert vom Gaspedal auf die Bremse, und während das Auto schlingerte, tauchte mitten auf der Straße ein Traktor auf. Die Bremsen blockierten, er musste sie lösen. Im gleichen Moment vollzog der Traktor einen heftigen Schlenker Richtung Straßenrand, und Robert quetschte seinen Wagen haarscharf vorbei und brachte ihn wieder in die Spur. Er drosselte das Tempo und schielte kurz zu Linda, die noch immer telefonierte und den Eindruck machte, als hätte sie den Trakor überhaupt nicht bemerkt. Dann bogen sie auf den Waldweg ab, der hinunter nach Södra Ryd führte, und der Krankenwagen, der die Kurve vorsichtiger angegangen war, holte sie ein.

Zwischen den hohen Nadelbäumen hallten die Sirenen unnatürlich laut.

Der schmale Waldweg wollte kein Ende nehmen, aber schließlich erreichten sie die Kurve, in der Robert drei Tage zuvor bei der Schranke geparkt hatte, um das letzte Stück zu Ulrik zu Fuß zu gehen. Ulrik hatte eine Hand auf die offene Schranke gelegt, als wollte er sich daran festhalten. Sie fuhren durch, aber Ulriks eigenes Auto versperrte die Durchfahrt, Robert bremste und hoffte, der Fahrer des Krankenwagens würde es schaffen, rechtzeitig dasselbe zu tun. Linda sprang aus dem Auto und rief Ulrik zu, die Schranke zu übernehmen, wenn er sein Auto wegfahren würde. »Ich warte hier auf Nisse, und dann treffen wir euch dort unten«, sagte sie zu Robert und schlug die Autotür zu.

36

Als die Sirenen verstummt waren, legte sich eine wohltuende Stille über die Lichtung. Kurz darauf wurden Autotüren geöffnet und zugeschlagen. Ulrik blieb neben seinem Auto stehen und sah Robert hilflos an.

»Er hat gesagt, dass er den Weg im Auge behalten wollte«, sagte Ulrik, als Robert auf ihn zukam. »Ich dachte, er wollte oben von seinem Haus aus nur ein bisschen Ausschau halten. Ich hatte doch keine Ahnung, dass er auf die Idee kommen würde, hier herunterzufahren, und ich …«

»Wo ist er?«, fragte Arvid.

Ulrik ging um das Haus und zeigte auf Bertil Moras kleinen gedrungenen Körper, der bei der Hintertür lag. »Ich wäre beinahe auf ihn getreten. Er lag einfach nur da, und ich …« Neben der Haustür hockte eine junge Frau. Ihr Make-up war zerlaufen, und die dunklen Haare waren zerzaust. Sie trug ein großes weißes T-Shirt, und zwischen ihren nackten Beinen stand ein orangefarbener Eimer.

Arvid blieb einige Meter von der Leiche entfernt stehen. »Wer hat sich übergeben?«, fragte er.

»Ich konnte den Eimer gerade noch rechtzeitig holen«, sagte Ulrik und wies durch die offene Tür ins Innere des Hauses.

Bertils abgegriffene blaue Schirmmütze lag neben seinem Kopf. In den grauen Haaren klaffte eine große Wunde, verklebt mit einer braun-rötlichen Masse. Seine offenen Augen schauten starr über den See. Unter seinem Nacken hatte das Blut den Stein komplett rot gefärbt. Den Stein, auf dem die Umschläge gelegen hatten.

Arvid hob beide Arme zur Seite an, woraufhin alle ein paar Schritte zurücktraten. Dann ging er um die Leiche herum, während er Bertil mit höchster Konzentration in Augenschein nahm. Robert seinerseits hatte genug gesehen, überließ Arvid die weiteren Untersuchungen und zog Ulrik mit sich vor das Haus.

Hier trafen sie auf Nils Andersson und Linda.

»Ist er tot?«, fragte Linda.

Robert nickte.

»Wer ist das Opfer?«, wollte Nils Andersson wissen.

»Der Nachbar. Ich habe ihn neulich kennengelernt. Er heißt Bertil Mora und wohnte ein Stück den Waldweg hinauf.«

Ulrik bestätigte Roberts Angaben mit einem Nicken.

»Was ist mit der Observierung?«, fragte Robert.

Ulrik drehte sich mit aufgerissenen Augen zu ihm um. »Habt ihr mich beschattet? Seit wann? Und warum weiß ich davon nichts?«

Er stand noch immer unter Schock, und Robert beschloss, den aggressiven Ton zu überhören und sich lieber auf Nils Anderssons Antwort zu konzentrieren. Der Kommissar schüttelte nur den Kopf.

»Glaubt ihr, dass das hier etwas mit den Umschlägen zu tun hat?«, fragte Ulrik.

»Lassen Sie uns eins nach dem anderen angehen. Ich

will mir erst ein Bild von dem Tatort machen, bevor wir miteinander reden. Linda, bleib hier bei Herrn Lauritzen, und Robert, du kommst mit.«

Er schaute sich Bertil nur flüchtig an, bevor er Robert zur Seite zog. »Wie lautet deine Einschätzung? Ist es derselbe Täter?«

»Das möchte ich sehr stark bezweifeln. Das hier ist ein Mord im Affekt, begangen von einem Menschen, der sich in einem Zustand extremer Angst oder Wut befand, was absolut nicht zu einem gut organisierten Psychopathen passt.«

»Bist du dir darüber im Klaren, dass das hier deinen Freund in ein äußerst ungünstiges Licht rückt?«

Robert starrte Nils Andersson an. Was zum Teufel bildete der sich ein? »Das Gleiche könnte man von dir sagen. Welcher Ermittlungsleiter unterlässt es, einen Ort zu überwachen, an dem ein Mörder nicht nur eine, sondern zwei Mitteilungen hinterlassen hat?«

Sie standen einander gegenüber, keiner von ihnen sagte etwas. Dann machte Nils Andersson kehrt und verschwand um die Hausecke. Aber so leicht sollte er Robert nicht entkommen.

Als er bemerkte, dass Robert ihm folgte, hielt er inne und sagte: »Von jetzt an kümmerst du dich um deine Angelegenheiten und ich mich um meine. Du verlässt jetzt diesen Tatort, und wenn ich dich noch mal in Ulrik Lauritzens Nähe sehe, ist unsere Zusammenarbeit beendet.«

Er konnte also durchaus contra geben, der gute Kriminalkommissar.

37

Konnte Ulrik Bertil Mora getötet haben?

Robert verschränkte die Hände hinter dem Kopf und legte die Füße auf den Schreibtisch. Er hatte den Tisch weiter nach hinten gezogen, damit er durch die geöffnete Tür den Flur im Blick hatte. Aber Ulrik war noch nicht vorbeigegangen, also war die Vernehmung noch nicht zu Ende. Ulrik war kein gewalttätiger Typ, aber Robert hatte den Tatort mit eigenen Augen gesehen, und aus Erfahrung wusste er, dass selbst friedfertige Menschen einen Mord begehen konnten, wenn sie im Affekt handelten. Was verschwieg Ulrik ihm?

Seine Handflächen wurden klamm bei dem Gedanken daran, was es bedeuten würde, wenn sich herausstellen sollte, dass Ulrik Bertil Mora umgebracht hatte. Erneut sah er Alma Myhrvolks Gesicht vor sich, und plötzlich begriff er, welchen Gedanken das Gespräch mit ihr in ihm freigesetzt hatte.

»Ich bin unschuldig.« Robert hatte sich hundertfach die Frage gestellt, wie jemand glauben konnte, dass Viklund unschuldig war. Und nachdem er das Geständnis gelesen hatte, fand er den Gedanken geradezu lächerlich. Aber vielleicht ging es nicht um Glauben, sondern um Wunschdenken? War der Wunsch eines Menschen stark genug, konnte er selbst die Fakten ignorieren. Vielleicht sollte er darüber nachdenken, wer *den Wunsch* haben könnte, dass Viklund unschuldig war.

Wenn er selbst sich bei dem Gedanken schämte, dass sich Ulrik möglicherweise des Totschlags schuldig gemacht haben könnte, warum sollte das dann nicht auch bei jemandem der Fall sein, der Viklund als Ehemann, Vater oder Bruder gehabt hatte?

Er wollte seine Überlegung mit Arvid besprechen und ging auf dem Weg zu seinem Büro am Vernehmungszimmer vorbei. Die Tür stand offen, und der Raum war leer. Linda rief ihm aus dem Viererbüro zu: »Nisse hat ihn gehen lassen, aber er musste noch runter in den ersten Stock, um die Fingerabdrücke abzugeben.«

»Er wird also nicht beschuldigt?«

»Nein, aber er hat die Auflage, die Stadt nicht zu verlassen. Pelle ist mit ihm zum Haus rausgefahren, damit er seine Sachen packen und sein Auto holen kann.«

»Glaubst du auch, dass er es gewesen sein kann?«

Sie legte den Kopf schief. »Er hatte Glück, dass er eine Freundin zu Besuch hatte, ansonsten würde es wirklich übel für ihn aussehen. Aber sie kann ihm kein Alibi für die Zeit geben, in der sie geschlafen hat, sodass er noch immer unter Verdacht steht, auch wenn seine Reaktionen durchaus echt wirken.«

»Danke. Ich weiß es zu schätzen, über die weiteren Entwicklungen diesbezüglich informiert zu werden«, sagte Robert.

Arvid war nicht im Büro, und Robert fragte bei Bosse am Empfang nach, wo er abgeblieben sei.

»Gute Frage. Nisse ist gerade losgefahren, um nach ihm zu suchen.«

»Wie meinst du das?«

»Er wollte auf dem Rückweg von dem neuen Tatort bei einem Verdächtigen vorbeifahren und mit ihm sprechen. Er hätte längst zurück sein müssen, aber er reagiert weder über Funk, noch geht er an sein Handy. Nisse hat sich Sorgen gemacht und ist selbst rausgefahren.«

»Was ist das für ein Verdächtiger?«

»Ola Grindforss.«

»Wer ist Ola Grindforss?«

»Jemand, der die Auflage hat, einer Psychiaterin namens Camilla Nylén nicht zu nahe zu kommen. Nisse kam vor Kurzem und wollte wissen, was für ein Auto Grindforss fährt. Ich habe herausgefunden, dass er kürzlich einen älteren silbergrauen Nissan King Cab gekauft hatte, und Nisse bat mich, die lokale Streife aufzufordern, ihn im Auge zu behalten. Gestern Nachmittag kam die Info, dass er neulich bei ICA in Ingelstad zehn Dosen Bohnen in Tomatensauce gekauft hat, was angeblich ein sicheres Zeichen dafür sei, dass er sich auf Sauftour befindet. Arvid kann recht gut mit den alten Trunkenbolden umgehen und hat sich angeboten, rauszufahren und mit Grindforss zu reden.«

Robert ging zurück zu seinem Büro, aber der Anblick des schmalen Raums ließ ihn umkehren und nach Grindforss' Adresse fragen. Wenn er Glück hatte, wohnte Grindforss außerhalb der Stadt, sodass ihm auf der Landstraße Zeit blieb, den Gedanken Platz zur Entfaltung zu geben.

38

Grindforss wohnte in Tävelsås, ungefähr fünfzehn Kilometer südlich der Stadt, aber entlang der Hauptverkehrsstraße gab es Blitzer, sodass er gezwungen war, die Geschwindigkeit bei den erlaubten 90 km/h zu halten. Gerade heute konnte er vermutlich nicht mit einer Sonderbehandlung von Nils Andersson rechnen.

Das Haus lag am Ende eines kurzen geraden Schotterwegs. Robert bog vom Osbyvägen ab und fuhr langsam die Einfahrt hinauf, während er nach dem Auto von Nils Andersson Ausschau hielt.

Es war ein kleines Haus. Die beiden Fenster links und rechts von der Veranda hatten jeweils nur einen Flügel, während die obere Etage komplett fensterlos war. Ansonsten waren die Proportionen die gleichen wie bei dem Haus auf Södra Ryd. Mitten auf dem Hof stand ein alter rostiger Saab, die rechte Vordertür fehlte, und der ausgeblichene rote Kunstlederbezug auf den Sitzen war rissig und spröde. Dahinter standen Nisses blauer Opel und der silbergraue Nissan, von dem Bosse gesprochen hatte.

Robert stieg aus und lauschte, während er die dünne Gardine im Blick behielt, die die Scheibe in der ramponierten Haustür bedeckte. Auf der Hauptstraße donnerte ein Lkw vorbei. Dann hörte er von der Rückseite des Hauses her Stimmen. Er folgte dem Pfad in dem platt getretenen Gras am Haus entlang und zwängte sich an der Hausecke an einer mit Algen bedeckten Plastiktonne vorbei, die unter einem kaputten Regenrohr stand. Es roch nach Holunder und Abfall, aber auch nach etwas anderem, etwas vage Bekanntem, das er nicht genau benennen konnte. Ein Hahn krähte, und im gleichen Augenblick sah er ein paar Hühner, die wild umherflatterten und versuchten, mit ihren gestutzten Flügeln zu fliegen. Der erste Schrei erreichte ihn durch das Motorengeräusch eines vorbeifahrenden Autos.

Warum war es die fette, behaarte Hand über dem Schaft des Messers, die ihm sofort ins Auge sprang, und nicht die gezackte Klinge an Nils Anderssons Hals? Und warum registrierte er nur den erschrockenen Ausdruck in Nils Anderssons Gesicht, während es seinen Augen schwerfiel, den Blick von der weißen Feder auf der Schulter der blauen Windjacke des Kriminalkommissars abzuwenden?

Sie standen beim Hühnergarten, Ola Grindforss presste Nils Andersson mit dem Rücken gegen den Hühnerstall. Andersson riss die Augen auf, als er Robert entdeckte, was Grindforss aber nicht bemerkte. Er trat nach einem Huhn, ohne dabei das ständige Herumfuchteln mit dem Messer zu unterbrechen, dessen Klinge wieder und wieder bedrohlich nah an das Gesicht seines Gegners herankam.

Grindforss war ein großer Mann mit breitem Kreuz, und der Kopf mit den fettigen schwarzen Haaren wirkte viel zu klein für den Körper. Der Mann war ausgesprochen ungepflegt, und die fülligen Oberarme waren nicht Muskeln, sondern wabbeligem Fettgewebe geschuldet.

War Grindforss psychotisch? Die neueste Generation antipsychotischer Medikamente war bedeutend effektiver, hatte aber die Nebenwirkung, dass die Patienten ein unbändiges Verlangen nach Zucker bekamen, und aus diesem Grund war extremes Übergewicht zu einem der Kennzeichen psychotischer Patienten geworden.

Plötzlich hielt das Messer in der Luft inne, und die Hand, die es hielt, zitterte unkontrolliert. Mit der anderen Hand begann Grindforss sich selbst zu schlagen, erst auf die Schenkel, dann auf die Brust. Robert atmete erleichtert auf, als ihm klar wurde, dass Grindforss vermutlich keinen psychotischen Anfall hatte, sondern scheinbar vielmehr an Delirium tremens litt. Das passte zur Zeugenaussage des Verkäufers im Supermarkt, dessen Meinung nach sich Grindforss seit mehreren Tagen im Suff befand. Wenn Roberts Einschätzung stimmte, hatte Grindforss am Vorabend die letzte Flasche geleert und erlebte in diesem Moment die Reaktion seines Gehirns auf die Begegnung mit der realen Welt, nachdem es lange Zeit durch Alkohol betäubt gewesen war. Seine verzweifelten Schläge gegen den Körper waren vermutlich ein Versuch, die Halluzinationen zu vertreiben, die ihn glauben machten, dass eine Invasion von Insekten unter seiner Haut herumkrabbelte.

Robert holte Luft und machte vorsichtig ein paar Schritte rückwärts, was in den Augen Nils Anderssons einen Ausdruck des Entsetzens auslöste. Erst als er hinter der Hausecke war, atmete Robert langsam aus.

Während er den Notruf wählte, versuchte er, sich daran zu erinnern, ob er in dem kleinen Kasten, der im Kofferraum seines Autos montiert war, alles hatte, was er benötigte. Das hoffte er bei Gott, denn der Gedanke, einen Fettberg wie Grindforss zu übermannen, ohne ihn schnell unschädlich machen zu können, war nicht besonders verlockend. Er erreichte den diensthabenden Arzt des Zentralen Krankenhauses, der Grindforss' Akte checkte und Robert grünes Licht für seinen Plan gab. Noch während des Gesprächs öffnete er den Kasten im Kofferraum und riss eine Kanüle aus der Verpackung. Dann stach er die Kanüle in eine Ampulle mit Barbituraten und zog die Spritze auf.

Als er die Hausecke erneut umrundete, hatte Grindforss aufgehört, sich selbst zu schlagen, und fuchtelte wieder mit dem Messer herum.

Robert bewegte sich so geräuschlos wie möglich und signalisierte Nils Andersson, dass er so tun solle, als wäre nichts, und nach der Hand mit dem Messer greifen solle, sobald er Grindforss von hinten gepackt habe, aber Andersson war zu erschrocken, um seine Gesten zu verstehen. Es blieb ihm nichts anderes übrig, als zu hoffen, dass Anderssons Reflexe die Regie übernehmen würden, wenn er Grindforss' massigen Körper in Schach halten und ihm eine Spritze setzen wollte und er sich gleichzeitig Gedanken über das Messer machen musste.

Der erste Krampfanfall übermannte Grindforss, als Robert die Zauntür zum Hühnergarten aufstieß. Grindforss riss Andersson mit zu Boden, während die Krämpfe durch seinen großen Körper jagten. Robert war mit zwei Sätzen zur Stelle. Es erforderte all seine Kraft, Grindforss' linken Arm so weit ruhig zu halten, dass er die Kanüle in den Oberarm stechen konnte. Die Kanüle hielt, und bereits nach einem kurzen Moment ließen die Krämpfe nach. Robert stemmte sich mit der Schulter gegen die Wand, und es gelang ihm, Grindforss so weit zu bewegen, dass er untersuchen konnte, ob das Messer beim Sturz Nils Andersson erwischt hatte. Es sah nicht danach aus. Genau in diesem Augenblick tauchte Arvid im Hühnergarten auf, Robert war kurz abgelenkt, und eine Sekunde später lag er am Boden, leicht desorientiert nach der Bekanntschaft mit Grindforss' rechtem Ellenbogen. Während er sich den Hinterkopf rieb und spürte, wie sich eine ordentliche Beule ihren Weg bahnte, sah er, wie Arvid den schnaubenden Grindforss von Andersson wegzog und ihn in die stabile Seitenlage brachte. Anschließend reichte er Nils Andersson eine Hand, um ihm aufzuhelfen, als er aber den Gesichtsausdruck des Kollegen sah, zog er seine Hand wieder zurück.

Als der Einsatztrupp ankam, kniete Arvid neben Grindforss und prüfte dessen Puls, während Robert Nils Andersson auf die Beine half. Robert zitterte am ganzen Leib und hielt ihm eine Hand vor das Gesicht, damit er sehen konnte, wie sie zitterte, und sagte: »Adrenalin-Party. Das ist die Reaktion des Körpers, um das Zuviel an Adrenalin nach einer überstandenen lebensbedrohlichen Situation abzubauen.« Andersson betrachtete Roberts Hand und lächelte kurz. Arvid half beim Anheben der Bahre und folgte den beiden Rettungssanitätern zum Krankenwagen. Dann gesellte er sich zu Robert und Nils Andersson auf die Veranda.

»Was ist hier passiert?«, fragte er. Da Nils Andersson nicht antwortete, legte er eine zweite Frage nach. »Was macht ihr hier?«

Andersson schüttelte den Kopf. »Bosse hat gesagt, dass du noch unterwegs warst, also bin ich hergefahren, um zu sehen, wo du bleibst.«

Als er die Besorgnis in der Stimme seines Chefs vernahm, glitt ein Lächeln über Arvids Gesicht.

»Die Schafe«, sagte er.

39

Nils Andersson nahm auf dem Besucherstuhl Platz und strich sich die Haare aus der Stirn.

»Danke«, sagte er.

Robert erwiderte seinen Dank mit einer abwehrenden Geste.

»Es tut mir leid, dass ich heute früh so ungehalten war, aber auch wenn ich dir sehr dankbar bin, muss ich weiterhin darauf bestehen, dass du dich von Ulrik Lauritzen fernhältst.«

»In Ordnung, aber ich wäre froh, wenn du mich über die Geschehnisse auf dem Laufenden hältst.«

»Selbstverständlich.«

»Es gibt noch etwas anderes, worüber ich mit dir sprechen möchte«, sagte Robert. Andersson lehnte sich zurück, sichtlich erleichtert, dass Robert nicht länger auf dem Thema herumhackte. »Ich meine die Umschläge. Anfangs dachte ich, sie würden von jemandem stammen, der glaubt, dass Viklund unschuldig war – aus diesem Grund habe ich auch Klos aufgesucht. Was aber, wenn sie von einer Person stammen, die *den Wunsch* hat, dass Viklund unschuldig gewesen ist?«

»Wie meinst du das?«

»Wir wissen, dass Viklund eine Frau hatte, denn Ulrik hat erzählt, dass Viklund Selbstmord beging, nachdem sie ihn besucht hatte. Er war 35 Jahre alt, als er starb, sodass er im Prinzip eine ganze Schar von Kindern haben kann und auch Geschwister, die alle mit der Scham leben. Es gibt viele Varianten, mit einer solchen Belastung umzugehen. Das Leugnen der Wahrheit ist eine der häufigsten Überlebensstrategien.«

Nils Andersson runzelte die Stirn.

»Das hört sich vielleicht irrsinnig an, aber ich bin dafür, dass wir Viklunds Familienverhältnisse untersuchen. Nur zur Sicherheit.«

»Ich weiß nicht recht, worauf du hinauswillst, aber ich denke, ich bin es dir schuldig, dem nachzugehen«, sagte Nils Andersson.

Eine halbe Stunde später kehrte er mit einem Schriftstück in der Hand zurück.

»Nach dem Gerichtsverfahren nahm die Familie den Mädchennamen seiner Frau an, Ekdahl. Zudem zogen sie nach Tingsryd. Seine Frau, Mona, heiratete nicht wieder und starb vor sieben Monaten an Krebs. Der Sohn, Martin, ist zweiundzwanzig Jahre alt und laut System vor drei Monaten aus Schweden ausgereist. Bosse ist dabei herauszufinden, wohin die Reise ging. Die Tochter, Johanna, sechsundzwanzig Jahre alt, ist noch immer an der Adresse in Tingsryd gemeldet, wo Mona Ekdahl bis zu ihrem Tod gewohnt hat. Viklunds Eltern sind verstorben, aber er hat zwei Schwestern und einen Bruder, die alle in Dalarna wohnen. Bosse wird die Polizei vor Ort bitten, ihre Alibis zu überprüfen.«

Er strich sich übers Kinn und fügte hinzu: »Viklunds Tochter. Kann sie die Kuverts abgelegt haben?«

»Das wäre durchaus eine Möglichkeit«, antwortete Robert. »Sie hat zweifellos ein Motiv. Ich fahre hin und rede mit ihr.«

40

Das Gras war schon seit Wochen nicht mehr gemäht worden, und die Pelargonien an der Hauswand lechzten nach Wasser. Es handelte sich um ein gemauertes ebenerdiges Haus mit gelbem Anstrich und zwei Fenstern beiderseits der weißen Tür. Vor sämtlichen Fenstern waren die geblümten Gardinen zugezogen. An einem alten Schuppen lehnte ein schwarzes Damenrad mit ausgeblichenem grauem Speichenschutz aus Stoff am Hinterrad, und unter einem Apfelbaum stand ein geflochtener Gartenstuhl. Auf Roberts Klingeln reagierte niemand.

Vielleicht wussten die Nachbarn, wo sie war. Das Grundstück links neben Johanna Ekdahls Haus war noch nicht eingesät, der Boden sah wie ein staubiger brauner Teppich aus. Dem neuen Holzhaus fehlte noch der Anstrich. In der Einfahrt parkte ein metallicblauer Seat mit Spoiler vorn und hinten und extra Scheinwerfern an der vorderen Stoßstange.

Unter der Klingel war ein Zettel mit dem Namen Fredrik Jonsson angebracht. Robert klingelte, und noch bevor er die Hand wieder zurückgezogen hatte, wurde die Tür aufgerissen. Ein junger Mann, um die dreißig, starrte ihn mit kalten blauen Augen an. Seine Haare waren kurz geschnitten, und er trug eine blaue Jeans sowie ein enges weißes T-Shirt mit Logo und Schriftzug des Waffenproduzenten *Browning* in schwarzen Versalien über die Brust gedruckt.

»Ja?«, sagte er zurückhaltend.

»Guten Tag. Mein Name ist Robert Strand. Ich bin hier, weil ich mit Johanna Ekdahl sprechen wollte. Sie …«

»Sie wohnt nicht hier«, unterbrach er Robert und zeigte auf das Nachbarhaus.

»Das weiß ich, aber ich dachte, dass …«

»Ich weiß nicht, wo sie ist.«

»Wissen Sie, wann sie das letzte Mal zu Hause war?«

»Es interessiert mich nicht, was meine Nachbarn machen«, antwortete er und wollte die Tür wieder schließen.

»Es ist sehr wichtig, dass wir Johanna finden. Es wäre eine große Hilfe, wenn …«

Erneut unterbrach Fredrik Jonsson ihn. »Ich habe euch Bullenschweinen nichts zu sagen.« Dann war die Tür zu.

Johannas Nachbarn rechter Hand wohnten in einem alten Holzhaus mit einem Garten, in dem Blumen in allen Blau- und Lilanuancen um die Wette blühten. An der Hausecke beäugte auf Abstand eine graue Katze Robert, während er vergeblich nach einer Klingel suchte. Letztendlich klopfte er an die schwere Eichenholztür, bis die Fingerknöchel schmerzten. Als die Tür aufging, starrte er in sein Spiegelbild an der Rückwand eines schmalen Flurs, und es dauerte einen Moment, bis ihm klar wurde, dass sie viel kleiner war.

Astrid Werner konnte kaum größer als 140 Zentimeter sein, und mit den zum Zopf zusammengebundenen grauen Haaren erinnerte sie an eine Miniaturausgabe von *Miss Daisy*. Robert stellte sich vor, und nachdem er ihr sein Anliegen erläutert hatte, führte sie ihn durch eine geräumige Küche mit niedriger Decke zur Rückseite des Hauses.

»Möchten Sie Kaffee?«

»Nein danke«, sagte Robert und setzte sich in einen tiefen Gartenstuhl mit geblümtem Kissen.

Sie legte ein Paar mit Erde beschmutzte Arbeitshandschuhe beiseite und setzte sich in die Hollywoodschaukel, die dadurch leicht in Bewegung geriet, sodass die weißen Fransen vom Sonnendach über das schmale Gesicht der Frau Schatten warfen.

»Ich habe aufgehört zu wachsen, als ich zehn war. Meine Mutter schleppte mich zu allen möglichen Spezialisten, aber damals gab es noch keine Wachstumshormone. Schließlich sah sie vermutlich ein, was ich die ganze Zeit über gewusst hatte; dass es einfach nicht vorgesehen war, dass ich größer wurde.« Sie lächelte. »In der Tat ist es gar nicht so schlecht, klein zu sein. Die Leute haben instinktiv das Gefühl, mich beschützen zu müssen, und selbst als ich jünger war, gab es immer jemanden, der mir im Bus seinen Platz angeboten oder meine Einkaufstüten geschleppt hat«, fügte sie lachend hinzu.

Irgendetwas an ihrem Lachen sagte Robert, dass sie weder Bedarf für Schutz noch für Hilfe hatte.

»Wie gesagt bin ich hier, um mit Johanna Ekdahl zu sprechen, aber sie ist nicht zu Hause. Der Rasen ist offensichtlich den ganzen Sommer über nicht gemäht worden«, begann Robert. »Wissen Sie, wo Johanna ist?«

»Ich versprach ihr, mich um die Post zu kümmern, aber ich dachte, sie würde selbst nach Hause kommen und den Rasen mähen. Ist ihr etwas passiert?«, fragte

Astrid Werner und blinzelte ein paar Mal mit ihren grau-blauen Augen.

»Das hoffen wir nicht, aber wir wollen Kontakt mit ihr aufnehmen. Haben Sie eine Adresse oder eine Telefon-nummer, über die Sie sie erreichen können?«

Sie schüttelte den Kopf. »Ich habe versucht, sie auf dem Handy anzurufen, aber sie nimmt nicht ab, und eine Adresse habe ich nicht. Das kam scheinbar ein bisschen plötzlich mit dem Seminar. Sie sagte nur, sie würde so lange in Växjö wohnen. Ich habe selbstverständlich damit gerechnet, dass sie zwischendurch nach Hause kommt. So weit weg ist es ja nicht.«

»Wissen Sie, um was für einen Kurs es sich handelt?«

»Nein. Ich gehe davon aus, dass es etwas für Kranken-schwestern ist. Sie mag ihre Arbeit doch so gern.«

»Wann ist sie abgereist?«

Ihr Blick schweifte in die Ferne, und sie kniff die Augen zusammen. Dann zupfte sie ein welkes Blatt von der wilden Clematis, die die Hauswand hinter der Ter-rasse bedeckte. Schweigend betrachtete sie das Blatt und strich es zwischen ihren Fingern glatt. Robert glaubte, sie hätte seine Frage vergessen.

»Es war kurz vor Mittsommer. Ich erinnere mich nicht, ob es Samstag oder Sonntag war, aber es war ein Wochenende, und ich hatte zwei meiner Enkelkinder zu Besuch. Daran erinnere ich mich genau. Sie war hier und spielte mit ihnen Karten, und ich war so froh, sie wieder lachen und herumalbern zu hören.«

»Wieder?«

Sie wich seinem Blick aus.

»Ich kümmere mich nicht um Geschwätz, aber ich

gehe davon aus, dass ich der Polizei erzählen muss, was ich weiß. Monas Tod hat Johanna hart getroffen. Es war, als würde sie sich komplett zurückziehen. Letztendlich drängte ich sie, einen Arzt aufzusuchen. Sie hatte eine Depression und lag mehrere Monate im Krankenhaus. Ich war so unglücklich, ihr nicht helfen zu können, aber sie wollte nicht darüber sprechen, und ich glaube auch nicht, dass sie mit anderen darüber gespochen hat.«

»Kannten Sie die Familie gut?«

Sie hielt die Schaukel mit dem Fuß an, bevor sie seinen Blick auffing. »Alles, was ich sage, bleibt doch unter uns, oder?«

Als Robert zögerte, fügte sie hinzu: »Ich meine, das macht hier in der Stadt nicht die Runde?«

»Selbstverständlich nicht.«

»Ich war die Einzige, die das mit Karl wusste. Mona erzählte mir später, dass sie kurz davor war umzuziehen, als sie erfuhr, dass ich es war, die das Haus hier gekauft hatte. Glücklicherweise kamen wir ins Gespräch, und ich glaube, es war eine Erleichterung für sie, jemanden zu haben, mit dem sie über Karl reden konnte.«

»Woher kannten Sie Karl Viklund?«

»Ich bin aus Dalarna, ebenso wie Karl und Mona. Ich war das Kindermädchen von Karls älteren Geschwistern, und als ich einen der Kerle vom Hof geheiratet habe, habe ich dafür gesorgt, dass meine kleine Schwester meinen Platz übernehmen konnte. Es war damals vollkommen normal, über den eigenen Tellerrand zu schauen und Geld zu verdienen. Da aber einige der anderen Mädchen sehr schäbig behandelt wurden, war ich froh darüber, dass Viveca bei den Viklunds sein konnte.«

Etwas an Astrid Werners Tonfall stimmte nicht mit Roberts Vorstellung von Karl Viklund und dessen Kindheit überein.

»Warum war es besonders gut, bei den Viklunds zu arbeiten?«, fragte er.

»Nun, es war kein reicher Hof, und die Kost war dementsprechend. Ich erinnere mich, dass wir zweimal im Monat backten, und kurz vor dem nächsten Backtag konnte das alte Brot bereits grün vor Schimmel sein. Aber darum kümmerte man sich damals nicht sonderlich, man schnitt einfach das Schimmlige ab, und niemand wäre auf die Idee gekommen, sich zu beklagen.«

Sie war zurück in ihren Erinnerungen, der Blick war abwesend.

»Was war es dann?«

Sie sah verwirrt auf, fand den Faden aber wieder. »Die Musik«, seufzte sie. »Karls Eltern waren die tüchtigsten Musiker in Dalarna, und neben dem Hof betrieben sie das Versammlungshaus der Stadt, in dem alle großen Feste abgehalten wurden. Er spielte Geige, und sie spielte Klavier. Alle Kinder sangen. Zugereiste Musiker kamen und gingen. Meine Eltern waren gute Leute, aber bei den Viklunds gab es Leben und Frohsinn, und die Hausmutter, wie wir Karls Mutter nannten, wurde es niemals leid, liebevolle Umarmungen zu verteilen.«

»Sie sagten, dass Ihre Schwester Kindermädchen bei Karl war. Kannten Sie ihn auch als Kind?«

»Er wurde geboren, kurz bevor Sven und ich unsere eigene Wohnung bekamen. Ein richtiger kleiner Nachzügler. Daher kannte ich ihn selbstverständlich nicht so gut wie die drei Großen, aber ich war oft dort, um meine

Schwester und meine Hausmutter zu besuchen. Karl hatte das Talent seiner Mutter geerbt, Frohsinn zu verbreiten und um sich herum für gute Stimmung zu sorgen.«

Das passte überhaupt nicht zum Profil. Es musste etwas passiert sein, das sein Leben dramatisch verändert hatte; vielleicht ein Trauma, ähnlich jenem, das aus Per Myhrvolk einen gewalttätigen Psychopathen gemacht hatte.

»Wissen Sie, ob er irgendwann in einen Unfall verwickelt war, bei dem er sich den Kopf gestoßen haben könnte?«

Sie schüttelte den Kopf. »Nein. Es gab wohl die üblichen Schrammen, aber von einem größeren Unfall habe ich nichts gehört.«

»Was ist mit später? Hatten Sie Kontakt zu Karl, nachdem er erwachsen geworden war?«

»Das letzte Mal habe ich ihn bei Kerstins zweiter Hochzeit gesehen. Sie ist seine jüngste Schwester. Da war Karl Mitte zwanzig, frisch verheiratet und hat stolz seine Mona präsentiert. Er hatte ein Lied für seine Schwester geschrieben, und wir lachten so sehr, dass wir es dreimal singen mussten.«

Als Robert sich wieder nach Johannas Tun erkundigte, kehrte Astrid Werner widerwillig in die Gegenwart zurück.

»Aber ich weiß nicht, wo sie ist! Sie hat sich eine Wohnung gemietet, um die Fahrerei zu umgehen. Sie sagte lediglich, dass die Wohnung ein bisschen zu teuer sei, sie sich aber darauf freuen würde, mitten in der Stadt zu wohnen. Hier ist es doch ein bisschen still, gerade für die jungen Leute.«

»Was ist mit dem Bruder? Martin?«

»Martin ist wie sein Vater. Er ist ja auch jünger als Johanna, und ich glaube nicht, dass er sich an allzu viel von dem erinnert, was damals mit Karl passiert ist. Auf jeden Fall ist er mit dem Tod seiner Mutter anders umgegangen. Er kam oft hierher und hat über sie gesprochen, und es schien, dass es ihm leichter fallen würde, mit der Trauer umzugehen, als das bei Johanna der Fall war.«

»Soweit wir informiert sind, wohnt Martin derzeit nicht in Schweden.«

»Nein, er genießt seine Jugend«, lachte sie. »Es sollte mich nicht wundern, wenn eine süße kleine Spanierin seinem Charme erliegt und er auf Mallorca bleibt.«

»Mallorca?«

»Ja. Martin hat einen Teil seines Erbes in einen Fremdenführerkurs investiert, auch wenn die Aussichten auf eine Stelle nicht gerade gut sind. Aber Martin gehörte zu den Glücklichen, und nun ist er den Sommer über auf Mallorca.«

Robert war fast am Ende des kleinen gefliesten Flurs angelangt, als ihm etwas in den Sinn kam. Astrid Werner wollte sich ihre Gartenhandschuhe wieder überstreifen.

»Eine Frage hätte ich da noch, wenn das in Ordnung ist«, sagte er und kam sich ein bisschen wie eine schlechte Parodie auf Columbo vor.

Sie hielt mitten in der Bewegung inne.

»Waren Karl Viklunds Eltern sehr religiös?«

»Religiös? Nein. Es wurden einige Psalme gesungen, und wir sagten auch ein Tischgebet auf, aber Ernst, Karls

Vater, hielt sich vor allem an Weisen und Lieder, und ich kann mich nicht daran erinnern, dass wir irgendwann einmal über Gott oder Glauben gesprochen haben.«

41

Nils Andersson meldete sich nach dem ersten Klingelton.

»Ich glaube, ihr ist etwas zugestoßen«, sagte Robert. »Kannst du einen Durchsuchungsbeschluss und einen Schlüsseldienst organisieren?«

Am anderen Ende der Leitung war ein Seufzer zu vernehmen.

Robert drehte eine Runde durch Tingsryd. Er spazierte an »Börjes Spielsachen«, »Börjes Waren des täglichen Bedarfs« und »Börjes Zubehör für das Pferd« vorbei, bevor er bei »Börjes Imbiss« Halt machte und Hering mit Kartoffelbrei aß, was besser schmeckte, als es sich anhörte. Er stand vor Johanna Ekdahls Haus und rauchte eine Zigarette, als ein roter Lieferwagen mit der Aufschrift »Schlösser-Notfälle« davor anrollte. Einen Augenblick später tauchte der betagte Volvo des Polizeipräsidenten auf, aus dem sowohl Malmström als auch Nils Andersson ausstiegen.

Alles war aufgeräumt. Zwar ruhte über dem Ganzen eine gewisse Verlassenheit, eine dünne Staubschicht, aber ansonsten wirkte das Haus gepflegt. Über dem weißen Klapptisch in der Küche lag eine gestickte Decke, auf die eine Porzellanschale gestellt worden war. Es war eine schöne wohnliche Küche. Dem Inhalt des Zeitungsständers nach zu urteilen war Johanna mehr für Zeitschriften als für Sonntagszeitungen zu haben, dennoch war sich Robert sicher, dass die Küche ihr Lieblingsort war.

Er blieb in der Küche, las die kleinen Zettel an der Pinnwand, blätterte in den Zeitschriftenstapeln und schaute in Schubläden und Schränke, ohne irgendetwas Interessantes zu finden. Nach einer Weile kam Malmström zu ihm.

»Nisse bleibt hier und schaut sich genau um. Wir beide fahren zurück aufs Revier.«

»Und wie komme ich zurück?«, fragte Nils Andersson.

»Robert fährt mit mir.«

Robert zog seinen Autoschlüssel aus der Hosentasche und reichte ihn Andersson.

»Ist das dein Ernst?«

»Selbstverständlich. Er ist versichert, trotzdem solltest du das Gaspedal lieber mit Vorsicht behandeln.«

Bereits auf dem Weg zur Tür hinaus drehte sich Malmström um und sagte: »Nisse? Denk daran, Fingerabdrücke zu nehmen, und finde ein Foto von Johanna. Lass dir von einem Nachbarn bestätigen, dass sie es ist.«

»Geh zu Astrid Werner in dem ersten roten Haus rechter Hand. Sie kannte die Familie gut. Sie kann sie ganz sicher identifizieren«, sagte Robert.

Er hoffte wirklich, dass es lediglich notwendig sein würde, Astrid Werner um die Identifizierung eines Fotos von Johanna Ekdahl zu bitten.

Robert war nicht scharf darauf, sein Auto zu verleihen, aber er hatte das Gefühl, dass es einen Grund dafür gab, dass Malmström ihn mit in seinem Wagen haben wollte. Aber der Polizeipräsident hatte es nicht eilig. Kenny

Rogers begleitete ihr Schweigen über weite Teile der Fahrt hinauf zur 29. Als sie durch die Ortschaft Bramstorp fuhren, sagte er plötzlich: »Ich wohne in Bramstorp.«

Kam aus Bramstorp nicht auch Viklunds viertes und letztes Opfer, Malin Trindgärd? Sie hatte an der Haltestelle gestanden und nach einem Schulfest in Växjö auf den Nachtbus gewartet. Damals war sie siebzehn gewesen. Dem Gerichtsmediziner zufolge hatte sie es geschafft, das achtzehnte Lebensjahr zu erreichen, bevor Karl Viklund ihr drei Tage später das Gnadengeschenk machte, das der Tod in gewissen Fällen sein konnte. Wie die übrigen Opfer starb Malin Trindgärd durch Strangulierung, aber erst nachdem sie mehrmals missbraucht worden war, und Robert verstand gut, warum Kerstin Kullen den einen Satz in Viklunds Geständnis nie vergessen hatte: »Als ich sie das erste Mal vergewaltigt habe, hat sie nach ihrer Mutter gerufen. Ich musste ihr ihre Strümpfe in den Mund stopfen, um Ruhe zu haben.«

Malmström war Sheriff, der Hüter des Gesetzes und Beschützer der Schwachen, aber Malin Trindgärd hatte er nicht beschützen können.

42

Nils Andersson war noch immer in Tingsryd, seine Kollegen hatten sich wieder im Präsidium versammelt.

»Wie passt Viklunds Tochter in dieses Szenario?«, fragte Linda.

»Ich weiß es auch nicht«, musste Robert zugeben. »Ich interessiere mich für Viklunds Familie, weil sie ein Motiv haben könnte, Zweifel zu säen, inwieweit er der wahre Serienmörder war. Viklund hat eine erwachsene Tochter, und da dachte ich unmittelbar, dass sie es sein könnte, die hinter den weißen Umschlägen steckt. Wie unwahrscheinlich es auch klingt, können wir die Möglichkeit nicht ausschließen, dass die Umschläge und der Mord an Clara Petri rein gar nichts miteinander zu tun haben.«

»Und was denkst du jetzt, wo sie verschwunden ist?«

»Jetzt befürchte ich, dass unser Nachahmer sie benutzt hat, um sich Zugang zu Informationen über Viklunds Vorgehensweise zu verschaffen.«

Linda schaute ihn skeptisch an. »Wie sollte sie etwas über den Modus Operandi ihres Vaters wissen? Als er starb, war sie erst vier oder fünf.«

»Wir haben doch über die Polizisten gesprochen, die an dem Fotomordfall gearbeitet haben.«

»Und wir sind vollauf damit beschäftigt, sie und ihre

Angehörigen zu vernehmen, aber bisher hat sich daraus nichts ergeben.«

»Viklunds Frau ist im vergangenen Jahr gestorben, und es ist unmöglich zu sagen, was beim Aufräumen alles aufgetaucht ist. Karl Viklund kann Tagebuch geführt haben, oder seine Frau kann Akteneinsicht beantragt haben und eine Kopie seiner Akte ausgehändigt bekommen haben, in welche das Geständnis eingeht.«

Linda riss die Augen auf. »Aber wenn das stimmt, dann ist sie vermutlich in Gefahr. Ich meine, der Nachahmungstäter wird wohl kaum tatenlos zusehen, wenn sie ihn entlarven kann.«

»Gut«, sagte Malmström. »Das sind alles Vermutungen. Was wir jetzt brauchen, sind ein paar konkrete Spuren, mit denen wir arbeiten können. Nisse nimmt draußen im Haus von Johanna Ekdahl Fingerabdrücke, und er versucht, auch ein Foto von ihr zu finden. Linda, ich möchte, dass du eine Fahndung vorbereitest. Und nimm Kontakt zum Staatsanwalt auf, damit wir Zugang zu ihren Bankkonten sowie Anruflisten von ihrem Handy und Festnetztelefon bekommen.«

Arvid räusperte sich. »Ich habe gerade vom SKL Bescheid bezüglich der Analyse der Umschläge bekommen. Es sind nur die Fingerabdrücke von Ulrik Lauritzen darauf, aber auf der Vorderseite beider Umschläge haben sie Leimreste gefunden, die von Klebezetteln stammen. Außerdem gelang es ihnen, einen schwachen Abdruck einer Eins sowie einer Zwei zu sichern.«

»Das deutet doch darauf hin, dass du Recht damit hattest, dass er das Ganze vorbereitet hat«, sagte Pelle.

Robert nickte.

»Müssen wir dann Energie darauf verwenden, Rast-plätze zu überwachen?«

»Wenn wir Ressourcen dafür haben, würde ich die Ob-servierung in den nächsten Tagen gern aufrechterhalten. Je näher wir dem Zeitpunkt kommen, als Viklund das zweite Mal zugeschlagen hat, desto aufgeregter wird er sein, und es ist nicht unwahrscheinlich, dass er die Zeit damit überbrückt, alle Details des Plans für den nächsten Mord zu überprüfen«, erklärte er.

Malmström nickte. »Vom Empfang kam die Informa-tion, dass es viele Anfragen aus der Öffentlichkeit gab, aber niemanden, der übertrieben neugierig wirkte«, sagte er.

»Was ist mit Zeugen am Fundort?«, fragte Robert.

»Da war das Ehepaar, das sie gefunden hat«, sagte Arvid. »Und dann tauchte noch eine Familie auf, bevor wir dort waren.«

»Ich will mir ihre Zeugenaussagen noch etwas genauer anschauen. Haben wir Fotos von ihnen?«

»Ich glaube, sie sind auf einigen Fotos mit drauf, die ich gleich nach meiner Ankunft gemacht habe. Ich suche sie dir sofort raus«, antwortete Arvid.

»Was machen wir, wenn er nicht auf Rastplätzen auf-taucht oder sich selbst meldet, um den unschuldigen Zeugen zu mimen?«, fragte Linda.

»Dann finden wir ihn, wenn wir alle verurteilten Mör-der und Personen, die Zugang zu nichtöffentlichen Infor-mationen über die Fotomorde hatten oder zusammen mit Viklund einsaßen, mit dem Profil abgleichen. Bei einem von ihnen wird die Anzahl der gemeinsamen Nenner überdurchschnittlich hoch sein, und dann haben wir ihn.«

43

»Clara Petri – Ausgewählte Fotos vom Fundort.«

Arvid legte die Mappe vor Robert auf den Tisch. »Das ist alles, was ich habe«, sagte er.

Robert blätterte die Mappe durch. Die meisten Fotos waren unscharf, aber auf einem hatte die Kamera eine Gruppe Schaulustiger eingefangen. Es handelte sich um sieben Personen, die direkt hinter dem Absperrband der Polizei zusammenstanden, und eine dieser Personen ließ Roberts Herz ein weniger schneller schlagen. Er stand ein Stück weit hinter den anderen, und sein Gesicht war nicht direkt der Kamera zugewandt. Genau deshalb war die verwachsene Narbe von der Brandverletzung so deutlich.

Warum war er nicht schon eher darauf gekommen?

»Pelle! Kannst du mir die Telefonnummer von Kerstin Kullen raussuchen?«

Robert wedelte mit dem Foto. Pelle griff danach. »Was wird das hier?«

»Das ist ein gemeinsamer Nenner. Am Fundort steht ein Mann mit einer großen Brandnarbe im Gesicht.«

»Warum ist das so wichtig?«

»Weil es kurz vor Viklunds Tod im Hochsicherheitstrakt des Sigfrids gebrannt hat.«

»Glaubst du, es ist einer der anderen Insassen?«

Robert schüttelte den Kopf. »Die Verletzungen der Patienten waren in dem Bericht beschrieben, den Ulrik Lauritzen nach dem Brand verfasst hat. Zwei von ihnen starben, und nur drei der Übrigen mussten ins Krankenhaus eingeliefert werden, und das in allen drei Fällen wegen Rauchvergiftung.«

Pelles Mund stand leicht offen, und er sah Robert an.

»Der Krankenpfleger des Hochsicherheitstrakts hat sich bei dem Brand Verbrennungen im Gesicht zugezogen, als er geholfen hat, die Patienten rauszubringen. Er war derjenige, der den engsten Kontakt zu Viklund gehabt hat.«

Robert wählte Kerstin Kullens Nummer, und glücklicherweise antwortete sie sofort. »Hallo, Kerstin. Entschuldige, dass ich störe, aber ich habe eine kurze Frage. Bohlin arbeitet nicht mehr in der Abteilung, oder?«

»Nein.«

»Weißt du, was aus ihm geworden ist?«

»Er ist doch bei dem Brand umgekommen.« Sie machte eine Pause, bevor sie fortfuhr. »Oder besser gesagt nach dem Brand. Er kam mit schweren Verbrennungen und einer Rauchvergiftung ins Krankenhaus, und dort kam es zu einigen unvorhergesehenen Komplikationen. Er starb ein paar Tage später.«

Noch eine falsche Fährte.

Nils Andersson stellte einen Pappkarton auf den Tisch. Wortlos gab er Robert den Autoschlüssel zurück, aber Robert konnte seinem Blick ansehen, dass er die Autofahrt genossen hatte.

»Hast du ein gutes Bild gefunden?«, fragte Linda. »Der

Fahndungsaufruf ist fertig. Mir fehlt nur noch ein Foto, dann kann ich ihn rausschicken.«

Nils Andersson schob Linda das Bild über den Tisch, wobei Robert bemerkte, dass ihm die hellen grauen Augen vage bekannt vorkamen. Er nahm das Bild in die Hand und betrachtete es. Aber beim näheren Hinsehen sagte ihm die junge Frau mit den stumpfen braunen Haaren und dem traurigen, viel zu erwachsenen Blick nichts. Er gab Linda das Foto.

»Hast du eben zwei Minuten?«, fragte er Nils Andersson.

»Selbstverständlich.«

»Bist du zu Astrid Werner gegangen?«

»Ja. Ich habe mehrere Fotos von Johanna gefunden, aber sie hat mir eins angeboten, auf dem sie besser getroffen ist. Sie macht sich große Sorgen.«

»Wie würdest du sie einschätzen, wenn sie eine Zeugin wäre?«

»Astrid Werner? Auch wenn sie schon recht betagt ist, wirkte ihr Verstand durchaus scharf. Warum?«

»Viklund hat gestanden, dass Liza Tiltons Angst ihm das Gefühl von Macht verlieh und dass es dieses Gefühl war, was ihn erneut morden ließ. Das stimmt komplett mit dem Profil eines sadistischen psychopathischen Serienmörders überein. Sie sind typischerweise isoliert aufgewachsen, mit einem extrem dominanten Elternteil, das ihnen ein grundlegendes Schamgefühl eingeimpft hat, oft religiösen Charakters. Sie sind ein Leben lang Opfer gewesen, wenn sie aber morden, werden die Rollen vertauscht.«

»So weit, so gut.«

»Astrid Werner kannte Karl Viklunds Familie, und sie ist ihm mehrfach begegnet, sowohl, als er noch ein Kind war, als auch nach seiner Heirat. Wenn man ihrer Aussage glauben kann, dann wuchs Viklund in einem ärmlichen, aber sehr herzlichen und liebevollen Zuhause auf. Religion spielte eine untergeordnete Rolle. Zudem beschrieb sie Karl als jemanden, der Späße machte und Frohsinn um sich herum verbreitete. Er war aufgeschlossen und konnte unterhalten. Es ergibt überhaupt keinen Sinn, dass er plötzlich anfängt zu morden, um sich anderen überlegen zu fühlen.« Robert ließ eine Hand über seine Glatze gleiten. »Er muss sich eine schwere Kopfverletzung zugezogen haben. Das ist die einzige Erklärung, die mir einfällt. Als er sein Geständnis ablegte, befand er sich im Sigfrids in der Gerichtspsychiatrie, und ich würde gerne wissen, warum er dort eingewiesen worden ist. Wenn wir bloß seine vollständige verdammte Akte hätten.«

Tief im Inneren wusste Robert, dass er auf Abwege geraten war. Polizisten brauchten keinen *Profiler*, der dasaß und über Täter philosophierte, die bereits das Zeitliche gesegnet hatten. Sie wollten wissen, was der Täter, der jetzt sein Unwesen trieb, seiner Meinung nach morgen tun könnte. Robert wollte auf andere Gedanken kommen. Astrid Werner war nicht die Erste, die Viklund in einer Weise beschrieben hatte, die völlig konträr zum Profil eines sadistischen Serienmörders war. Als Per Myhrvolk Viklund als einen Schwächling beschrieb, der sich verkroch, hatte Robert geglaubt, er habe Viklund mit jemand anders verwechselt, jetzt aber fiel ihm eine Anmerkung in dem Bericht ein, den Ulrik nach dem Brand verfasst hatte.

»Verschrieb nach unserer ersten Konsultation Diazepam, was den Zustand des Patienten scheinbar verbessert hat.«

Diazepam war ein Angstlöser, aber Psychopaten waren gerade durch eine extrem niedrige Angstschwelle gekennzeichnet. Viklund sollte also als ein fröhlicher und ausgeglichener Junge herangewachsen sein, sich zuerst zu einem kaltblütigen Serienmörder und anschließend zu einem neurotischen Nervenwrack entwickelt haben? Arvid riss ihn aus seinen Gedanken. »Uns bleiben noch zwei Tage. Wenn wir ihn bis dahin nicht gefunden haben, kopiert er auch den Mord an Anne Lindberg.«

Sie brauchten einen Durchbruch, aber die schlechten Nachrichten brachen wie eine Flut über sie herein. Der Mann auf dem Foto war der Vater der Familie, die vor der Polizei am Fundort angekommen war. Die Brandwunde hatte er sich zugezogen, als er als Kind über einen Gartengrill gestürzt war, und sein Alibi für den Zeitpunkt des Mordes an Clara Petri war über jeden Zweifel erhaben.

Neben Per Myhrvolk befanden sich zwei der Gefangenen aus Ulriks Bericht auf freiem Fuß, aber beide wohnten weit entfernt von Växjö, und ihre Alibis erschienen ebenso sicher wie das des Familienvaters. Als Bosse hereinkam und mitteilte, dass er und seine Leute die Verhöre der Polizisten und Angehörigen von dem alten Fotomordfall abgeschlossen hatten, legte sich resigniertes Schweigen über das Büro.

»Was zur Hölle machen wir jetzt?«, fragte Pelle.

In Roberts Kopf tauchte ein Bild auf: Alexander Petri, der hinter einem Busch stand und die einförmigen Bewegungen seines Vaters beim Abschleifen beobachtete. Hatte er wirklich dort gestanden?

»Robert?«

Linda sah ihn mit hochgezogenen Augenbrauen an.

»Woran denkst du?«

»Ihr wisst doch, dass wir über Viklunds Signatur und Motive gesprochen haben?«

Linda nickte.

»Das Wort Vorwand ist gefallen.«

»Das war Malmström.«

»Was nun, wenn das Ganze ein Vorwand ist? Wenn der Täter in Wirklichkeit nur Clara Petri töten wollte, die Tat aber als Kopie eines alten Serienmordes getarnt hat?«

»Warum sollte er das tun?«, fragte Linda.

»Weil er weiß, dass die Polizei immer im nahen Umfeld des Opfers nach dem Täter sucht«, antwortete Arvid.

»Genau! Was hättet ihr getan, wenn ihr Viklunds Vorgehensweise nicht wiedererkannt hättet?«

»Wir hätten Clara Petris Freund, Vater, Bruder, Kollegen und ihren Freundeskreis durch die ganze Maschinerie gejagt, bis wir einen gefunden hätten, der verdächtig erschienen wäre«, antwortete Pelle mit hochgezogenen Augenbrauen.

»Ich stimme Robert zu, dass wir die Möglichkeit in Betracht ziehen müssen, aber soweit ich weiß, deutet nichts darauf hin, dass Clara Petri irgendwelche Feinde hatte«, sagte Nils Andersson.

Die letzte Aussage klang mehr wie eine Frage denn als eine Feststellung.

»Nein«, antwortete Linda. »Wir haben mit der Familie, den Kollegen und mit den engsten Freundinnen gesprochen, und dabei schrillten keine Alarmglocken. Aber vielleicht sollten wir einen zweiten Durchgang machen?«

»Das ist auf jeden Fall besser, als darauf zu warten, dass er wieder zuschlägt«, sagte Pelle. »Wir haben nicht den geringsten Anhaltspunkt.«

44

Die schweren Absätze von Lindas Schuhen hallten im menschenleeren Empfangsbereich wider.

»Robert Strand?«

Sie winkte.

»Da ist Besuch für dich.«

Robert erkannte den beigefarbenen Hut sofort wieder.

»Guten Abend, Herr Strand«, sagte Michael Klos.

»Guten Abend.«

»Ich habe die Nachrichten im Fernsehen gesehen. Darin wurde von der Fahndung nach einer jungen Frau berichtet, und ich dachte, ich sollte Sie besser darauf aufmerksam machen, dass sie es war.«

»Sie?«

»Sie war bei mir und hat Fragen über Viklund gestellt.«

Kaum hatte Robert die Tür hinter Michael Klos geschlossen, rief Camilla an. Er signalisierte Linda, dass er rausgehen wollte, um das Gespräch anzunehmen.

»Ich hatte große Zweifel, ob ich dich anrufen soll oder nicht.« Robert dachte zuerst, sie wollte von ihrer gemeinsamen Nacht sprechen, aber bevor er etwas sagen konnte, fuhr sie fort. »Was ich dir jetzt erzähle, unterliegt meiner Schweigepflicht, und ich erzähle es dir in deiner Eigenschaft als Polizist, nicht als Freund.«

»Okay.«

»Die Frau, nach der ihr sucht … Warum sucht ihr sie eigentlich?«

»Das kann ich dir nicht sagen. Warum fragst du?«

»Sie ist meine Patientin. Ich weiß nicht, was sie getan hat, aber sie geht mir einfach nicht aus dem Kopf. Als ich sie jetzt in den Nachrichten gesehen habe, kam mir in den Sinn, dass sie vielleicht an Ulrik interessiert war. Du hast doch gesagt, dass er irgendwelche Anfragen bekommen hat, die mit der Sache zu tun haben.«

Sie machte eine Pause.

»Ich weiß auch nicht, warum ich nicht früher daran gedacht habe. Sie hat bei allen Vorlesungen ganz hinten gesessen, aber jedes Mal, wenn Ulrik am Rednerpult stand, zog sie in die erste Reihe um, und immer, wenn ich in ihre Richtung geschaut habe, hat sie ihn angestarrt.«

Robert erinnerte sich wieder daran, wo er Johanna Ekdahl schon mal gesehen hatte; es war auf dem Parkplatz draußen auf dem Campus gewesen. »Wusstest du, dass sie Viklunds Tochter ist?«

Camilla stieß einen tiefen Seufzer aus. »Verdammt! Sie hat nur erzählt, dass ihr Vater psychisch krank gewesen ist und sich das Leben genommen hat, als sie noch ein Kind war. Ich dachte, das Mädchen hat entsetzliche Angst, selbst verrückt zu werden. Ich hätte sie am Mittwoch einweisen sollen.«

»Am Mittwoch?«

»Ja, bevor ich ins Kino gegangen bin. Ich bin angefunkt worden, weil sie einen Rückfall hatte. Anfangs litt sie, neben der Depression, an Angst auslösenden Zwangsgedanken, aber die nahmen ab, als sie Strategien lernte, damit umzugehen. Als sie am Mittwoch reinkam, wirkte sie total aufgelöst. Sie hat die Nacht in der Ambulanz verbracht, und am folgenden Tag hat der diensthabende Arzt sie nach Hause entlassen. Ich hatte überlegt, sie zwangseinweisen zu lassen, aber wie du gesagt hast, schien es vernünftiger abzuwarten, was die Zeit bringen würde.«

Robert spürte einen Kloß im Hals. Camilla hatte ihm von Johanna Ekdahl erzählt, und er hatte ihr geraten abzuwarten – nicht weil es ein guter Rat war, sondern weil er nicht richtig zugehört hatte.

Linda und Robert gingen zurück ins Büro, um die anderen über die Gespräche mit Klos und Camilla in Kenntnis zu setzen.

»Also kommt Johanna in Frage?«, wollte Nils Andersson wissen.

Robert dachte, er würde von den Umschlägen sprechen, aber Linda sagte: »Mir ist durchaus bewusst, dass du die ganze Zeit über daran festgehalten hast, dass Clara Petri von einem Mann ermordet worden ist, aber du hast auch gesagt, dass wir alle Möglichkeiten in Betracht ziehen müssen.«

»Du meinst also, dass Johanna Ekdahl unser Nachahmungstäter sein soll?«

Da niemand etwas sagte, ergriff Robert das Wort: »Johanna Ekdahl hat ihr ganzes Leben lang mit dem Wissen gelebt, dass ihr Vater Selbstmord begangen hat, nachdem er für vier brutale Morde verurteilt worden war. Bei einem schwachen Gemüt kann eine solche Bürde dazu führen, dass man mit allen Kräften versucht, die Wirklichkeit, die man nicht akzeptieren kann, zu verändern. Und da Johanna den Selbstmord ihres Vaters nicht ungeschehen machen konnte, gelangte sie zu der Überzeugung, dass er unschuldig verurteilt worden war.«

»Als die Mutter stirbt, findet Johanna das Geständnis ihres Vaters oder vielleicht sein Tagebuch oder andere persönliche Aufzeichnungen«, ergänzte Linda.

»Das würde eine ernsthafte Bedrohung dessen darstellen, was all die Jahre über ihre Überlebensstrategie ausgemacht hat, und da sie nach dem Tod der Mutter zusätzlich unter einer Depression leidet, entwickelt sie ein krankhaftes Bedürfnis, den Namen ihres Vaters reinzuwaschen«, sagte Robert.

»Aber sie hat Klos überhaupt nicht danach gefragt, ob ihr Vater unschuldig ist«, wandte Nils Andersson ein.

»Vielleicht hat sie die Frage indirekt gestellt. Klos hat uns gegenüber ausgesagt, dass sie ihn gefragt hatte, ob Viklund seinen Opfern die Fingernägel herausgerissen hat. Das Detail mit den Nägeln stellte für sie vielleicht einen der grausamsten Aspekte des Geständnisses dar, und als Klos es bestätigt, muss sie einsehen, dass es unmöglich sein würde, Viklunds Namen reinzuwaschen.«

»Was macht sie dann?«, fragte Nils Andersson.

»Sie bekommt die Idee, den Vater zu kopieren, in der Hoffnung, die Öffentlichkeit aufzurütteln, ob der richtige Fotomörder vielleicht noch lebt und Karl Viklund Opfer eines grotesken Justizmordes geworden ist«, antwortete Linda.

Arvid hatte sich bisher nicht eingemischt, aber jetzt räusperte er sich. »Das klingt alles in allem nicht schlecht, aber Johanna Ekdahl hat Clara Petri nicht ermordet.«

Er las den Fahndungsaufruf vor. »Johanna Ekdahl, 26 Jahre alt, 1,66 Meter groß und schlank«, zitierte er. Dann legte er das Schriftstück beiseite und blickte in die Runde. »Nun ist mir durchaus bekannt, dass ihr lediglich die Zusammenfassung der technischen Berichte lest, aber die Schlussfolgerung des SKL ist ganz eindeutig: Clara Petri war 1,74 Meter groß, und sie wurde von einer Person ermordet, die größer ist als sie selbst. Sie wog gut siebzig Kilo. In ihrem Blut wurden keine Rückstände von Betäubungsmitteln nachgewiesen, und sie hatte keine Kopfverletzungen. Also, auch wenn es nicht explizit in dem Bericht steht, wage ich durchaus zu garantieren, dass sie nicht von einem schmächtigen Mädchen von 1,66 Meter Körpergröße entführt und ermordet worden ist.«

Robert war der Einzige, der nicht enttäuscht war, als Arvid das gedachte Szenario in seine Einzelteile zerlegte.

»Aber kann sie nicht jemanden angeheuert haben, der die Drecksarbeit für sie erledigt?«, fragte Pelle.

Niemand reagierte auf seine Frage.

»Aber ihr müsst zugeben, das ist gar nicht so abwegig. Wie hast du das genannt, Robert? Gemeinsame Nenner. Das sind ein paar zu viele gemeinsame Nenner.«

»Ich persönlich glaube eher an die Theorie, dass Johanna Ekdahl das nächste Opfer sein kann«, entgegnete Arvid.

45

Eigentlich wollte er Camilla anrufen, aber das schien ihm eher unpassend, nachdem er so erleichtert gewesen war, dass sie gegangen war, ohne ihn zu wecken.

Er suchte im Telefonbuch seines Handys nach ihrer Nummer.

»Habt ihr sie gefunden?«

Sie stellte die Frage, ohne ihm die Gelegenheit zu geben, sich zu melden.

»Nein, bis jetzt noch nicht.«

»Ich kann einfach nicht aufhören, an sie zu denken. Wenn ihr etwas passiert ist …«

Robert unterbrach sie.

»Lass uns nicht im Voraus Sorgen machen. Du, das ist ein hektischer Tag gewesen, und ich habe mich noch gar nicht für den gestrigen Abend bedankt.«

»Ebenfalls. Es war schön. Wohlbekannt und neu zugleich. Bist du noch immer im Präsidium?«

»Woran denkst du?«

»Daniel ist für einen Auftrag nach Stockholm gefahren, daher muss ich hier bei den Kindern bleiben, aber ich dachte, ob du nicht vielleicht Lust hast, auf einen Sprung vorbeizukommen?«

Es duftete nach frisch gemähtem Gras. Robert schloss das Verdeck und nahm seinen Pullover vom Rücksitz. Fünf, sechs Häuser schmiegten sich an das Ufer eines kleinen Sees, und daneben lag Camillas Zuhause – ein großes Anwesen, das aus mehreren miteinander verbundenen Gebäuden bestand. Ein Traktor näherte sich mit zehn großen Strohballen auf der Ladefläche, und auf der anderen Seite des Hauses war eine zornige Mädchenstimme zu hören.

Camilla umarmte ihn lange, trat dann einen Schritt zurück und betrachtete ihn, ohne ein Wort zu sagen. In ihrem Blick spiegelten sich die Erinnerungen an die vergangene Nacht, und als Robert seine Fingerkuppen über ihr Schlüsselbein gleiten ließ, lächelte sie und entzog sich ihm.

»Komm rein und sag meinen Kindern Hallo.«

Sie führte ihn durch einen großen hellen Raum mit Wohnzimmer, Essecke und Küche. Als sie auf die Terrasse hinauskamen, hielt Robert inne.

»Was ist das hier für ein Ort? So etwas habe ich noch nie zuvor gesehen.«

»Das ist eine alte Mühle. Dieser Teil des Hauses ist das alte Sägewerk, und in dem großen Gebäude befand sich die Getreidemühle«, erklärte sie. Zwischen den beiden Gebäuden verlief ein Bach, über den die Terrasse hinausragte, und wenn man am Geländer stand, konnte man auf der anderen Seite der Getreidemühle zwei weitere Bachläufe sehen.

Die beiden Jungs, Christoffer und Marcus, waren damit beschäftigt, im Bach Krebse zu fangen. Sie begrüßten Robert und tauchten dann erneut mit schnellen Bewegungen das grüne Fischernetz ins Wasser, um es anschließend in einem Eimer zu entleeren, in dem sich bereits fünzehn bis zwanzig Krebse tummelten.

»Die sind viel zu klein, wir üben nur«, erklärte Christoffer.

Die siebenjährigen Zwillinge Sarah und Marie lagen zusammen in einer Hängematte, die auf einer schmalen Fläche zwischen den Bäumen aufgespannt war. Beide hatten sie ein *Lustiges Taschenbuch* in der Hand, schienen aber mehr damit beschäftigt zu sein, sich gegenseitig mit den Füßen zu treten. Wie ihre Brüder hatten sie Camillas braune Augen geerbt, sonst ähnelten die Mädchen sich nicht.

»Hast du gegessen?«

»Nichts Vernünftiges. Es ist unglaublich, dass Polizisten weltweit auf Sandwich und Pizza schwören.«

»Dann hast du Glück, dass mich die Kinder heute nicht überreden konnten, Pizza zu machen«, lachte Camilla.

Sie wärmte ein Reisgericht mit Hühnchen auf, und Robert aß auf der Terrasse, während sie die Angelversuche der Jungs und die territorialen Kämpfe der Mädchen in der Hängematte beobachteten. Anschließend machte sie Kaffee, den sie mit nach oben in die Getreidemühle nahmen.

Das Gebäude bestand aus drei offenen Etagen, jede mit einer Fläche von rund einhundert Quadratmetern. Von den Fenstern der oberen Etage aus konnte man Richtung Süden den drei von Feldsteinen gesäumten Bachläufen folgen, sehen, wie sich das Wasser um hohe Linden und Birken schlängelte und sich weiter unten sammelte. Der Anblick hatte etwas Raues und Wildes und bildete den markanten Kontrast zu der pittoresken Aussicht über die Seerosen und das Schilf des Mühlendamms Richtung Norden.

Sie gingen in die mittlere Etage, wo Camilla eine große Tür öffnete und ein paar Korbstühle mit hoher Lehne so platzierte, dass sie die Aussicht über den Mühlenteich genießen konnten, wo das Wasser darauf wartete, durch eine der drei Schleusen gepresst zu werden.

Eine Weile lauschten sie der Stille, und Robert musste erneut feststellen, dass die Natur eine heilsame Wirkung auf ihn hatte. Es war, als würde den Gedanken die Luft ausgehen, wenn sie mit der schönen Aussicht um die Aufmerksamkeit seines Bewusstseins konkurrieren mussten.

»Wie kommt man zu so einem Haus?«

Camilla lachte und strich sich eine Haarsträhne hinter das Ohr. »Der Eigentümer war dankbar, dass ich es kaufen wollte. Es hat jahrelang leer gestanden, und er war darauf eingestellt, eines Tages für den Abriss zahlen zu müssen. Mittlerweile haben die Nachbarn zugegeben, dass sie mich für verrückt gehalten haben. Als ich dann aber mit der Instandsetzung anfing, haben sie ihre Meinung geändert und mich ermuntert. Sie waren es mehr als leid, auf ein altes Geisterschloss zu schauen. Es wurde mir also fast hinterhergeworfen.«

»Es ist unglaublich, dass man so nah an der Stadt einen solchen Ort finden kann. Keine zwanzig Minuten, und du bist an der Uni.«

»Apropos Universität: Weißt du, wo Ulrik ist? Ich habe den ganzen Tag versucht, ihn zu erreichen, aber er geht nicht an sein Handy.«

»Er hat etwas Schreckliches erlebt«, antwortete Robert

und erzählte von Bertil Moras Tod, jedoch ohne die junge Seminarteilnehmerin zu erwähnen, die auch im Haus gewesen war und sich übergeben hatte.

»Was sagt die Polizei?«

»Ich befürchte, dass sie Ulrik verdächtigen.«

»Ulrik? Warum in aller Welt sollte er einen alten Mann erschlagen? Das ergibt doch überhaupt keinen Sinn.«

Robert schüttelte den Kopf und ging nicht auf Camillas Frage ein. Anstatt das Thema weiterzuverfolgen, fing Camilla an, ihn über seine Arbeit als *Profiler* auszufragen.

»Eigentlich überrascht es mich nicht, dass du *Profiler* geworden bist. Es war irgendwie offensichtlich, dass du für den Krankenhausalltag nicht gemacht warst. Ich erinnere mich daran, dass ich dachte, du müsstest etwas ganz anderes machen. Etwas, bei dem man sich seinen Arbeitstag selbst einteilt.«

»Fotograf vielleicht?«

Sie lachte. »Da sagst du was. Aber du musst zugeben, dass du froh bist über deine wertvolle Freiheit, oder?«

»Das bin ich wohl. Aber ich hatte ja die ganze Zeit über Julie ...«

»Wolltest du nie mehr Kinder?«

»Nein. Ich liebe Julie über alles, aber hätte ich die Entscheidung allein treffen können, hätte ich keine Kinder.«

»Wenigstens bist du ehrlich.«

»Was ist mit dir? Hast du nie darüber nachgedacht, andere Liebhaber zu haben?«

Sie lachte erneut. »Doch. Es gab selbstverständlich ein paar, aber ...« Die Furche zwischen ihren Augenbrauen wurde tiefer. »Genau an diesem Punkt war mein feiner Plan vielleicht ein wenig naiv. Ich hatte vermutlich damit gerechnet, dass mein *Seelenverwandter* von ganz allein auftauchen würde, wenn ich Kinder bekommen und für sie und mich eine sichere Basis geschaffen hatte. Aber das tat er nicht. Zumindest nicht in einer Gestalt, die es hätte akzeptieren können, dass vier Kinder und deren Vater ein Teil des Pakets waren.«

Als die Sonne hinter dem einstigen Wohnhaus des Müllers verschwunden war, sah Camilla auf die Uhr.

»Ich muss langsam mal die Kinder ins Bett scheuchen. Sobald sie länger als zwei Tage freihaben, stellen sie den Tagesrhythmus auf den Kopf, und das treibt meine Mutter in den Wahnsinn.«

»Deine Mutter?«

»Sie kommt in einer halben Stunde.«

»Zum Date mit der Schwiegermutter. Damit hatte ich nicht gerechnet.«

Sie gab ihm einen Klaps auf die Schulter.

»Ich hatte eher gedacht, du würdest vorher wieder gehen. Aber wenn du dich ordentlich benimmst, kann ich sie vielleicht dazu überreden, morgen Abend auf die Kinder aufzupassen, damit ich mich zu dir in die Jung-frauenkammer schleichen kann.«

»Lass uns abwarten, wie sich die Dinge entwickeln. Ich kann nicht garantieren, dass ich mir den Abend freihal-ten kann.«

Als sie sich später an Roberts Auto verabschiedeten, gab sie ihm einen Kuss, der ihn zu der Überzeugung brachte, dass er am Samstagabend wohl doch Platz im Kalender finden würde. Als er sie losließ, entdeckte er oben auf der Terrasse Marcus, der sie mit besorgtem Blick beobachtete.

Sonnabend

46

Robert wurde durch eine Frauenstimme geweckt, die vor dem Fenster auf der Straße stand und rief: »Shung? Bist du wach?«

Dann klopfte es an der Tür.

Im Nebenzimmer sprang jemand aus dem Bett, kurz darauf erklang ein dumpfer Schlag, und schließlich hörte Robert, wie ein Fenster aufgerissen wurde. »Tut mir leid. Ich habe verschlafen. Ich bin in einer Minute unten«, rief eine etwas tiefere Frauenstimme.

Er griff nach dem Wasserglas, das er sich am Abend noch aus der Teeküche geholt hatte, aber das Glas kippte um, und der letzte Schluck Wasser landete auf seinem Kopfkissen. Robert konnte ebenso gut aufstehen. Die wenigen Stunden Schlaf, die er bekommen hatte, waren unruhig gewesen, er hatte oft wach gelegen und daran gedacht, dass ihnen die Zeit davonlief.

Das Gemeinschaftsbad war belegt. Vielleicht hatte Shung beschlossen, noch ein Bad zu nehmen, auch wenn sie verschlafen hatte. Robert trottete in den Gemeinschaftsraum, in dem an dem runden Tisch ein junger Mann saß und in eine Schale Cornflakes starrte.

»Ist das dritte Mal diese Woche«, grinste er und zeigte in den Flur, wo Shung in ein Handtuch gewickelt und mit einer Waschtasche unter dem Arm vorbeistürzte.

Robert holte sich ebenfalls eine Schale Cornflakes und ließ sich neben Heinz nieder, einem IT-Berater aus Ungarn, der in Växjö war, um in den Büros von Saab ein neues System für die Bilanzen zu installieren. Wenig später kam Shung mit einem Cello auf dem Rücken hereingerauscht. Im Vorbeigehen schnappte sie sich ein Stück Brot aus dem Korb auf dem Tisch und wünschte einen schönen Tag.

Vielleicht ging Shungs freundlicher Gruß, was Heinz betraf, in Erfüllung?

Es hatte eine Reihe von Hinweisen über Johanna Ekdahl gegeben, aber sie war noch immer wie vom Erdboden verschluckt, und als Robert Nils Andersson die Landkarte von Schweden studieren sah, war er froh, dass nicht er es war, der einen einzelnen Menschen irgendwo auf diesen 450 000 Quadratkilometern finden musste.

Das Ermittlungsteam hatte sich versammelt. Malmström stand an seinem Stammplatz an der Fensterbank; Robert hatte längst durchschaut, dass er sich dort wohler fühlte als hinter dem Schreibtisch in seinem großen Chefbüro.

»Die Telefongesellschaft hat uns die Anruflisten geschickt. Seit Samstag vor Mittsommer hat sie weder das Festnetz noch ihr Handy genutzt. Das deckt sich mit dem Zeitpunkt, als Astrid Werner Johanna das letzte Mal in Tingsryd gesehen hat. Der Anbieter hat versucht, das Handy zu orten, aber es taucht nirgends auf, sodass es nicht einfach nur ausgeschaltet ist. Meiner Vermutung nach hat Johanna die SIM-Karte zerstört und eine Prepaidkarte gekauft«, sagte Nils Andersson.

»Was ist mit der Bank?«, fragte Malmström.

»Nach dem 16. Juni gab es auf ihrem Gehaltskonto bei der Smålandsbank keinerlei Bewegungen. Frühere Transaktionen weisen darauf hin, dass sie nicht der Bargeldtyp ist, aber in den Wochen vor Mittsommer hat sie an verschiedenen Automaten über 20 000 Kronen abgehoben, weitaus mehr als das, was sie normalerweise im Monat verbraucht.«

»Sie will wirklich nicht gefunden werden«, sagte Pelle.

»Nein«, bestätigte Nils Andersson. »Ich habe ein Ersuchen an alle Banken geschickt mit der Bitte zu überprüfen, ob sie irgendwo anders ein Konto eröffnet hat. Wenn dabei nichts rauskommt, müssen wir davon ausgehen, dass sie von dem Bargeld lebt. Damit können wir vermutlich ausschließen, dass sie offiziell eine Wohnung angemietet hat, und müssen daher die ganze Grauzone des Wohnungsmarktes untersuchen«, sagte er.

Pelle erhob sich und begann, auf und ab zu wandern. »Wir haben nichts, keine einzige Spur«, fluchte er. »Sollen sich nicht besser alle Mann mit einem Foto von Johanna bewaffnen und damit auf die Straße gehen?«

Andersson ignorierte ihn. »Es gibt eine Kontobewegung, die ich gerne überprüfen würde. Abgesehen von den Auszahlungen und der Zeit, in der sie im Sigfrids gelegen hat, ist das Muster ziemlich einheitlich. Sie bezahlt selbst die kleinsten Einkäufe mit Karte, und es gibt keine großen Abweichungen, weder in der Höhe der Beträge noch in der Wahl der Geschäfte.« Er blätterte in den Unterlagen und zog einen Kontoauszug heraus. »Am 12. Juni ist ein Kauf bei Bokia in der Storgatan registriert. Es ist kein großer Betrag, 318 Kronen, aber es ist das einzige Mal in den letzten fünf Jahren, dass sie ihre Karte in einer Buchhandlung benutzt hat.«

Das passte zu dem Eindruck, den Robert von Johanna bekommen hatte, als er den Zeitschriftenständer in ihrer Küche gesehen hatte. Sie war nicht gerade der Buchtyp.

»Sobald sie aufmachen, schicke ich einen Kollegen rüber. Vielleicht finden sie die Transaktion und können uns sagen, was sie gekauft hat. Das kann auch eine falsche Fährte sein, aber solange wir nichts anderes haben …«

Malmström nickte. »Falls es jemand vergessen haben sollte, es ist Ferienzeit. Ich habe heute Morgen mit dem Wachhabenden hier gesprochen, und er hat alles und jeden aus den Außenbezirken herbeordert. Ab zehn Uhr können wir über zehn Mann verfügen.«

Pelle unterbrach sein hektisches Umherwandern. »Zehn Mann? Das reicht doch hinten und vorn nicht. Wir können ja nicht einmal …«

Malmström hob eine Hand. »Das bedeutet lediglich, dass wir noch zielgerichteter vorgehen müssen. Johanna Ekdahl hat kein Auto, und ihr Führerschein lag im Haus, sodass sie kein Fahrzeug gemietet haben kann. Das gibt uns einen enormen Vorteil. Rikskrim kümmert sich um die öffentlichen Verkehrsmittel, und die Fahndung läuft über alle Medien. Wenn Johanna Växjö verlassen hat, war sie gezwungen zu trampen oder die Öffentlichen zu nutzen, und die Wahrscheinlichkeit ist groß, dass jemand sie wiedererkennen würde. Sollte sie sich noch in der Gegend aufhalten, besteht unsere Aufgabe darin, dafür zu sorgen, dass sie festgenommen wird, sobald sie wieder auftaucht. Wir müssen den Ort finden, an dem sie wohnt, seit sie Tingsryd verlassen hat, und wenn es stimmt, dass sie eine Wohnung gemietet hat, ist der Campus ein guter Ort, um mit der Suche zu beginnen. Viele der Studenten von außerhalb fahren im Sommer nach Hause, und sie sind sicher froh über einen Zuschuss zur Miete.«

Arvid räusperte sich. »Die Techniker haben auf der Wiese bei Södra Ryd ein Stück Kaugummipapier gefunden, in der Nähe einer alten Kellerruine, von wo aus man das Haus gut im Blick hat. Sie haben einen ganzen Fingerabdruck gesichert, und ich habe sie gebeten, ihn mit den Abdrücken abzugleichen, die Nisse gestern in Tingsryd genommen hat. Das SKL hat zudem festgestellt, dass Bertil Mora durch stumpfe Gewalteinwirkung infolge eines einzelnen Schlags gestorben ist, und bei der Mordwaffe kann es sich sehr gut um eine Axt handeln. Der Schuppen stand offen, und darin steht ein Hackklotz, aber keine Axt, sodass ich die Hundestaffel losgeschickt habe, um danach zu suchen.«

Als er fortfuhr, schaute er direkt zu Robert. »Der Gerichtsmediziner hat den Todeszeitpunkt von Bertil Mora auf den Zeitraum zwischen vier und sechs Uhr in der Nacht eingegrenzt, wahrscheinlich eher näher vier als sechs Uhr. Ulrik Lauritzens Freundin sagt, dass er gegen halb sechs draußen war zum Pinkeln, was er auch bestätigt hat, aber ihm zufolge war es zu diesem Zeitpunkt vollkommen ruhig.«

»Lasst ihn uns zu einer weiteren Vernehmung einbestellen, dann können wir das sofort abklären«, sagte Nils Andersson.

47

Linda legte eine Papiertüte aus der Konditorei Askely-ckan auf den Tisch.

»Sie hat einen englischen Krimi im Taschenbuchformat sowie eine Karte von der Gegend gekauft, in der Södra Ryd liegt.« Sie riss die Tüte mit den Vollkornbrötchen auf und schob sie in die Tischmitte. »Könnte das darauf hindeuten, dass sie die Umschläge abgelegt hat?«

»Sekunde«, sagte Arvid und hob eine Hand in die Luft. »Und ihr seid euch sicher? Okay, danke.« Er legte den Hörer auf.

»Johanna Ekdahls Fingerabdruck ist auf dem Kaugummipapier, das wir dort draußen gefunden haben, und es hat dort maximal ein paar Stunden gelegen.«

Nils Andersson rieb sich das Kinn. »Also war sie gestern Morgen dort.« Er warf Robert einen Blick zu und zog eine Augenbraue hoch.

»Schon möglich. Du hast den Tatort selbst gesehen. Alles deutet auf eine Kurzschlusshandlung hin«, sagte Robert.

»Was meinst du, Arvid?«, fragte Nils Andersson.

»Ich stimme Robert zu. Bertil Mora war nicht sonderlich groß, und er wurde mit einem einzigen Schlag getötet. Dadurch, dass sie sich nachweislich in der Nähe des Tatorts aufgehalten hat, steht ihr Name oben auf der Liste.«

»Wie weit oben?«

»Ganz oben, wenn du mich fragst.«

Bosse trommelte mit den Fingerspitzen an den Türrahmen. »Urik Lauritzen ist hier. Soll ich ihn ins Vernehmungszimmer eins bringen?«

»Ja danke. Ich bin in fünf Minuten da«, antwortete Nils Andersson.

»Kann ich dabei sein?«, fragte Robert. Andersson schüttelte den Kopf, zuckte dann aber mit den Schultern. »Na gut, von mir aus, aber du sagst kein Wort.«

»Danke.«

Ulrik war frisch rasiert und trug die gleiche helle Jacke, die er angehabt hatte, als Robert ihn draußen vor der Universität getroffen hatte, aber er hatte dunkle Ringe unter den Augen, und er ließ die Schultern hängen. Die schweren Augenlider hoben sich ein wenig, als er Robert entdeckte, aber er lächelte nicht.

»Der guten Ordnung halber will ich gleich zu Beginn sagen, dass Robert Strand an diesem Gespräch ausschließlich als Beobachter teilnimmt, und daher wäre es angebracht, wenn Sie es unterlassen, sich direkt an ihn zu wenden.«

Ulrik sah von Nils Andersson zu Robert und wieder zurück. Dann nickte er.

»Sie sind hier, weil die Obduktion von Bertil Mora ergeben hat, dass er zwischen vier und sechs Uhr gestorben ist.«

»Das kann nicht stimmen. Ich war um halb sechs draußen zum Pinkeln, und da war er nicht dort. Außerdem war das Blut noch nicht trocken, als ich ihn gefunden habe.«

»Bitte lassen Sie die Nacht noch einmal Revue passieren, von dem Zeitpunkt an, als Sie das Abendessen im Restaurant ›Venezia‹ verlassen und Sarah Henkemann an der Ecke des Stortorget aufgesammelt haben.«

Sollte er sich jetzt alle Details von Ulriks One-Night-Stand mit einer jungen Studentin anhören? Robert bereute fast schon wieder, dass er seine Teilnahme erbeten hatte, und war erleichtert, als Arvid anklopfte und eintrat, kurz nachdem Ulrik erzählt hatte, dass Sarah und er gleich nach ihrer Ankunft ins Schlafzimmer verschwunden seien.

»Wir haben die Axt gefunden und am Schaft mehrere frische Fingerabdrücke gesichert.« Arvid sah Robert mit bohrendem Blick an. »Sie stammen von Ulrik Lauritzen.«

Das konnte nicht stimmen.

»Das kann ich durchaus erklären«, sagte Ulrik. »Ich habe am Tag zuvor Brennholz gehackt, da ist klar, dass meine Fingerabdrücke gefunden werden.«

»Warum haben Sie Brennholz gehackt? Es war viel zu warm, um Feuer zu machen«, sagte Arvid.

»Bertil und ich haben am Dienstag gegrillt. Das kann Robert bezeugen. Und am nächsten Tag habe ich den Holzvorrat wieder aufgefüllt.«

»Aber es war vom Boden bis unters Dach Feuerholz aufgestapelt.«

»Ja, aber ich wollte eigentlich raus zum Angeln, habe dann die Axt entdeckt und ...« Ulrik hielt inne, als er Arvids skeptischen Blick bemerkte.

»Sie haben also nur so zum Spaß Brennholz gehackt?«

Ulrik nickte. »Ich habe noch nie Holz gehackt und wollte das einfach mal ausprobieren.«

Arvid starrte ihn ungläubig an, als wäre der Gedanke an einen erwachsenen Mann, der nie versucht hatte, Holz zu hacken, völlig absurd.

Dann hob er resigniert die Hände. »Die Fingerabdrücke im Schuppen bestätigen, dass Sie die Angelausrüstung und die Ruder verwendet haben. Laut Labor müssen sowohl Barsche als auch Hechte angebissen haben.«

»Das ist korrekt«, sagte Ulrik. Er wandte sich an Robert und fragte: »Vielleicht hat der Mörder ja Handschuhe getragen?«

Robert hätte gerne erwähnt, dass auch an den Umschlägen keine Fingerabdrücke gefunden wurden, was definitiv darauf hindeutete, dass sie von einer Person abgelegt worden sind, die Handschuhe getragen hat. Aber es gab keinen Grund, Nils Andersson zu provozieren, sodass er den Mund hielt, während Ulrik mit seiner Verteidigung fortfuhr: »Das ergibt doch überhaupt keinen Sinn. Eurer Meinung nach soll ich ihn also erschlagen und liegen lassen haben, um danach mit Sarah zu schlafen? Da hätte ich ihn doch versteckt oder zumindest verhindert, dass Sarah rausgeht. Ich habe doch verdammt noch mal selbst hier angerufen, das machen Mörder normalerweise eher selten.«

Täter, die im Affekt handelten, riefen in der Tat oftmals selbst die Polizei an, wenn sie wieder ein Stück weit zu sich gekommen waren und einsahen, was sie getan hatten, aber auch das behielt Robert für sich.

Sobald Ulrik in Gewahrsam genommen worden war, rief Robert ihren gemeinsamen Freund an, den Anwalt Thomas Lützau. Er war selbstverständlich in einer Besprechung, aber indem er vorgab, es würde sich um einen akuten Notfall handeln, konnte Robert die Sekretärin überreden, ihn ans Telefon zu holen.

»Hallo, Robert. Lange her, dass ich etwas von dir gehört habe. Wie geht's dir?«

»Mir geht es so gesehen ausgezeichnet, danke, aber Ulrik Lauritzen hat nicht gerade einen seiner besten Tage.«

»Was ist mit Ulrik?«

»Ich bin wegen der Ermittlungen in einem Tötungsdelikt in Schweden, und Ulrik steht unter Mordverdacht. Die juristischen Fachausdrücke hier drüben sind mir nicht geläufig, aber ich glaube, es geht um fahrlässige Tötung.«

»Das ist nicht dein Ernst! Ulrik? Wie in aller Welt kommen sie darauf, ihn des Mordes zu bezichtigen?«

»Die Ermittlungen laufen noch, daher kann ich nichts zu den Fakten sagen, aber lass uns damit begnügen, dass er einen richtig guten Anwalt braucht. Kennst du jemanden in Växjö?«

»Nicht aus dem Stehgreif, aber ich rufe dich an, sobald ich einen gefunden habe.«

»Es ist besser, wenn du mich dabei komplett außen vorlässt. Meine Verbindung zu Ulrik war auch vorher schon problematisch, und ich denke nicht, dass meine Glaubwürdigkeit mit der Anschuldigung gegen ihn gestiegen ist. Wenn ich mich seinem Anwalt gegenüber äußere, riskiere ich, mehr Schaden als Nutzen anzurichten.«

»Okay. Ich kümmere mich von hier aus darum. Danke, dass du angerufen hast. Und, Robert?«

»Ja?«

»Lass uns bald mal treffen.«

Sobald Robert aufgelegt hatte, machte er sich auf den Weg zu Nils Andersson. »Glaubst du wirklich, dass er der Täter ist?«

Andersson zuckte mit den Schultern. »Lass es mich so ausdrücken: Ich bin nicht davon überzeugt, dass er es nicht ist. Und wenn ich ehrlich sein soll, hat der Mord an Bertil Mora für mich derzeit nicht die oberste Priorität. Aber ich will, dass er in Gewahrsam bleibt, während wir uns darauf konzentrieren, Johanna Ekdahl und Viklunds Nachahmungstäter zu finden.«

48

Pelle wirkte wie jemand, der im Lotto gewonnen hatte.

»Wir haben die Wohnung gefunden! Sie ist auf dem Campus, genau wie Malmström es vermutet hat. Arvid, du musst deine Leute hinschicken, damit wir wissen, ob sie etwas Brauchbares hinterlassen hat. Ich habe nur einen kurzen Blick reingeworfen, und die Wohnung sah aus wie ein Schlachtfeld. Überall lagen Klamotten rum. Es sah ganz danach aus, als wäre sie überstürzt von dort aufgebrochen.«

Arvid erhob sich und steckte Handy und Autoschlüssel ein. Pelle nannte ihm die Adresse und sagte: »Auf dem Tisch im Flur lag ein weißer Umschlag. Er sieht so aus wie die anderen, und darauf klebte ein Zettel mit der Zahl 4.«

»Einer 4?«, entgegnete Robert.

»Besteht die Möglichkeit, dass draußen auf Södra Ryd ein Umschlag nach Bertil Moras Tod abgelegt worden ist?«, fragte Pelle.

Arvid wollte gerade gehen, aber er drehte sich noch einmal um: »Ich kann dir versichern, dass dies nicht der Fall ist. Nachdem er gefunden wurde, ist das SKL nahezu ununterbrochen dort gewesen.«

»Aber sie könnte ihn verloren haben, oder er wurde vom Wind weggeweht.«

Arvid schüttelte den Kopf. »Die letzte Streife ist vor knapp zwei Stunden von dort weggefahren, und sie haben die ganze Umgebung im Umkreis von mehreren Kilometern mit Spürhunden abgesucht.«

Pelles Telefon klingelte. Er klopfte Arvid auf die Schulter und nahm dann den Hörer ab. Es schien sich um mehrere gute Nachrichten zu handeln.

»Robert? Du wolltest doch wissen, warum Viklund ins Sigfrids eingeliefert worden war. Ich habe gehört, dass du das gestern zu Nisse gesagt hast, und als ich auf dem Weg zum Campus am Sigfrids vorbeigefahren bin, kam mir der Gedanke, dass da eigentlich noch ein alter Polizeibericht existieren müsste.«

Also steckten in diesem Pelle doch mehr als nur Muskeln.

Ein Polizist kam und übergab die Kopie des alten Polizeiberichts, und als Robert zu lesen begann, setzte sich Nils Andersson neben ihn und las mit.

Es hatte mit einem banalen Verkehrsunfall begonnen. Viklund, der seine Stelle als Rettungssanitäter verloren hatte und jetzt als Lkw-Fahrer arbeitete, hatte eine Sendung Bohrmaschinen bei Clas Ohlsson im Zentrum von Växjö abgeliefert, und als er über die Norra Esplanaden zurückfuhr, kollidierte er mit einem Pkw, dessen Fahrer die Vorfahrt missachtet hatte. Der Fahrer des Kleinwagens verlor das Bewusstsein, und ein Zeuge wählte den Notruf. Als der Krankenwagen kam, saß Viklund noch immer im Führerhaus des Lkw, vollkommen regungslos, und als ein Beamter an die Scheibe klopfte, um ihn zum Aussteigen zu bewegen, lief er Amok. Er schrie und tobte und versuchte, den Lkw zu starten, um wegzufahren. Bei der anschließenden Verhaftung nahm Viklund einen Polizisten in den Schwitzkasten und trat einem anderen in den Bauch. Er wurde direkt in die psychiatrische Ambulanz des Sigfrids gefahren.

»Bist du daraus schlauer geworden?«, fragte Nils Andersson.

»Viklunds Verhalten deutet darauf hin, dass der Unfall ein altes Trauma reaktiviert hat. Er reagiert mit deutlichen Anzeichen für einen Schock und vermutlich auch einer Form von Angst, was nicht ungewöhnlich ist für Menschen, die ein tief sitzendes schlechtes Gewissen plagt.«

»Das hört sich doch nicht so verkehrt an, wenn man bedenkt, dass der Mann vier Frauen ermordet hat«, sagte Pelle.

Nils Andersson fing Roberts Blick auf. »Aber du hast gestern gesagt, dass Psychopathen keine Angst empfinden können. Wenn Viklund so ein schlechtes Gewissen hatte …«

Weiter kam er nicht, denn Linda stürmte herein. »Das hier ist schlicht und einfach eine Lüge!«, sagte sie.

Sie warf ein Taschenbuch mit dem Titel *On your dead body* auf den Polizeibericht über Viklunds Verhaftung.

»Dieses Buch hat Johanna Ekdahl am 12. Juni bei Bokia gekauft, und nachdem ich die ersten fünfzig Seiten gelesen habe, verstehe ich gut, dass sie glaubt, ihr Vater sei unschuldig.« Sie setzte sich, stand aber sofort wieder auf. »Das Buch spielt in den USA, und viele Dinge im Plot wurden verändert, aber ich bin ganz sicher, dass es auf den von Viklund begangenen Morden basiert. Ich habe versucht, den Autor ausfindig zu machen, aber William

Smith ist ein Pseudonym, sodass ich jetzt ein paar der Juristen mit der Aufgabe betraut habe.«

Sie nahm das Buch und schlug es auf einer der Seiten auf, die mit einem Eselsohr gekennzeichnet waren. »Ich sagte ihr, was ich mit ihrem Körper anstellen würde. Ich konnte die Scham in ihren Augen sehen und musste laut lachen«, las sie vor.

Es war, als würde man eine englische Übersetzung von Viklunds Geständnis hören. Sie fand das nächste Eselsohr. »Das Letzte, was ich tat, war, ihre Fingernägel rauszureißen. Sie hatte mich nicht gekratzt, aber man kann nie vorsichtig genug sein, und ich wollte ganz sicher nichts dem Zufall überlassen. Der Spaß hatte gerade erst begonnen.«

»Wann ist das Buch erschienen?«, fragte Nils Andersson.

Sie suchte nach dem Impressum. »Die erste Auflage erschien 1995. Warum?«

»Wir haben mehrere Tage darauf verwendet, all jene zu jagen, die Zugang zu Insiderwissen bezüglich Viklunds Modus Operandi hatten, dabei ist das Ganze seit über fünfzehn Jahren öffentlich zugänglich. Jeder kann das gelesen haben.«

»Es wurden weltweit fast eine halbe Million Exemplare verkauft, auch wenn der Autor nie die Genehmigung erteilt hat, dass es in andere Sprachen übersetzt wird. Aber ich glaube nicht, dass Clara Petris Mörder seine Informationen aus dem Roman hat. Dafür wurde viel zu viel verändert. Er erwürgt seine Opfer mit den Händen, nicht mit einem Metalldraht, und anstatt die Opfer mit den Armen über Kreuz abzulegen, wie es Viklund …

wie es der Fotomörder getan hat, ritzt er ihnen mit einem Messer das Wort *Mörder* in die Brust.«

Sie blätterte wieder in dem Buch. »Hört euch das hier an: Ich fand eine alte Metallbox mit dem Bild eines alten Seemanns und legte ihren Ring und die Haarsträhne hinein. Es war spät, aber es war zu unsicher, sie zu behalten, ich musste sie sofort wegbringen, also fuhr ich raus zu dem Hochsitz beim See. Als die Sonne aufging, stand ich am Ufer, und noch nie in meinem ganzen Leben habe ich mich so stark, so mächtig gefühlt.«

Sie sah zu Nils Andersson hinüber. »Der Fotomörder hat seine Trophäen in der Nähe eines Sees vergraben, genau wie es hier steht, allerdings bei einer alten Fuchsfalle, nicht bei einem Hochsitz, und so verhält es sich mit vielen Details in seiner Vorgehensweise.«

Arvid kam ins Zimmer. »Sie sind dort draußen in vollem Gange«, sagte er. Dann blickte er in die Runde und fragte: »Was? Was ist los?«

»Linda hat erzählt, dass das Buch, das Johanna Ekdahl gekauft hat, die Fotomorde aus der Perspektive des Mörders schildert«, antwortete Nils Andersson.

»Vieles wurde verändert, aber die Sache mit den Fingernägeln ist dabei, und soweit ich weiß, gibt es außer dem Ermittlungsteam und dem Täter niemanden, der wusste, dass er seine Trophäen in einer Metallbox mit dem Bild eines alten Seemanns versteckt hatte«, ergänzte Linda.

Arvid zog eine Augenbraue hoch. »Wenn also keiner von den Ermittlern dieses Buch geschrieben hat, dann …«

49

Nachahmungstäter, weißer Mann, intelligent, dissoziale Persönlichkeitsstörung, sadistische Neigungen, gut organisiert, spannungsmotiviert.

Die Spitze des Filzstifts quietschte, als Robert das Wort *Nachahmungstäter* unterstrich und ein Fragezeichen hinzufügte. Sein Handy vibrierte in der Hosentasche, und als er Thomas' Namen auf dem Display sah, ging er ins Treppenhaus, wo seine Stimme zwischen den Betonwänden hallte.

»Hallo, Thomas. Hast du einen Anwalt gefunden?«

»Ja, ja, selbstverständlich. Aber es hat sich auch noch etwas anderes ergeben. Der schwedische Anwalt hat bereits mit Ulrik gesprochen, und Ulrik hat ihm etwas anvertraut, worüber er euch auf Empfehlung des Anwalts so schnell wie möglich in Kenntnis setzen sollte. Ulrik hat seine Zweifel, sodass …«

»Bevor du mehr sagst, will ich eben …«

»Es ist nur ein beschissenes Buch, und ich kapiere nicht, warum er die ganze Zeit über so eine große Nummer daraus gemacht hat, es geheim zu halten.«

»Stopp!« Robert lehnte sich an die Wand. »Du sagst kein Wort mehr. Wenn rauskommt, dass Ulrik dieses Buch geschrieben hat, dann reden wir nicht mehr von fahrlässiger Tötung. Dann wird er, bevor du auch nur das

Wort Växjö buchstabiert hast, vier, vielleicht fünf vorsätzliche Morde von besonderer Grausamkeit bezichtigt!«

Seine letzten Worte hallten im Treppenhaus wider. Was, wenn ihn jemand gehört hatte? Nein, es war vollkommen still, so still, dass er hörte, wie sein Herz in der Brust hämmerte.

Ulrik hatte also *On your dead body* geschrieben. Er sollte reingehen und Nils Andersson informieren, aber konnte er das? Müsste er Ulrik nicht die Chance geben, selbst ein Geständnis abzulegen? Er, der Anette dazu gebracht hatte, dass er Julie sehen durfte. Wenn aber Ulrik das Buch geschrieben hatte …

»Ich kann nicht sagen, warum dieses Buch so wichtig ist, aber er muss diese Information sofort preisgeben, und er sollte es selbst tun. Es würde seiner Sache nur schaden, wenn ich das erzählen würde«, sagte er.

»Ich kontaktiere umgehend seinen Anwalt. Es tut mir leid, dass ich dich da mit reingezogen habe.«

In Roberts Kopf überschlugen sich die Gedanken. Ulriks Gesichtsausdruck, als Robert ihn am ersten Abend gefragt hatte, ob es noch etwas anderes gäbe, dass er wissen müsse. Sein ausweichender Blick auf dem Parkplatz vor der Universität. Seine aggressive Reaktion, als er glaubte, sie hätten sein Haus observiert. Hatte er auch mit dem fehlenden Umschlag zu tun?

»Ich bin raus aus dem Fall. Ulrik ist mein Freund, und ich höre auf.«

Im Treppenhaus knallte eine Tür, und Robert fuhr zusammen. Er musste das hier so schnell wie möglich hinter sich bringen; er konnte sich nicht vorstellen, Nils Andersson in die Augen zu sehen und zu lügen, aber er musste

Thomas ein bisschen Zeit geben, damit der schwedische Anwalt Ulrik davon überzeugen konnte, dass er selbst seine heimliche Autorenschaft gestehen sollte, auch wenn das ernsthafte Konsequenzen nach sich ziehen konnte.

Robert hatte eine Lüge vorbereitet, eine knappe Information, dass er einen Anruf vom NEC erhalten habe und gezwungen sei, nach Kopenhagen zu fahren, aber er kam nicht dazu, auch nur ein einziges Wort zu sagen. Nils Andersson bat ihn in einen Besprechungsraum.

»Ich habe eine schlechte Nachricht für dich«, sagte er.

Julie. War Julie etwas zugestoßen?

»Lindas Juristen haben mit dem amerikanischen Verlag gesprochen. Ulrik Lauritzen ist William Smith.«

Robert holte tief Luft. Das hier war eine Katastrophe für Ulrik, aber persönlich spürte er eine deutliche Erleichterung darüber, nicht lügen zu müssen.

»Das weiß ich. Ich habe gerade eben mit einem gemeinsamen Freund von Ulrik und mir gesprochen, einem Anwalt. Der hat es mir erzählt.«

Nils Andersson starrte ihn an. »Ich versuche wirklich, mit dir zusammenzuarbeiten, Robert, aber du machst es einem nicht gerade leicht. Ich habe ausdrücklich gesagt, dass du dich von Ulrik Lauritzen fernhalten sollst, und dann erzählst du mir, dass ihr über seinen Anwalt kommuniziert.«

Er hob abwehrend die Hände, um zu verhindern, dass Robert etwas sagte. »Das hier ist Mist. Ulrik Lauritzen ist noch immer unser Hauptverdächtiger, was den Tod von Bertil Mora betrifft. Seine Fingerabdrücke befinden sich auf der Mordwaffe, und seine Erklärung, wie sie dort hingekommen sind, ist milde ausgedrückt zweifelhaft. Die Freundin, sein Alibi für die Nacht, räumt ein, dass sie betrunken war und fest geschlafen hat. Zudem konnten wir nicht mal den Schatten eines anderen Verdächtigen ausfindig machen. Bertil Mora lebte ein friedfertiges und ziemlich einfaches Leben, und er hatte weder Erben noch Vermögen.«

Er warf Robert einen schnellen Blick zu, bevor er fortfuhr: »Ohne zu viel zu sagen, kann ich dir gegenüber durchaus zugeben, dass Lauritzen bei mehreren im Team auf der Liste möglicher Verdächtiger in Verbindung mit Clara Petris Tod steht.«

»Wovon redest du?«

»Sie stirbt, einen Tag nachdem er nach fast zwanzig Jahren zum ersten Mal wieder in Växjö ist. Und am gleichen Tag, an dem sie gefunden wird, taucht er hier mit seinen merkwürdigen Umschlägen auf – und egal was du sagst, ähnelt das einem Versuch, nah an die Ermittlungen heranzukommen. Er war an diesem Abend zum Essen bei Camilla Nylén, fuhr aber von dort gegen halb elf weg, und Clara Petri starb erst zwischen zwölf und zwei Uhr in der Nacht, sodass er für die Zeit kein Alibi hat.«

Er breitete die Arme aus, und Robert nutzte die Gelegenheit, ihn zu unterbrechen. »Aber ihr habt doch einen Umschlag in der Wohnung von Johanna Ekdahl gefunden.«

»Ja, und er passte komischerweise nicht zu den Nummern auf den beiden Umschlägen, von denen er uns erzählt hat.«

Dieses Argument ergab keinen Sinn, aber der Mann

ihm gegenüber hatte nicht vor, Vernunft anzunehmen, und jedes Argument von Roberts Seite würde ihn nur dazu bringen, seinen Standpunkt noch vehementer zu vertreten.

»Bist du dir darüber im Klaren, dass Ulrik Lauritzen knapp anderthalb Monate vor dem ersten Fotomord nach Växjö gekommen ist und dass er vier Tage später abgereist ist, nachdem der Mann, der für die Morde verurteilt worden war, sich das Leben genommen hatte. Und das wohlgemerkt in der Zeit, in der Lauritzen die Verantwortung für dessen Sicherheit oblag?«

Das waren trotz allem Fakten, also nickte Robert.

»Und nun zeigt sich, dass er ein Buch geschrieben hat, in dem er aus dem Blickwinkel des Mörders die Fotomorde mit Details beschreibt, die nie an die Öffentlichkeit gelangt sind.«

»Vergiss nicht, dass Ulrik Viklunds Geständnis gelesen hat. Du hast selbst gesagt, dass es einem Drehbuch für die Morde gleichkommt.«

»Das stimmt, aber in dem Geständnis steht nichts über die Fingernägel. Das aber steht in dem Buch, und es ist eine Tatsache, dass Viklund seinen Opfern die Nägel ausgerissen hat.«

»Du liegst falsch«, sagte Robert.

Nils Andersson sah ihn mit finsterer Miene an. »Das ist möglich. Aber wie es im Moment aussieht, muss ich sagen, dass es zu viele Übereinstimmungen gibt, Robert.«

Robert überlegte: »Ich hätte mir nie vorstellen können, dass meine Freundschaft zu Ulrik zu Problemen führen könnte, aber wie sich die Dinge entwickelt haben …«

Nils Andersson unterbrach ihn mit einer Geste. »Du

nimmst dir den Rest des Tages frei, und morgen früh rufe ich dich an.«

Robert missfiel der Kommandoton, aber er schwieg.

»Warte kurz«, sagte Nisse, als Robert aufstand. »Nur mal angenommen, wir liegen im Hinblick auf Lauritzen falsch.«

Ja, mal angenommen, dachte Robert.

»Es gibt da noch eine andere Person, die in ein bisschen zu vielen Zusammenhängen auftaucht.«

Robert setzte sich wieder.

»Camilla Nylén hatte Viklunds Tochter in Behandlung. Sie hat Ulrik Lauritzen nach Växjö eingeladen und ein Haus für ihn gefunden. Als er in dieses Haus einzog, begann er, anonyme Umschläge zu finden, deren Inhalt mit Viklund zu tun hatte, und als wäre das nicht genug, wurde er auch noch von einem ihrer Patienten verfolgt.«

Nils Andersson senkte die Stimme. »Ich habe euch neulich Abend gesehen. Unten vor dem Kino.« Er hielt Roberts Blick fest und fuhr fort: »Es hatte den Anschein, als hättet ihr euch richtig gut kennengelernt an dem Vormittag, als du draußen warst, um mit ihr zu reden. Ich möchte nichts unterstellen, aber du hast selbst gesagt, dass wir auf Personen achten sollen, die versuchen, näher an die Ermittlungen heranzukommen, und ich finde, das hier wirkt ein wenig zu unwahrscheinlich, als dass es ein Zufall ist.«

Das war vollkommen absurd!

»Deine Pointe ist mir schon klar, aber Camilla Nylén und ich kennen uns schon ewig, und ich kann dir versichern, dass sie mir zu keinem Zeitpunkt auch nur eine einzige Frage zu dem Fall gestellt hat.«

Nils Andersson musterte Robert eindringlich. Dann sagte er: »Ich glaube dir, aber ich erwarte, dass du dich von ihr fernhältst, bis die Ermittlungen abgeschlossen sind.«

50

Er fuhr an der Abfahrt Richtung Alvesta vorbei, und ihm wurde klar, dass er gar nicht an den Rastplatz, auf dem Clara Petri gefunden worden war, gedacht, ihn nicht einmal bemerkt hatte. Was zum Teufel stimmte nicht mit ihm? Er hatte Ermittlungen und Privatleben stets streng getrennt, aber jedes Mal, wenn er an Clara Petri dachte, tauchte vor seinem inneren Auge Julies Gesicht auf, und jetzt waren sowohl Ulrik als auch Camilla tatverdächtig. Sein Handy klingelte, und als er Camillas Namen im Display sah, drückte er auf »Ablehnen«. Was sollte er sagen? Wir können uns nicht sehen, weil du unter Verdacht stehst und die Polizei mir nicht vertraut? Er hatte ihr nichts versprochen.

Sie rief vier Mal im Abstand von wenigen Minuten an, und schließlich drückte er auf den grünen Hörer und brach die Verbindung sofort wieder ab. Dann hörte das Klingeln auf.

Er fuhr bei Ljungby auf die Autobahn. Helsingborg oder Stockholm? Nils Andersson konnte ihm den Buckel runterrutschen, aber all seine Sachen standen noch immer in der Jungfrauenkammer der Villa Falken. Im letzten Moment entschied er sich für Richtung Stockholm. Als das GPS eine Strecke von 431 Autobahnkilometern anzeigte, verspürte er zum ersten Mal so etwas wie Ruhe.

Malmströms Freifahrtschein für die schwedischen Autobahnen galt nicht mehr, aber was konnte schon passieren? Schlimmstenfalls durfte er ein paar Jahre lang in Schweden kein Auto mehr fahren. Na und?

Die Nadelbäume erhoben sich wie eine undurchdringliche senkrechte Wand rechts und links der Autobahn, lediglich unterbrochen von einigen wenigen offenen Flächen, auf denen ein Landwirt der Vorherrschaft des Waldes getrotzt und kleinere Areale als Weiden für seine scheckigen Kühe angelegt hatte. Die Straße verlief fast schnurgerade, und die Geschwindigkeit in Kombination mit der monotonen Umgebung verlieh Robert das Gefühl von Schwerelosigkeit; das Gefühl, sich in einer Parallelwelt zu befinden, in der nichts ihn erreichen konnte und in der Handlungen keine Konsequenzen hatten.

Gut einhundert Kilometer später wurde die dunkelgrüne Wand linker Hand vom endlosen Wasserspiegel des Vättern abgelöst, während rechter Hand eine zerklüftete Felswand emporragte. Als er den Rastplatz an der Brahehus-Ruine erreichte, war er bereit.

Er parkte das Auto und kramte einen Block und einen Kugelschreiber aus dem Handschuhfach. Er ging durch den Tunnel, der unter der Autobahn hindurch zu der Ruine führte. Auf der Rückseite der Ruine, mit einer spektakulären Aussicht auf den Vättern vor sich, suchte er sich ein schönes Plätzchen.

»Irgendwas Neues?«, fragte Bob Savour.

Robert sah ihn vor sich, wie er in seinem Büro in der FBI-Akademie in Quantico saß: der runde Kopf mit den blinzelnden grauen Augen und die Brille mit Goldrand. Er spürte, wie sich seine Kehle zusammenschnürte; alles

in ihm sträubte sich, aber er war auf Savours Hilfe ange-
wiesen, und daher blieb ihm nichts anderes übrig, als zu
sagen, wie es war.

»Meine Zusammenarbeit mit der örtlichen Polizei ist
nicht gerade optimal verlaufen, und meine persönlichen
Verbindungen in dem Fall haben sich als problematisch
erwiesen.«

»Okay?«

Er ignorierte den zögernden Unterton und begann,
von dem Mord an Bertil Mora zu erzählen, von der Ent-
deckung von *On your dead body*, dem Besuch im Haus von
Karl Viklunds Tochter sowie Nils Anderssons Schlussfolgerungen Ulrik betreffend.

»Ein Freund von dir ist jetzt also der Hauptverdäch-
tige in dem Fall?«

»Ja.«

»Also musst du dich zurückziehen.«

»Das habe ich angeboten, aber der Leiter der Ermittlungen schlug vor, eine Nacht darüber zu schlafen, sodass mir weniger als vierundzwanzig Stunden bleiben,
um zu beweisen, dass er falschliegt.«

»Und du bist dir sicher?«

»Vollkommen.«

»Gut. Dann lass uns einige Szenarien durchgehen.
Lass uns mit der Annahme beginnen, dass UL den Nachbarn ermordet hat. Welche Indizien gibt es?«

Es erschien Robert vollkommen lächerlich, dass er jetzt
dafür argumentieren sollte, dass Ulrik ein Mörder war,
aber aus Erfahrung wusste er, dass paralleles Denken
eine äußerst effektive Methode war, also holte er tief Luft
und legte los:

»Die Fingerabdrücke an der Axt. Ulrik gibt zu, die Axt angefasst zu haben, als er Brennholz gehackt hat. Aber der Brennholzschuppen war bereits voll, und es war unschwer zu erkennen, dass ihm die Polizei seine Erklärung nicht abgekauft hat. Er hat angegeben, dass er noch nie zuvor Holz gehackt hatte.« Robert unterbrach sich und versuchte, sich daran zu erinnern, ob er selbst irgendwann einmal Holz gehackt hatte. Seine Mutter hatte in das Haus in Hellerup, in dem er aufgewachsen war, einen schwedischen Kachelofen einbauen lassen, aber wenn der Ofen ein seltenes Mal genutzt wurde, hatten sie mit Holzscheiten geheizt, die gebrauchsfertig in einem Sack aus orangefarbenem Netz geliefert worden waren. Dennoch meinte er, sich an das Gefühl eines glatten Holzschafts in den Händen und das Gewicht der schweren Axt erinnern zu können, die in einem großen Holzklotz landete.

»Und was noch?«

Savours Worte holten ihn wieder in die Gegenwart zurück.

»Sein Alibi ist nicht wasserdicht. Die Freundin gibt an, dass sie fest geschlafen hat, sodass Ulrik alles Mögliche gemacht haben kann. Ulrik behauptet, dass er gegen halb sechs draußen war zum Pinkeln, aber laut Obduktion war Mora zu diesem Zeitpunkt höchstwahrscheinlich bereits tot, und es gibt keinen Zweifel, dass Tat- und Fundort identisch sind.«

»Er kannte Mora, wenn auch nur oberflächlich, und du hast gesagt, dass er sich wegen der Umschläge geschämt hat. Vielleicht hat Mora etwas entdeckt, was UL nicht gefiel«, schlug Savour vor.

»Wenn aber Ulrik Mora getötet hat, um etwas zu verbergen, glaube ich nicht, dass er uns angerufen hätte.«

»Die Einwände können wir anschließend besprechen. Lass uns für den Anfang alles auflisten, was dafür spricht, dass UL Mora ermordet hat.«

UL. Es provozierte Robert, dass Savour in dieser Weise von Ulrik sprach, aber das war so üblich, wenn es um Verdächtige ging.

»Das Nichtvorhandensein anderer Verdächtiger. Mora hatte keine Familie und daher auch keine Erben, und im Übrigen besaß er nichts von Wert«, sagte er.

»Gut. Gibt es sonst noch was?«

»Nichts, soweit ich weiß.«

»Okay. Dann lass uns schauen, was dagegen spricht. Du hast gesagt, dass er euch angerufen hat?«

»Ja, aber das beweist nichts. Es gibt keinen Zweifel, dass Moras Tod das Ergebnis einer Kurzschlusshandlung ist.«

»Wie verhält es sich mit den technischen Beweisen? Du hast lediglich die Axt erwähnt.«

»Die Mordwaffe ist das Einzige, was sie haben.«

»Lag sie am Tatort?«

»Nein. Ich weiß nicht genau, wo sie gefunden wurde, aber sie mussten die Spürhunde dafür losschicken.«

Savour schwieg, und Robert unterbrach ihn nicht.

»Wenn er Zeit hatte, vom Haus wegzufahren oder wegzulaufen, um sich der Mordwaffe zu entledigen, hätte er auch die Leiche wegschaffen können, bevor die Freundin wach wurde.«

»Kann er sich dieser nicht entledigt haben, *nachdem* sie aufgewacht war?«, fragte Robert.

»Ich dachte, wir wollten jetzt dagegen argumentieren?«

»Entschuldige. Mir fiel nur ein, dass Ulrik ein Stück den Schotterweg hinaufgefahren ist, um die Schranke für uns zu öffnen. Er könnte die Axt unterwegs weggeworfen haben.«

»Du musst in Erfahrung bringen, wo sie gefunden wurde.«

»Vielleicht könnte ich den Techniker anrufen.«

»An deiner Stelle würde ich warten, bis du morgen mit dem Ermittlungsleiter gesprochen hast. Gibt es noch was?«

»Johanna Ekdahl. Wir wissen immer noch nicht, wie sie in all das hier reinpasst, aber ihre Fingerabdrücke wurden an einem Stück Kaugummipapier draußen beim Haus gefunden. Meiner Theorie zufolge war sie dort, um einen dritten Umschlag abzulegen, wurde dabei aber von Bertil Mora überrascht.«

»Gut. Deine Argumente hängen also davon ab, wo die Axt gefunden wurde, sowie davon, dass ihr Viklunds Tochter findet. Lass uns die anderen Tatbestände angehen.«

»Womit sollen wir anfangen, mit Clara Petri oder den vier Fotomorden?«

»Das letzte Opfer zuerst.«

Auf dem Vättern glitt ein großes Holzsegelboot vorbei. Robert hatte dem Segelsport nie wirklich etwas abgewinnen können, aber das imposante Boot glitt mit einer Ruhe und einer Anmut durch das Wasser, dass er wünschte, er würde sich an Bord befinden.

»Technische Beweise?«, fragte Savour.

»Es gibt keine technischen Beweise. Der Verdacht gegen Ulrik ist ausschließlich deshalb entstanden, weil er sich wegen der Umschläge an die Polizei gewandt hat.«

»Das ist schon bezeichnend.«

»Ja, aber ...«

»Kein ›aber‹. Du hast selbst gesagt, dass der Täter ein Kontrollfreak ist, und wir wissen, wie oft diese Sorte von Tätern versucht, in die Nähe der Ermittlungen zu gelangen. UL hat alles getan, um seine Verbindung zu Viklund zu vertuschen, sodass es kaum als allgemeines Wissen betrachtet werden kann, dass er ihn in der Zeit vor dem Selbstmord behandelt hat.«

»Aber es stand in dem Bericht, und ... entschuldige.«

»Schon gut. Ich gehe davon aus, dass er kein Alibi hat?«

»Kannst du dich daran erinnern, dass ich dir erzählt habe, dass er nach einem Abendessen auf dem Heimweg verfolgt worden ist?«

»Ja.«

»Das war an dem Abend, als Clara Petri ermordet worden ist, aber es liegen ein paar Stunden zwischen dem Zeitpunkt, als Ulrik das Haus von Camilla Nylén verlassen hat, und dem Todeszeitpunkt.«

»Habt ihr den Verfolger gefunden?«

»Ja, ich war gestern Nachmittag selbst mit draußen bei seiner Verhaftung, aber er litt unter Delirium tremens äußerst schweren Grades, sodass ich bezweifle, dass er schon vernommen werden konnte.«

»Es ist wichtig, dass er UL's Erklärung bestätigt. Bestreitet er die Verfolgung, wird es den Anschein haben, als hätte UL das erfunden, und das sieht dann wirklich verdächtig aus.«

»Mir kommt da noch etwas in den Sinn.« Robert zögerte.

»Wenn du nichts mehr hast, was dafür spricht, kannst du ihn jetzt gern verteidigen«, sagte Savour. Bei seinem Tonfall musste Robert schmunzeln.

»Ulrik zufolge hat das Auto oben am Ende des Schotterwegs gehalten. Ich glaube nicht, dass es noch andere Wege aus dem Wald hinaus gibt, und wenn er ausreichend lange dort gehalten hat, kann das den Zeitraum von Ulriks Alibi verlängern.«

»Ausgezeichnet. Gibt es noch etwas, das zur Untermauerung der Verteidigung verwendet werden kann?«

»Der Umschlag, der in JE's Wohnung gefunden wurde. Er war von der gleichen Sorte, und darauf klebte ein Haftzettel mit der Zahl 4. Das spricht ganz deutlich dagegen, dass Ulrik die Umschläge selbst inszeniert hat.«

Sie schnitten den letzten Teil von Nils Anderssons Anklage an: den Verdacht, dass Ulrik der Fotomörder sein könnte.

»Was spricht dafür?«

»Dass er in Växjö war, als die Morde begangen wurden, und dass er *On your dead body* geschrieben und es geheim gehalten hat.«

»Würde es das Buch nicht geben, würde ich seinen Aufenthalt in Växjö nicht einmal als Indiz bezeichnen – ich meine, du selbst warst die ganze Zeit über, in der der Fotomörder sein Unwesen getrieben hat, auch in Växjö.

Wenn man aber die Verbindung zu dem Buch zieht, kann ich gut verstehen, dass sie ihn verdächtigen.«

Das war nicht die Einschätzung, auf die Robert gehofft hatte.

»Gibt es noch was?«, fragte Savour.

»Nichts, soweit ich weiß.«

»Und was spricht dann dagegen?«

Nichts. Robert zog die Zigarettenschachtel aus der Tasche, während er versuchte, auch nur ein einziges Argument zu finden, das er zu Ulriks Verteidigung vorbringen konnte. Der Ulrik, den er kannte, hätte niemals jemanden kaltblütig ermorden können, aber der Ulrik, den er kannte, hätte sich auch niemals moralisch derart verwerflich verhalten, wie Ulrik es getan hatte.

Als er das Feuerzeug zum Mund führte, um die Zigarette anzuzünden, tauchte ein Bild vor seinem inneren Auge auf, das ihn mitten in der Bewegung innehalten ließ.

Es war eine Erinnerung an den Morgen, an dem er den Artikel über die Vernehmung mit der Frau gelesen hatte, die Malin Trindgärd gefunden hatte. *Es sah beinahe so aus, als sei sie nicht real.* Warum musste er jetzt daran denken? Er konzentrierte sich auf das Bild und versuchte, sich an so viele Details wie möglich zu erinnern. Er hatte in seiner Wohnung in der Kronobergsgatan bei geöffnetem Fenster auf der Fensterbank gesessen. Die Sonne hatte geschienen, folglich muss es am Morgen gewesen sein, allerdings nicht am frühen Morgen, denn dann hätte der große Baum vor dem Fenster Schatten geworfen. Die Zeitung. Er hatte keine Zeitung abonniert, als er in Växjö gewohnt hatte. Hatte er sie auf dem Heimweg von der Nachtschicht gekauft?

Die Kanutour! Jetzt erinnerte er sich daran, dass Hasse, der Arzt im Praktikum aus Südschweden, ihn am selben Morgen auf dem Markt abgesetzt hatte. Er hatte die Zeitung im Pressbyrån gekauft, bepackt mit seiner gesamten Ausrüstung, und war anschließend in seine Wohnung gegangen, um zu duschen. Das ganze Wochenende hatte er sich schon auf die Dusche gefreut. Auch Ulrik war bei der Tour dabei gewesen! Sowohl Robert als auch Hasse konnten Ulrik ein Alibi für das komplette Wochenende geben, an dem Malin Trindgärd ermordet worden war.

Er schnitt Savour das Wort ab und erzählte von der Kanutour. Als Robert verstummte, um einen Zug von der Zigarette zu nehmen, sagte sein amerikanischer Kollege: »Jetzt hast du zumindest einen kleinen Ansatzpunkt.«

Vielleicht nicht der Gipfel des Optimismus, aber genug, damit Robert das Auto wendete und erneut Växjö ansteuerte.

Sonntag

51

Robert stand am Fenster im Gemeinschaftsraum. Im Nachbargarten der Villa Falken war ein Mann in Shorts und mit freiem Oberkörper damit beschäftigt, Wasser in ein Planschbecken zu füllen. Aus dem Badezimmer war zu vernehmen, dass Heinz die Dusche abstellte. Roberts Telefon klingelte, und als er Nils Anderssons Namen im Display sah, rekapitulierte er noch einmal seine Argumente dafür, dass sich der Kommissar zumindest mit ihm treffen musste, um die Indizien für und gegen Ulriks Schuld durchzugehen.

»Es ist etwas passiert, kannst du herkommen?«

Aus dem Nachbarhaus stürmten zwei Jungs in Badehosen heraus und stürzten sich mit voller Wucht in das Planschbecken, und ihr Vater wurde von Kopf bis Fuß nass.

»Ich bin in fünf Minuten da«, erwiderte Robert.

Nils Andersson wartete an Bosses Platz auf ihn.

»Johanna Ekdahl ist vor einer halben Stunde am Empfang aufgetaucht. Sie hat behauptet, dass sie jemanden erschlagen habe, und jetzt weigert sie sich, überhaupt irgendetwas zu sagen. Sie will ausschließlich mit dir sprechen.«

»Mit mir? Warum um alles in der Welt mit mir?«

»Diese Frage will sie selbstverständlich auch nicht beantworten.«

»Dann lass uns mit ihr reden.«

»Wir müssen nur noch ein paar Formalitäten klären.
Linda hat einen Pflichtverteidiger bestellt. Johanna
Ekdahl hat einen Beisitzer abgelehnt, sollte sie aber ihre
Meinung ändern, müssen wir schnell reagieren können.«

»Können wir über Ulrik reden, während wir warten?«

»Hat das nicht Zeit?«

»Ich würde das lieber jetzt erledigen.«

Nils Andersson nickte und machte sich auf den Weg
zum Besprechungsraum. Kaum dass er sich gesetzt hatte,
legte Robert auch schon los.

»Was genau wird Ulrik vorgeworfen?«

»Die Morde an Bertil Mora und Clara Petri.«

Wenigstens beschuldigten sie ihn nicht der Fotomorde.

»Ist Ola Grindforss noch immer im Krankenhaus?«

»Ja, er ist im Sigfrids. Warum?«

»Wir müssen ihn zu dem Abend befragen, an dem er
Ulrik verfolgt hat. Ulrik hat erzählt, dass sein Verfolger
am Ende des Waldwegs angehalten hat, und sollte er dort
lange genug gestanden haben, hat Ulrik für den Mord an
Clara Petri auf jeden Fall etwas, das einem Alibi ähnelt.«

Andersson zog sein Handy aus der Tasche und rief
Bosse an, der versprach, jemanden zum Sigfrids zu schicken. »Was ist mit Bertil Mora?«, fragte er, nachdem er
den Anruf beendet hatte.

»Wo haben Arvids Leute die Axt gefunden?«

»In einem Wasserloch ein paar Kilometer vom Haus
entfernt.«

»In der Richtung, wo sich die Schranke befindet?«

»Nein, in der entgegengesetzten Richtung. Warum?«

»Dann kann er sie nicht weggeworfen haben, als er raufgefahren ist, um die Schranke für uns zu öffnen.«

»Aber vielleicht hat er sie doch vorher verschwinden lassen.«

»Versuch dir vorzustellen, du wärst Ulrik, und du hättest einen Mann erschlagen, während deine Freundin im Haus schläft. Du weißt, dass sie jeden Augenblick aufwachen kann. Wie hoch ist die Wahrscheinlichkeit, dass du vier Kilometer weit rennst, um dich der Mordwaffe zu entledigen, um anschließend wieder ins Bett zu kriechen und nur darauf zu warten, dass deine Freundin aufsteht und die Leiche findet? Warum nicht Leiche und Axt in der Nähe des Hauses verstecken, bis die Freundin weg ist?«

Nils Andersson fuhr sich mit einer Hand durch die Haare und brachte den Mittelscheitel in Unordnung. »Wenn der Mörder Plastikhandschuhe getragen hat und weiter unten am Schaft angefasst hat als Ulrik, würde das Arvid zufolge erklären, dass lediglich Ulriks Fingerabdrücke darauf zu finden sind. Aber selbst wenn ihm Grindforss ein Alibi für den Mord an Clara Petri gibt, fehlt uns eine Erklärung für das Buch. Sowohl Linda als auch ich haben es von Anfang bis Ende gelesen, und es gibt keinen Zweifel, dass es von einem Insider geschrieben wurde.«

»Vergiss nicht, dass Ulrik das Geständnis gelesen hat und dass er mehrfach mit Viklund gesprochen hat, bevor dessen Frau auftauchte und er Selbstmord beging.«

Der Kopf mit dem roten Haarschopf wackelte hin und her. Für und wider. »Wir sollten abwarten, was Johanna Ekdahl und Grindforss zu sagen haben.«

Der Raum, in dem Robert und Nils Andersson Michael Klos vernommen hatten, wirkte enorm groß. Johanna Ekdahl saß am Tisch, eine schmächtige, in sich zusammengesunkene Gestalt in einer verwaschenen roten Bluse. Die Haare waren ungewaschen und strähnig, ihr Gesicht blass und ungeschminkt.

Sie sah für einen Moment auf, bevor sie das Kinn wieder auf die Brust sinken ließ. Dennoch registrierte Robert ihren leeren Blick, der belegte, dass sich das Bewusstsein zurückgezogen hatte, um zu vermeiden, der Wirklichkeit in die Augen zu sehen. Ihr Körper bildete einen Schutzwall, so als würden die Schultern sie gegen all das Bevorstehende beschützen können, indem sie sich nach vorn krümmten.

Als Robert ihren Namen sagte, reagierte sie nicht. Er setzte sich ihr gegenüber. »Ich heiße Robert Strand, und Sie möchten mit mir sprechen?«

Es war schwer zu sagen, ob sie ihn hörte. Sie saß vollkommen still da und starrte katatonisch auf ihre Hände. Dann bemerkte Robert die Flecken auf ihren Armen. Er folgte mit den Augen den braunen Spuren von eingetrocknetem Blut den Unterarm entlang und sah, dass am rechten Arm die Blutspritzer größer und dichter wurden, bis sie plötzlich aufhörten. Bertils Blut.

»Johanna? Soll ich mich erkundigen, ob Sie ein Bad nehmen können und saubere Sachen bekommen?«

Sie zuckte zusammen. »Was?«

Robert stand auf, und es schien, als würde die Bewegung sie aufwecken.

»Sie dürfen nicht gehen!«

»Ich gehe nirgendwohin.«

Sie sank murmelnd in sich zusammen.

»Was sagen Sie?«

»Ich möchte ein Bad nehmen, wenn Sie versprechen, dass Sie hierbleiben.«

Die Polizistin, die Johanna begleitete, erhielt die Anweisung, ihre Kleidungsstücke in Asservatentaschen zu verstauen.

Johanna kehrte mit nassen Haaren und bekleidet mit einer zu großen Jeans sowie einem dunkelblauen Sweatshirt zurück, gefolgt von einem jungen Beamten, der ein Tablett mit zwei Sandwiches, zwei Tassen Kaffee und einer Cola trug. Johanna zupfte an dem Zellophan herum, in das die Sandwiches eingepackt waren, dann rieb sie sich die Oberarme, als wollte sie sich aufwärmen. Der Schockzustand klang langsam ab, aber es würde noch eine Weile dauern, bis er vollständig überwunden war. Vorsichtig nahm sie einen Bissen von dem Sandwich und hatte im Laufe der nächsten fünf Minuten schließlich das ganze aufgegessen.

»Warum hat Ulrik ihm nicht geholfen?«, sagte sie, nachdem sie das Zellophan auf das Tablett gelegt hatte.

»Was meinen Sie?«

Jetzt sah sie mit einem verletzten und erschrockenen Blick auf, und zum ersten Mal nahm Robert eine Ähnlichkeit mit dem Mann von der Aufnahme des Fotomörders wahr.

»Mein Vater. Er hatte ihn doch angefleht, ihm zu helfen, und er hat nichts getan!«

Robert wog seine Antwort lange ab.

»Ich möchte, dass Sie verstehen, dass Ulrik an der

Situation Ihres Vaters nichts ändern konnte. Er war sein Arzt, und seine Aufgabe bestand darin, dafür zu sorgen, dass es den Patienten und somit auch Ihrem Vater so gut wie möglich erging, während sie sich in Gewahrsam befanden. Aber es lag nicht in seiner Verantwortung einzuschätzen, ob er gesund genug war, um entlassen zu werden.«

»Aber mein Vater hat ihm doch erzählt, dass er unschuldig war. Er hatte ein Alibi für den letzten Mord, das steht sogar in seiner Akte, und damit hätte Ulrik zur Polizei gehen können.«

Die Wut ließ ihre Stimme zerbrechlich klingen.

Etwas stimmte hier nicht. Der Teil von Viklunds Akte, den sie meinte, musste von Ulriks Gesprächen mit ihm handeln, aber diese Gespräche hatten lange nachdem das Gerichtsverfahren gegen Viklund abgeschlossen war, stattgefunden, und daher waren sie nicht in die Akte eingegangen, die Klos unter Verschluss gehalten hatte. Und die Gespräche hatten *nach* dem Brand stattgefunden. Unterlagen darüber müssten sich im Archiv des Sigfrids befinden, auch wenn der Rest der Akte den Flammen zum Opfer gefallen war. Woher hatte Johanna die Akte bekommen?

Robert versuchte, Johannas Blick aufzufangen, aber sie starrte unentwegt auf ihre Hände.

»Johanna, wie sind Sie an die Akte Ihres Vaters gekommen?«

»Das geht Sie nichts an!«

»Okay, ich kann verstehen, dass Sie nicht über die Akte sprechen wollen, aber worüber wollen Sie dann mit mir sprechen?«

Sie antwortete nicht.

»Gibt es etwas, das Sie mir erzählen möchten?«

Noch immer keine Antwort.

»Wollen Sie mir erzählen, wie Sie in all das hier hineingeraten sind?«

Jetzt sah sie auf. Die Wut in ihrem Blick war wieder von der Verletzbarkeit abgelöst worden.

»Ich will einfach nur ...« Sie unterbrach sich und schluchzte. »Ich möchte einfach nur wissen, wie er war«, stammelte sie. Ein heftiger Weinkrampf schüttelte sie, und sie musste ein paar Mal tief durchatmen. Robert legte seine Hand auf ihre und wartete, bis sie sich etwas beruhigt hatte.

»Ich kann mich kaum an ihn erinnern«, schniefte sie. »Manchmal sehe ich ihn vor mir, wie in einem Film. Er steht vor der Schaukel, und jedes Mal, wenn er mir einen kleinen Schubs versetzt, schneidet er eine lustige Grimasse. Aber ihm fallen die Haare in die Augen, sodass ich nur seinen Mund sehen kann, und ich bin mir nicht sicher, ob es mein Vater ist oder nicht.«

Sie trocknete sich Augen und Nase am Ärmel des Sweatshirts ab.

»Wie ist es, wenn Sie an die Szene mit der Schaukel denken?«, fragte Robert.

»Das ist ja das Merkwürdige. Jedes Mal, wenn ich an ihn denke, ist es ein sicheres und angenehmes Gefühl. Ich verstehe nicht, wie ich mich an ihn als einen fröhlichen Menschen erinnern kann, wenn er so ein böses Wesen hatte.«

Die Stimme hatte wieder einen wütenden Unterton, aber sobald sie verstummte, kehrte der leere Blick zurück. »Wie soll man da jemandem vertrauen können?«, fragte sie. »Wenn Menschen einen so sehr täuschen können? Ich weiß, das hört sich so an, als wolle ich es nicht wahrhaben, aber ich habe immer geglaubt, dass er unschuldig war. Egal was Mutter gesagt hat.«

Sie schaute schnell weg.

»Was hat Ihre Mutter gesagt?«

»Mutter wollte nie über ihn sprechen. Sie hat alle Fotos verbrannt. Wenn ich über ihn reden wollte, wurde sie wütend und sagte, er hätte unser Leben zerstört. Sie war so verbittert. Martin und ich hatten Angst, sie würde sich auch umbringen. Wenn wir von der Schule nach Hause kamen, spielten wir Stein, Schere, Papier, um zu bestimmen, wer als Erster das Haus betrat.«

»Das muss furchtbar hart gewesen sein.«

»Glücklicherweise zog Astrid ins Nachbarhaus. Ich spürte, dass sie es wusste und dass Mutter mit ihr sprach. Es war, als ob das Ganze etwas leichter wurde. Bis Mutter so krank wurde.«

»Astrid hat mir erzählt, dass Sie Ihre Mutter bis zuletzt gepflegt haben?«

Sie schaute abrupt auf. »Woher kennen Sie Astrid?«

Robert erzählte, dass sie mehrere Tage lang nach ihr gesucht hatten und dass sie auch ihre Nachbarn befragt hatten.

Sie lachte ein heiseres, freudloses Lachen. »So hat es letztendlich doch die ganze Stadt erfahren. Mutters größte Befürchtung. Wussten Sie, dass meine Mutter nie wieder nach Dalarna zurückgekehrt ist? Nicht einmal in den Ferien oder zu Familienfesten. Jahrelang hat sie meinem Vater vorgeworfen, dass er sie dazu gezwungen habe, in Småland zu wohnen, und als er dann starb, konnte sie nicht in ihre Heimat zurückziehen. Alle wussten doch, wer sie war und mit wem sie verheiratet gewesen war.«

»Niemand in Tingsryd weiß irgendetwas. Astrid hat von sich aus erzählt, dass sie Ihren Vater gekannt hat. Sonst hätte ich ihr gegenüber das niemals erwähnt.«

»Das ist auch egal. Nur meiner Mutter war es so unheimlich wichtig, was die Nachbarn dachten.«

Robert bemerkte, dass sich immer, wenn sie von ihrer Mutter sprach, ein verbitterter Zug um ihren Mund bildete.

»Sie sind immer noch wütend auf Ihre Mutter?«

Die Frage überrumpelte sie, woraufhin sich ihre Augen erneut mit Tränen füllten. »Es war ihre Schuld«, schluchzte sie.

»Dass er sich das Leben genommen hat?«

Sie sah Robert mit einem seltsam triumphierenden Blick an. »Sie hat gesagt, sie würde ihm niemals vergeben, und dass er uns nie wieder zu Gesicht bekommen würde. An dem Tag, als sie ihn besucht hat.«

»Hat sie Ihnen das erzählt?«

Sie starrte auf den Tisch und schüttelte den Kopf. »Ich habe ihr Tagebuch gefunden. Sie schreibt, dass sie Lust gehabt hat, ihn zu schlagen, nachdem er das mit dem Unfall zugegeben hatte. Sie schreibt auch, dass …«

Sie geriet ins Stocken.

»Dass was?«

»Dass sie froh war, dass er sich umgebracht hat und dass sie ihn nie wieder sehen musste.«

Den letzten Satz spuckte sie förmlich aus, als würde sie ihre Mutter zu sehr verachten, um ihre Worte zu wiederholen.

»Was war das für ein Unfall?«

Sie schaute Robert desorientiert an.

»Sie haben gesagt, nachdem er das mit dem Unfall zugegeben hatte.«

Sie seufzte tief. »Das war in Dalarna. Irgendeine Frau hat sich von einer Autobahnbrücke vor seinen Lkw gestürzt. Er ist völlig in Panik abgehauen, und danach hat er sich so sehr geschämt, dass er sich nicht getraut hat zuzugeben, dass er es war.«

»Und das wurde nie aufgedeckt?«

Sie zuckte mit den Schultern. »Sie hatte einen Brief hinterlassen, daher wusste man, dass es Selbstmord war. Vielleicht war es nicht so wichtig, wer das Auto gefahren hatte, weil sie sterben *wollte*?«

»Warum ist Ihre Mutter deswegen so wütend geworden?«

»Was meinen Sie? Finden Sie nicht, dass es falsch von ihm war zu fliehen?«

»Doch, selbstverständlich. Aber Ihr Vater war wegen vierfachen Mordes verurteilt worden. Warum hasste Ihre Mutter ihn dann wegen eines Unfalls?«

»Sie hat nicht geglaubt, dass er die Frauen ermordet hat. Und der Unfall war der Grund dafür gewesen, warum mein Vater aus Dalarna wegziehen wollte. Er hatte vorgegeben, dass es in Växjö leichter sei, eine Stelle als Rettungssanitäter zu bekommen, aber in Wirklichkeit hatte er Angst aufzufliegen. Das hat er zugegeben, als sie ihn besuchte. Dafür hasste sie ihn.«

52

Johanna bat um eine Pause, um auf die Toilette zu gehen. Linda begleitete sie nach draußen, und als sie den Flur hinuntergegangen waren, tauchte Nils Andersson in der Tür auf.

»Das hält alles nur auf«, sagte er.

Robert hätte es nicht besser ausdrücken können.

»Natürlich ist es wichtig, vorsichtig vorzugehen, aber kannst du nicht versuchen, sie dazu zu bringen, über Clara Petri zu reden? Die Zeit läuft uns davon, und wenn sie etwas weiß …«

Johanna hatte noch verweinte Augen, aber sie wirkte nicht mehr ganz so traumatisiert. Robert beschloss, die Chance zu ergreifen, dem Gespräch eine neue Richtung zu geben.

»Johanna, wollen Sie mir erzählen, warum Sie Ulrik Lauritzen verfolgt haben?«

Sie wich seinem Blick aus.

»Es ist wichtig, Johanna.«

»Sie glauben also, dass er es ist?«, platzte es aus ihr heraus. »Meine Mutter schreibt in ihrem Tagebuch von seinen liebenswürdigen Augen, aber das stimmt nicht. Zuerst dachte ich nur, er wäre ein dummes Schwein, das meinem Vater nicht geholfen hat, aber als ich die Zeitung sah …«

Sie sah Robert an, als würde sie erwarten, dass er den Satz vollendete.

»Was haben Sie in der Zeitung gesehen?«

»Das über die Tote.«

»Und was dachten Sie, als Sie die Zeitung gesehen haben?«

»Ich dachte, dass er Recht hat ...«

»Dass wer Recht hat?«

Sie schüttelte den Kopf.

»Wen meinen Sie, Johanna?«

Robert stellte noch ein paar Fragen, aber sie schüttelte nur fortwährend den Kopf.

»Ich muss Sie noch mal nach der Akte fragen, Johanna.«

»Ich habe gesagt, dass ich darüber nicht reden will!«

»Aber Sie haben die Umschläge vor Ulriks Tür gelegt?«

Sie presste ihre Lippen fest aufeinander.

Robert stand ohne ein Wort auf, und der Effekt blieb nicht aus.

»Das wissen Sie doch. Ich habe dem anderen Polizisten doch erzählt, dass ich es war. Warum genügt das nicht?«, schrie sie.

Robert blieb auf halbem Wege zur Tür stehen und musterte sie wortlos. Die Wahrscheinlichkeit, in ihrem gegenwärtigen Zustand mit ihr über Clara Petri, die Akte oder die Umschläge zu sprechen, war minimal, sodass er beschloss, nicht länger herumzureden.

»Weil Bertil ein netter Mensch war, der niemandem etwas getan hat.«

Camillas Blick flackerte.

»Was zum Teufel habt ihr mit ihr gemacht?«

Sie sah von Nils Andersson zu Robert. Die Partie unter ihren dunklen Augen war bläulich und geschwollen.

»Wir haben die Vernehmung aufgenommen. Sie können es sich gern anhören«, sagte Nils Andersson.

Als sich Camilla die Aufnahme angehört hatte, war der Zorn in ihren Augen professioneller Kühle gewichen, und während sie Johanna Ekdahls Vernehmung durchgingen, war in ihrem Blick nichts von dem zu erkennen, was zwischen ihr und Robert gewesen war.

»Okay, sie ist auf dem besten Weg, das akute Trauma zu bewältigen«, sagte sie. »Aber meiner Einschätzung nach steht sie kurz vor einem Zusammenbruch. Sie muss sich ausruhen und zu Kräften kommen. Ich lasse sie einweisen.«

»Aber wir wissen, dass sie vermutlich Bertil Mora getötet hat. Hinsichtlich der Ermittlungen im Mordfall Clara Petri sind wir keinen Schritt weitergekommen«, sagte Nils Andersson.

»Als ihre Ärztin kann ich nicht die Verantwortung dafür übernehmen, dass ihr die Vernehmung fortsetzt. Wir riskieren, dass sie sich vollständig abschottet, und wenn das passiert, bekommt ihr vielleicht niemals Antworten auf eure Fragen.«

Robert stimmte ihrer fachlichen Einschätzung zu. Obwohl er gewusst hatte, dass Johanna Ekdahl labil war, hatte ihn ihr Zusammenbruch dennoch überrascht. Johanna hatte lange Zeit zusammengekrümmt am Boden gelegen und geschrien. Robert hatte nur einzelne Worte verstehen können, aber letztendlich hatte er eine einigermaßen zusammenhängende Erklärung erhalten: Sie war gekommen, um einen neuen Umschlag abzulegen, und hatte im Windschatten des Schuppens gestanden und das Haus beobachtet, um sicherzugehen, dass Ulrik schlief. Die Axt hatte sie genommen, um sich verteidigen zu können im Falle, dass Ulrik in dem Moment die Tür öffnete, in dem sie den Umschlag ablegte. Bertil hatte sich an sie herangeschlichen, und sie hatte ihn erst bemerkt, als er sie von hinten gepackt hatte. Als sie sich umdrehte, hatte sie direkt in sein Gesicht geschaut, woraufhin sie in Panik mit der Axt ausgeholt hatte.

Jetzt hatte ihr Camilla Diazepam verabreicht, und sie hatte sich entspannt, während Camilla sie von ihrem Platz bei der Tür aus besorgt beobachtete. In den nächsten Stunden würden sie mit Sicherheit kein vernünftiges Wort aus ihr herausbringen.

Als der Krankenwagen mit Johanna Ekdahl aus der Tiefgarage rollte, wandte sich Camilla an Robert: »Es wäre nett gewesen, wenn du meinen Anruf gestern Abend nicht weggedrückt hättest. Dann hätte ich mir einbilden können, dass du nicht wusstest, dass zwei Polizisten bei mir zu Hause auftauchen und meine Kinder zu Tode erschrecken würden.«

Ohne seine Antwort abzuwarten, machte sie kehrt und ging zu ihrem Auto.

53

»Ich muss mit Ulrik sprechen.«

Nils Andersson blinzelte ein paar Mal. »Ola Grindforss gibt an, dass er den Großteil der Nacht oben am
Waldweg gewartet hat, ohne etwas von Ulrik oder seinem Auto zu sehen. Sowohl das als auch die Aussage von
Johanna Ekdahl stärken seine Position in dieser Sache,
dennoch habe ich beschlossen, die Anschuldigungen gegen ihn bis auf Weiteres aufrechtzuerhalten.«

»Wir müssen aber in Erfahrung bringen, warum er
Viklunds Akte gelesen hat. Ich bin die ganze Zeit davon
ausgegangen, dass er die Akte *vor* dem Brand gelesen
hat, aber Johanna Ekdahl hat offensichtlich eine Akte gesehen, die Angaben zu Ulriks Gesprächen mit Viklund
enthält, und die haben erst *nach* dem Brand stattgefunden.«

»Okay, du hast zehn Minuten, und ich will dabei sein.«

Die Wut, die bei Ulriks Anblick in ihm hochkochte,
überraschte Robert, und er musste wegschauen, während Nils Andersson darauf aufmerksam machte, dass
es sich um eine offizielle Vernehmung handele, die auf
Band aufgenommen würde.

»Neulich hast du mir erzählt, dass du Viklunds Geständnis gelesen hast. Entspricht das der Wahrheit?«,
fragte Robert.

Sollte Ulrik die Kälte in seiner Stimme registrieren, ließ er sich das nicht anmerken.

»Ja, das ist richtig.«

»Aber du hast auch ausgesagt, dass du überhaupt nicht im Hochsicherheitstrakt gewesen bist, bevor Strömberg dir die Verantwortung übertragen hat?«

»Auch das ist korrekt.«

»Und du hast erzählt, dass das Gebäude bereits in der Nacht brannte, in der man dir die Verantwortung übertragen hatte?«

»Ja. Ich verstehe nicht, was du mit diesen Fragen bezweckst.«

»Wir versuchen herauszufinden, wann du Viklunds Geständnis gelesen hast.«

»Das war an dem Tag nach dem Brand.«

»Und da bist du dir sicher?«

»Ganz sicher. Viklund war der letzte Patient, mit dem ich an diesem Tag gesprochen habe. Strömberg hatte mich ja vor ihm gewarnt, und ich merkte, dass Viklund mich wie verrückt manipulierte, sodass ich versucht habe, so viel wie möglich über ihn herauszufinden, bevor ich am Tag darauf wieder mit ihm sprechen sollte.«

»Was meinst du damit, dass er dich manipuliert hat?«

»Er hat so getan, als hätte ihm der Brand einen enormen Schrecken eingejagt.«

»Versuche dich zu erinnern und erzähle mir so genau wie möglich von eurer ersten Begegnung.«

»Ich weiß noch, dass mich seine physische Erscheinung überrascht hat. Von der Größe her entsprach er dem Durchschnitt, aber er war schmächtig gebaut, und sein Rücken war krumm. Die Haare hingen ihm in die

Stirn, und er fummelte pausenlos an seinen Fingernägeln herum. Das Erste, was er sagte, war: ›Ich habe nichts getan.‹ Wir wussten, dass der Brand nicht von seiner Zelle ausgegangen war, woraufhin ich ihm mitteilte, dass er nicht verdächtigt wurde, aber er hat mich nur angestarrt und gesagt: ›Ich will nicht zurück. Ich habe nichts getan. Können Sie mir helfen rauszukommen?‹, und so was. Er hat überhaupt nicht mehr zugehört, und irgendwann fing er an zu weinen und sagte: ›Ich habe sie einfach liegen lassen.‹ Bei jedem Geräusch zuckte er zusammen, sodass ich ihm schließlich eine Dosis Valium verordnet und die Fortsetzung unseres Gesprächs auf den nächsten Tag verschoben habe.« Ulrik sah auf. »Das klingt nicht gerade nach dem klassischen Psychopathen, oder?«

»Nein, nicht direkt.«

»Ich dachte, er würde es vielleicht ausnutzen, dass ich neu war, und ich wollte für unser nächstes Gespräch gerüstet sein, also las ich seine Akte.«

»Wo hast du die gefunden?«

»Sie lag in Strömbergs Büro, also im Flur der Direktion. Ich musste einen Wachmann dazu bringen, den Archivschrank aufzubrechen, und es war nicht die ganze Akte, lediglich Teile davon, handschriftliche Blätter, aber als ich diese gelesen hatte, wusste ich, dass er mich hinters Licht führen wollte.«

Robert warf Andersson einen Blick zu, in dessen Augen sich Roberts eigene Zweifel widerspiegelten.

»Ihr glaubt mir nicht, stimmt's?«, sagte Ulrik.

Robert zuckte mit den Schultern. »Vor einer Woche hätte ich dir jedes Wort geglaubt.«

»Ich hätte dir von dem Buch erzählen sollen, das ist

mir klar, aber ich hatte Thomas versprochen, dass ich es nie jemandem sagen würde.«

»Thomas?«

»Er hat den Vertrag mit dem amerikanischen Verlag ausgehandelt, und er sagte, wenn ich es unter Pseudonym herausgeben wolle, müsste ich das geheim halten, denn sonst würde es früher oder später rauskommen.«

Er sah Robert an. »Es war in keiner Weise meine Absicht, Geld damit zu verdienen.«

»Warum hast du es dann geschrieben?«

»Nach der Sache mit Viklund ... Wie du weißt, ging ich nach Montana in eine Privatklinik, mitten im Nirgendwo, und ... Am Anfang war es eine Mischung aus einer Übung im schriftlichen Englisch und einem Versuch, das, was hier in Växjö passiert war, zu verarbeiten, aber irgendwann wurde mir bewusst, dass ich tatsächlich recht gut schreiben konnte. Als es fertig war, las ich von einem Krimi-Wettbewerb und schickte es ein. Ich habe nicht gewonnen, aber mein Manuskript wurde Nummer zwei und bekam richtig gute Kritik, und ich bat Thomas, mir bei der Suche nach einem Verlag behilflich zu sein.«

»Warum hast du es unter Pseudonym herausgegeben?«

»Ich unterlag doch der Schweigepflicht, und auch wenn ich vieles abgeändert habe, hatte ich Angst, jemand würde entdecken, dass der Plot auf Viklunds Geständnis beruhte. Das ist auch der Grund, warum ich nie einer Übersetzung in andere Sprachen zugestimmt habe. Aber heute, wo fast alle Bücher über das Internet kaufen, wurden hier in Schweden einige tausend Exemplare verkauft, und so muss er es entdeckt haben.«

»Er?«

»Der mit den Umschlägen. Ich habe einen dritten Umschlag erhalten, das habe ich erzählt.« Er nickte in Nils
Anderssons Richtung. »Es war eine Kopie des Covers
von *On your dead body*, mit einem großen roten Fragezeichen hinter der Genrebezeichnung *Roman*. Er kam am
Mittwoch.«

»Wo ist er jetzt?«

»Ich habe ihn verbrannt.«

Robert schüttelte den Kopf. Wie dumm konnte man
sein?

Ulrik warf ihm einen langen Blick zu. »Es ist wahr.
Alles, was ich gesagt habe, ist wahr. Wenn du möchtest,
kann ich Thomas bitten, eine Kopie des Geständnisses zu
faxen.«

»Du hast es behalten?«

Ulrik nickte.

»Alle Akten sind verbrannt, und du hast dir Unterlagen als Souvenir mitgenommen? Was zum Teufel hast
du dir dabei gedacht? Bist du überhaupt in der Lage, an
etwas anderes als dich selbst zu denken?«

54

Robert hatte das Gefühl, dass die Pizza in seinem Mund immer mehr wurde. Für Ulrik sah es recht gut aus, obwohl er das Kuvert vernichtet hatte, aber Roberts Kollegen in Växjös Polizeipräsidium verhielten sich ihm gegenüber kühl. Damit hätte er vermutlich leben können, wenn sie nur irgendeine Spur hätten, der sie nachgehen könnten.

Arvid stieß ihn an und sagte: »Robert, kannst du dir vorstellen, dich hier ein wenig zu beteiligen? In diesem Augenblick könnte eine unschuldige Frau im Kofferraum eines Autos liegen und darauf warten, dass ein Psychopath sie zu Tode quält.«

»Was kann ich tun?«

»Pelle ist draußen auf dem Campus und stellt die Wohnung auf den Kopf, die Johanna angemietet hat, und wir haben uns darauf geeinigt, den Mord an Anna Lindberg von Anfang bis Ende durchzugehen. Wir könnten gut ein weiteres Augenpaar brauchen.«

»Selbstverständlich.«

»Wir beide lesen das Geständnis, dann nehmen Nisse und Linda sich die Polizeiberichte vor. Anschließend gehen wir das Ganze zusammen durch, Schritt für Schritt, damit wir stets und ständig alle Aspekte im Blick haben.«

Robert griff nach den Unterlagen, die Thomas gefaxt

hatte, und nach einigen Minuten unkonzentrierten Lesens bemerkte er, dass es ihm guttat, etwas Konkretes zu tun zu haben. Die ganze Zeit über nagte ein komisches Gefühl an ihm, aber erst als er die letzte Seite umblätterte, läuteten die Alarmglocken Sturm. Was hatte Linda gesagt, als sie den Ermittlern Ulriks Bestseller präsentiert hatte? *Der Fotomörder begrub seine Tröphäen in der Nähe eines Sees, aber bei einer alten Fuchsfalle, nicht bei einem Hochsitz.*

Er suchte die Stelle, an der Viklund seine Schatzkiste beschrieb. Arvid merkte, dass er auf eine Spur gestoßen war.

»Was ist?«

»Hier ist etwas, das ich nicht verstehe.«

Im selben Moment fand er in der Akte die Stelle mit der Trophäenkiste. »Das ist nicht die richtige Akte!«

Nils Andersson sah auf und fragte irritiert: »Was fabulierst du da?«

Malmström betrat das Zimmer und bemerkte verwundert die aufgeregte Stimmung.

»Erinnerst du dich, dass Linda gesagt hat, Ulrik habe bezüglich der Stelle, an der Viklund seine Trophäenkiste vergraben hat, ein Detail verändert?«

»Ja. Sie wurde unter einer alten Fuchsfalle gefunden, aber im Buch schreibt er, sie habe unter einem Hochsitz gelegen.«

Robert nickte. »Aber hier in den Unterlagen steht, er hat sie unter einem Hochsitz versteckt.«

»Was meinst du?«

»Das ist eine handgeschriebene Abschrift von Viklunds Geständnis, die Ulrik nach dem Brand gefunden hat, und hier steht Hochsitz, nicht Fuchsfalle.«

»Aber sie wurde doch bei einer Fuchsfalle gefunden?

Meinst du, es handelt sich nur um einen Fehler in der Abschrift, der in der endgültigen Akte berichtigt wurde?«

»Das ist nicht alles.«

Robert fand vier, fünf weitere Stellen, an denen die handgeschriebene Version von der maschinengeschriebenen Akte abwich.

»Das ist merkwürdig«, sagte Malmström. »Aber ich verstehe noch immer nicht ganz, welchen Unterschied das macht.«

Arvid überlegte. »Was ist mit den Fingernägeln?«, fragte er. »Sind die in dem handschriftlichen Geständnis erwähnt?«

Robert nickte. Arvid kniff ein Auge zusammen, sagte aber nichts. Hatten sie den gleichen Gedanken?

Nils Anderssons Handy klingelte. Er hörte zu, ohne etwas zu entgegnen. Schließlich beendete er das Gespräch mit den Worten: »Gute Arbeit, Pelle.«

Er wandte sich an die anderen. »Pelle ist mit der Wohnung fertig.«

»Hat er etwas gefunden?«, wollte Linda wissen.

»Nichts, was uns auf der Suche nach unserem Nachahmungstäter helfen kann, aber in der Wohnung lag eine ausgedruckte E-Mail von Camilla an Ulrik, in der sie ihm den Link für die Annonce von Södra Ryd geschickt hatte. Somit wissen wir, wie Johanna herausgefunden hat, wo er wohnt.«

»Scheiß auf die E-Mail«, sagte Malmström. »Was hat es mit dieser Akte auf sich?«

»Das würde ich auch gern wissen. Ich meine, wer schludert mit Details in einer Akte eines Mordfalls?«, fragte Linda.

Robert fiel auf diese Frage nur eine Antwort ein. »Lasst uns ein paar Kopien davon machen, damit ihr selbst mitlesen könnt«, sagte er.

Der Vergleich der beiden Geständnisse zeigte, dass es diverse Abweichungen gab, wobei es sich meist um Kleinigkeiten handelte. Die wesentlichsten bezogen sich auf die Trophäenkiste sowie die Tatsache, dass Viklund all seinen Opfern die Nägel ausgerissen hatte, was in der handschriftlichen Fassung eingehend beschrieben, in der maschinengeschriebenen Version jedoch konsequent ausgelassen worden war.

Während Nils Andersson und Linda die Abweichungen auf dem Whiteboard notierten, beugte sich Arvid zu Robert vor und flüsterte: »Bevor wir damit weitermachen, brauchen wir hierfür eine Bestätigung. Es stellt sich die Frage, wo wir anfangen.«

55

Durch die geöffneten Fenster im Wartezimmer drang Vogelgezwitscher herein und durchbrach die Stille auf der Station. Auf der Suche nach einer Krankenschwester ging Arvid den Flur entlang.

»Ich kann Sie leider nicht mit Johanna Ekdahl sprechen lassen, aber wenn Sie hier warten, versuche ich, die Oberschwester zu finden. Sie kann die Erlaubnis erteilen«, erklärte sie.

Robert spürte, wie sein Puls leicht anstieg, als sie in ein Büro verschwand. Einen Augenblick später kam Camilla um die Ecke. Ihr Gang wirkte hölzern und steif, sie hatte den Blick starr auf den Boden gerichtet, und erst als sie direkt vor ihm stand, hob sie den Kopf und schaute ihm in die Augen.

Er hatte das Bedürfnis, sie in die Arme zu nehmen und ihr zu sagen, was für ein Riesenidiot er gewesen sei, aber ihre Körpersprache sagte ihm das Gegenteil.

»Können wir reden?«, sagte er.

»Hier?«

Er zuckte mit den Schultern. Sie schaute sich um und wies auf das Wartezimmer.

»Kannst du dich daran erinnern, als wir am ersten Abend zusammen Kaffee getrunken haben?«, fragte sie.

Er nickte.

»Kannst du dich daran erinnern, was ich über deine Freiheitsliebe gesagt habe? Dass sie auch damals so groß gewesen ist?«

Robert nickte erneut.

»Ich habe deinen Freiheitsdrang immer akzeptiert, aber jetzt erkenne ich, dass es naiv von mir war zu glauben, dass ein Mensch, der es nicht wagt, sich anderen gegenüber ganz zu öffnen, Rücksicht auf meine Gefühle nehmen würde.«

Sie schüttelte den Kopf. »Ehrlich gesagt bin ich der Meinung, dass ich etwas Besseres verdient habe. Leb wohl, Robert.« Sie ließ ihm ein trauriges Lächeln zuteilwerden und kehrte ihm den Rücken zu.

Als sie weg war, streckte Arvid den Kopf ins Wartezimmer und sagte: »Du hast zehn Minuten mit Johanna.«

Johanna war wach, aber noch immer benommen von der Spritze, die Camilla ihr am Vormittag verabreicht hatte. Sie saß auf dem Bett. Robert nahm auf dem einzigen Stuhl im Zimmer Platz. Arvid blieb in der Tür stehen.

»Hallo, Johanna. Wie geht es Ihnen?«

Sie starrte ihn an.

»Es tut mir leid, dass wir Sie nochmals belästigen müssen, aber wir haben neue Informationen, und ich benötige Ihre Bestätigung.«

Sie lächelte ihn traurig an.

»Sie glauben nicht, dass er es war, oder?«

»Nein, ich glaube nicht, dass Ulrik Lauritzen jemanden ermordet hat.«

»Anfangs habe ich auch nicht daran geglaubt, aber als ich von der Neuen gelesen habe ... Es war, als würde es einfach zu gut passen. Es war genau so, wie er es gesagt hat.«

»Er? Ist das Strömberg?«

Sie riss die Augen auf, sagte aber nichts.

»Wollen Sie mir erzählen, wie Sie mit ihm in Kontakt gekommen sind?«

Sie schüttelte den Kopf.

»Kann er hier zu mir kommen?«

»Nein, das verspreche ich Ihnen.«

»Er wurde wütend. Sagte, er sei jetzt in Rente und habe keine Lust, über die ganzen alten Trottel zu sprechen.«

»Warum haben Sie Kontakt zu ihm aufgenommen?«

»Das Tagebuch. Mutters Tagebuch.«

»Hat Ihre Mutter in ihrem Tagebuch über Strömberg geschrieben?«

»Über ihn und Ulrik. Meine Mutter mochte Strömberg nicht, aber Ulrik konnte sie gut leiden. Ich habe im Internet nach ihm gesucht und herausgefunden, dass er in Kopenhagen wohnt, also bin ich stattdessen zu Strömbergs Wohnung gefahren.«

»Aber er wollte Ihnen nichts über Ihren Vater erzählen?«

»Nein. Er wollte mich nicht einmal reinlassen. Als ich aber sagte, dass ich auch mit Ulrik Lauritzen reden würde, wurde er ganz sonderbar. So spitz. Sagte, es wäre vermutlich eine gute Idee, den Mann zu kontaktieren, der schuld am Tod meines Vaters sei. Es machte mich traurig, aber dann sagte ich, dass ich wusste, dass meine Mutter daran schuld war.«

Sie verstummte.

»Was ist dann passiert?«

»Er bat mich herein, und plötzlich war er ganz freundlich. Er sagte, er hat immer ein schlechtes Gewissen gehabt wegen dem, was mit meinem Vater passiert ist. Dass mein Vater ihm gegenüber immer seine Unschuld beteuert hat und dass ihm erst nach dem Tod meines Vaters und nachdem er die Protokolle von Ulriks Gesprächen mit ihm gelesen hatte, Zweifel gekommen waren.«

Sie schüttelte den Kopf. »Ich glaubte ihm nicht, aber er sagte, er hätte Beweise, dass Ulrik Lauritzen meinen Vater ausgenutzt hat.«

»Meinte er damit das Buch?«

Sie nickte. »Bei unserem nächsten Treffen zeigte er mir sowohl das Buch als auch das Geständnis meines Vaters, und dann behauptete er, dass vielleicht Ulrik der eigentliche Fotomörder sei. Das habe ich natürlich nicht geglaubt, zumindest nicht, bis ich mit dem Anwalt gesprochen hatte.«

»Was ist dann passiert?«

»Strömberg sagte, er wolle Ulrik nach Växjö locken und mir helfen, es zu beweisen. Ich sollte nur die Umschläge ablegen und Ulrik unter Beobachtung halten, dann würde er sich um den Rest kümmern.«

Als sie zu Robert aufsah, hatte ihr Gesichtsausdruck etwas Trotziges an sich. »Er hat mich dazu gebracht, das zu glauben! Er hat mich dazu gebracht zu hoffen, dass mein Vater doch ein guter Mensch war!«

56

Sobald sie das Büro betraten, warf Nils Andersson Robert einen strengen Blick zu. »Wo zum Teufel seid ihr zwei gewesen? Hier steht alles kopf, und ihr verschwindet einfach?«

»Arvid und ich haben mit Johanna Ekdahl gesprochen. Strömberg hat ihr die Akte gegeben und sie überredet, die Umschläge auf Södra Ryd abzulegen.«

Malmström riss die Augen auf. »Ich hoffe, du bist dir darüber im Klaren, dass du eine verdammt gute Erklärung brauchst, wenn du damit durchkommen willst, einen Mann zu verdächtigen, der viele Jahre lang eine große Hilfe für uns gewesen ist.«

Bevor Robert etwas sagen konnte, mischte sich Pelle ein: »Kann mir mal jemand erklären, worum es hier geht?«

»Lass uns zu dem Punkt mit der Akte und dem handschriftlichen Dokument zurückspulen«, antwortete Robert. »Wir wissen, dass der Mörder all seinen Opfern die Nägel ausgerissen hat. Diese Tatsache ist nie öffentlich bekanntgemacht worden und steht auch nicht in Viklunds Geständnis. Aber Clara Petris Mörder muss davon gewusst haben. Als wir entdeckten, dass Ulrik das in seinem Buch beschrieben hat, habt ihr geglaubt, er wäre der Fotomörder. Aber es stand in den handgeschriebenen Unterlagen, die Ulrik in Strömbergs Büro gefunden hatte.«

Da Pelle aus Roberts Erklärungen offensichtlich nicht schlauer geworden war, übernahm Arvid: »Es war nicht der Mörder, der *On your dead body* geschrieben hat. Aber er hat die handschriftlichen Papiere zu Viklunds Akte verfasst.«

»Fang besser ganz von vorn an«, bat Nils Andersson.

»Vor wenigen Minuten habe ich mit Camilla Nylén telefoniert, und sie hat bestätigt, dass Strömberg ihr empfohlen hatte, Ulrik zu kontaktieren, als sie auf der Suche nach einem Dozenten zum Thema psychiatrische Traumata war.«

Als er in ihre ratlosen Gesichter schaute, stellte er fest, dass er an der falschen Stelle begonnen hatte.

»Anton Strömberg ist der richtige Fotomörder.«

Es war vollkommen still im Zimmer.

»Viklund wurde zu einem Zeitpunkt eingewiesen, als die Jagd nach dem Fotomörder auf Hochtouren lief, und wenn Arvid und ich Recht haben, was Strömberg betrifft, dann ist Viklund in seinem traumatisierten Zustand der perfekte Sündenbock gewesen. Strömberg hat ausreichend Zeit gehabt. Zuerst hat er sich vermutlich abgesichert, dass Viklund für keinen der Morde ein wasserdichtes Alibi hatte. Dann hat er ein chemisches Gefängnis errichtet sowie eine falsche Akte ausgearbeitet, der zufolge Viklund die Morde gestanden hat, und erst danach hat er die Polizei mit seiner Behauptung konfrontiert, Viklund sei der Fotomörder.«

»Ein chemisches Gefängnis?«, wunderte sich Malmström.

Robert erklärte, wie man mithilfe von Psychopharmaka Teile des menschlichen Bewusstseins außer Gefecht setzen konnte, zum Beispiel durch Antabus oder chemische Kastration.

»Das klingt nach einer äußerst riskanten Strategie, aber ich gebe zu, dass es theoretisch möglich ist«, sagte Malmström. »Aber warum fängt er jetzt wieder an? Und warum wird Johanna Ekdahl mit hineingezogen?«

»Genau deswegen haben wir mit Johanna Ekdahl geredet«, erklärte Robert. »Und sie hat zumindest Teile unserer Theorie bestätigt. Sie hat Strömberg aufgesucht, um mehr über ihren Vater herauszufinden. Zuerst reagierte er abweisend, später aber behauptete er, er könne beweisen, dass Ulrik schuld am Tod ihres Vaters und vielleicht auch an den Fotomorden sei und dass sie ihm helfen könnte, den Täter zu überführen, indem sie die Umschläge auf Södra Ryd ablegte.«

Robert gab Johannas Erklärung wieder, während Arvid hier und da eine Information ergänzte.

»Aber warum sollte er das tun? Wenn er wirklich der Fotomörder sein sollte, warum sich nicht einfach darüber freuen, dass er unentdeckt geblieben ist?«, fragte Pelle.

»In all den Jahren muss Strömberg einen Verdacht gehabt haben, dass Ulrik im Besitz der handgeschriebenen Seiten der Akte war und daher beweisen konnte, dass Strömberg das Geständnis fabriziert hatte.«

Es war vollkommen still im Zimmer, bis Malmström rief: »Findet Strömberg! Sofort!«

57

Die Wärme lag schwer über dem Linné-Park. Ein Tennisball wurde wieder und wieder über das Netz geschlagen. Hinter einem Spielplatz, auf dem zwei Mütter mit ihren Kindern am Sandkasten saßen, lag das Café, in dem Camilla und er Waffeln gegessen hatten. Warum hatte Robert nur nicht zugegeben, dass das zwischen ihnen beiden etwas ganz Besonderes war?

Er schloss das Auto ab und klingelte an Strömbergs Wohnung. Arvid und die Techniker waren schon seit einer Stunde dort zugange und hatten nicht das Geringste von Interesse gefunden. Jetzt hatte er Robert gebeten zu kommen.

»Nimm dir einen Schutzanzug und fass nichts an«, sagte Arvid. »Das ist nicht der Tatort, aber ich möchte deine Meinung zum Gesamteindruck hören.«

Robert zog den Schutzanzug über seine Kleidung und spürte, wie der dünne, dicht gewebte Stoff an den freien Hautstellen klebte.

»Dem Hauswart zufolge wohnt er seit etwa fünfundzwanzig Jahren hier«, sagte Arvid, als sie zusammen das Wohnzimmer betraten.

Die Einrichtung war typisch Achtzigerjahre, Strömberg hatte die Wohnung bei seinem Einzug möbliert und seither nichts verändert. Die Böden waren mit dicken weißen Teppichen ausgelegt, die Möbel waren entweder schwarz oder weiß, wenn man von einem großen Glastisch mit Stahlbeinen absah, der zwischen dem Ledersofa mit den breiten eckigen Armlehnen und einem passenden Sessel stand. An der schmalen Wand stand ein asymmetrisches weißes Montana-Regal, und soweit Robert es erkennen konnte, handelte es sich bei den meisten Titeln um Fachbücher der Psychiatrie.

»Nun, was sagst du?«, fragte Arvid.

»Es ist schwer vorstellbar, dass hier tatsächlich jemand wohnt.«

»Genau! Keine persönlichen Gegenstände, auch nicht im Schlafzimmer. Zudem wurde alles mit Klorin abgewischt. Ich glaube, ich habe noch nie eine Wohnung gesehen, die so kalt und steril ist wie die hier.«

Robert gab ihm Recht.

»Was sagt das über ihn?«, wollte Arvid wissen.

»Das sagt, dass er über eine extrem hohe Selbstkontrolle verfügt.«

»Ist das nicht trotzdem ein bisschen übertrieben? Ich meine, die meisten Menschen haben doch wohl irgendeinen Schrank oder eine Schublade, in der ein wenig Unordnung herrscht.«

»Habt ihr überprüft, ob er einen Kellerraum oder einen Bereich auf dem Dachboden hat?«

»Wir sind unten gewesen. Dort stehen nicht mehr als zwei Paar Ski, ein Paar Langlauf und ein Paar Slalom mit dazugehörigen Schuhen. Nicht einmal eine Staubflocke.«

»Arvid? Kommst du mal in die Küche?«

Einer der Techniker hatte den Kühlschrank vorgezogen und reckte sich über die Arbeitsplatte. Triumphierend tauchte er mit einer staubigen Fotografie in der Hand wieder auf. »Bingo!«, sagte er und reichte Arvid das Foto. Nur ein großer Fisch war zu sehen, der an einem Ast aufgehängt worden war. Der Fotograf hatte ein Bootspaddel danebengestellt, um die Größenverhältnisse zu verdeutlichen. Im Hintergrund war eine kleine rotbraune Hütte zu sehen, eher ein Schuppen, und unten in der linken Ecke, wo das Bild ziemlich unscharf war, konnte man einige gelbe Flecken erkennen, wobei es sich um Seerosen im Uferbereich eines Gewässers handeln könnte.

Arvid legte das Foto in eine durchsichtige Tüte und reichte sie mit strenger Miene dem Techniker, der das Bild gefunden hatte. »Das Erste, was du machst, wenn du ins Labor kommst, sind zehn Kopien von dem Foto, und die gibst du Robert mit rüber aufs Präsidium«, ermahnte er ihn.

Als Robert ins Polizeipräsidium zurückkehrte, hatte Linda bereits überprüft, dass Anton Strömberg außer der Wohnung keine weiteren Immobilien besaß.

»Es sieht auch nicht danach aus, als hätte er irgendetwas angemietet. Ich habe seine Bankkonten überprüft, und darauf finden sich keine regelmäßigen Bewegungen, die einer solchen Hütte entsprechen würden. Ich habe im Übrigen sein Auto zur Fahndung ausgeschrieben, er fährt leider einen dunkelblauen Volvo Kombi«, sagte sie.

»Leider?«

»Ja, hier in der Gegend entspricht das ungefähr der Suche nach einem Auto mit vier Rädern. Es wäre nett, wenn die Schurken ab und an mal einen mintgrünen Mini Cooper oder einen pink Cadillac fahren würden.«

Linda nahm ihm die Kopien des Fotos ab. Das Telefon klingelte, und sie griff nach dem Hörer, noch immer mit den Fotos in der Hand.

»Hallo, Arvid.«

Sie hörte zu und hielt das Foto in das Licht, das von draußen hereinfiel.

»Ja, das kann ich durchaus sehen. Ich lasse das von jemandem überprüfen.«

Nach einer erneuten Pause fragte sie: »Forelle? Bist du dir sicher?«

Sie legte wieder auf und sah Robert an.

»Er übersieht nie irgendetwas.«

Sie reichte ihm das Foto und zeigte auf eine Stelle.

»Kannst du das sehen? Das ist ein Flugzeug.«

Robert konnte nur einen weißen Fleck am blauen Himmel erkennen. »Ist das nicht nur eine Unschärfe im Bild?«

»Wenn Arvid sagt, dass es ein Flugzeug ist, dann ist es ein Flugzeug«, entgegnete Linda.

»Was war das für eine Forelle, über die du gesprochen hast?«

Sie zeigte auf den Fisch. »Das, was er fotografiert hat, ist eine Forelle. Die sind hier in der Gegend ziemlich selten. Es gibt nur ein paar Stellen, an denen man versucht hat, sie auszusetzen, und an den meisten Stellen sind sie im Laufe weniger Jahre wieder ausgestorben.«

Robert schaute sich um. »Wo sind die anderen?«

»Malmström hat eine Telefonkonferenz mit Rikskrim, Pelle ist unten beim Wachhabenden, um die Fahndung zu koordinieren, und Nisse wurde ein Anruf von der Notrufzentrale durchgestellt, der möglicherweise mit dem Fall in Zusammenhang stehen könnte. Ich glaube, er sitzt im Besprechungsraum.«

Der Anruf kam von Camillas ältestem Sohn Christoffer.

58

Es war Christoffer, der die Tür öffnete, aber sollte er Robert wiedererkennen, dann ließ er es sich nicht anmerken. Er ging mit Nils Andersson ins Wohnzimmer, während Robert im Flur stehen blieb und auf ein Paar kleine pinkfarbene Ballerinas starrte, die aus dem Schuhberg im Flur herausragten. Sie sahen relativ neu aus, allerdings war bei einem die Spitze abgeschabt.

Im Wohnzimmer schlug ihm der penetrante Geruch von angebranntem Essen entgegen. Vom Herd stieg dicker Qualm auf, aber das schien weder Andersson noch Christoffer zu stören. Robert ging zum Herd, schaltete die Abzugshaube ein und vernahm ein piependes Geräusch, als er die Herdplatte ausschaltete. Auf dem Boden des großen Topfs befanden sich die Reste des Reisgerichts; ausgetrocknetes Hühnchenfleich, Zwiebeln und Zuckererbsen, über die sich die charakteristische currygelbe Sauce wie eine unappetitliche Haut gelegt hatte.

Im Hintergrund hörte er Nils Andersson, ungewöhnlich geduldig: »Wie lange ist es her, dass du sie gesehen hast?«

Keine Antwort.

»Vielleicht eine Stunde? Kannst du dich erinnern …«

Robert unterbrach ihn. »Sie ist sicher schon länger

weg. Die ganze Flüssigkeit ist verkocht, und der Herd stand auf Stufe zwei.«

Christoffer riss die Augen auf, und Robert bereute, dass er das in Gegenwart von Camillas Sohn gesagt hatte.

»Wo sind die Mädchen?«, fragte er Christoffer.

»Oben in der Mühle. Sie haben sich eine Höhle gebaut, in der sie schon den ganzen Tag lang sind. Sie sagen, sie wollen bis zum Ende der Ferien darin wohnen. Das ist in sechs Wochen! Sie haben sogar einen alten Nachttopf gefunden«, sagte Christoffer mit einer Grimasse, die deutlich machte, dass er selbst für derartige alberne Spielchen viel zu alt war.

»Und Marcus?«

»Er sitzt vermutlich in seinem Zimmer und spielt World of Warcraft. Aber ich habe ihn gefragt, und er hat sie auch nicht gesehen.«

»Holst du ihn und die Mädchen, bitte?«, fragte Nils Andersson.

Robert öffnete die Tür zum ersten Zimmer im Erdgeschoss, schloss sie aber schnell wieder, nachdem ihm ein Regal mit Fotoausrüstung zu verstehen gab, dass es Daniels Zimmer sein musste. Im nächsten Zimmer schaute ihn von einem Poster über dem Bett ein Fußballspieler von Real Madrid an. Die Decke war nachlässig über das Bett geworfen worden, und sowohl auf dem Fußboden als auch auf dem Stuhl vor dem Schreibtisch lagen haufenweise Klamotten herum. Kein Marcus.

Robert fand ihn im Zimmer am Ende des Flurs. Der Junge hatte den Rücken zur Tür gewandt und starrte auf einen Computerbildschirm. Er hatte überdimensionale Kopfhörer auf, die Micky-Maus-Ohren ähnelten und seine rotbraunen Haare quer über den Kopf hinweg scheitelten.

Robert rief mehrmals seinen Namen. Schließlich drehte Marcus sich ruckartig um und starrte Robert mit weit aufgerissenen Augen an. Als er ihn wiedererkannte, breitete sich auf seinem Gesicht ein erleichtertes Lächeln aus. Dann wandte er sich wieder zum Computer und sagte nach ein paar Mausklicks auf Englisch: *»Ich muss gehen. Versuch den Boss zu meiden. Bin gleich zurück.«*

Als er sich zurückdrehte, sah Robert das Mikrofon, das hinter dem linken Ohr hervorschaute.

»Hallo«, sagte er ohne großen Enthusiasmus.

Robert versuchte, unbesorgt zu klingen: »Hallo, Marcus. Eure Mutter ist zurzeit nicht auffindbar. Die Polizei ist hier und möchte mit euch sprechen. Können wir zu den Mädchen gehen?«

Marcus blinzelte ein paar Mal, bevor er aufstand und sich langsam in Bewegung setzte. Auf der Treppe hielt er inne, um sich zu vergewissern, dass Robert ihm folgte. Anstatt direkt in die alte Getreidemühle hineinzugehen, öffnete Marcus die erste Tür im Flur. Das musste das Zimmer der Mädchen sein; Puppen, Anziehsachen und kleine bunte Plastikpferde lagen überall verstreut, und hinter der Tür steckte eine Puppe ohne Füße kopfüber in einem Eimer mit Perlen.

Marcus ging weiter den Flur mit den schrägen Wänden entlang, der durch drei niedrige Fenster in Fußhöhe erhellt wurde. Camillas Schlafzimmer befand sich direkt unter dem spitz zulaufenden Dach. Mitten im Zimmer stand ein altes Bett aus dunklem Holz. Die gestreifte

Bluse, die Camilla angehabt hatte, als sie Johanna Ekdahl im Polizeipräsidium untersucht hatte, hing über dem Fußende, als wäre Camilla kürzlich erst da gewesen, um sich umzuziehen.

Durch das Fenster sah Robert, dass vor der gegenüberliegenden Scheune ein blauer Lieferwagen parkte.

»Nein, das ist nur der Nachbar, der nach Hause kommt. Er wohnt dort drüben«, sagte Marcus und zeigte auf ein weiß gestrichenes Backsteinhaus.

Schweigend gingen sie durch den Flur zurück, und Robert bemerkte, dass Marcus' Bewegungen mechanisch waren. Sicher machte er sich Sorgen, auch wenn er so tat, als wäre nichts.

Bevor Robert die Treppe hochging, warf er einen Blick auf die beiden Korbsessel, in denen Camilla und er vor zwei Tagen gesessen und Kaffee getrunken hatten.

Sarah und Marie hatten sich oben in der Mühle eine Höhle gebaut, indem sie eine geblümte Steppdecke über einen Tisch gelegt hatten. Als Marcus die Decke nach oben riss, sah er zwei Paar Mädchenfüße unter der Tischkante hervorlugen.

»Ihr sollt mit runterkommen«, sagte Marcus.

»He, was tust du? Jetzt hast du unsere Höhle kaputt gemacht«, ertönte eine Stimme aus dem Dunkeln. Marcus antwortete nicht, und Robert konnte sehen, wie er die Zähne zusammenbiss.

»Mama ist verschwunden!« rief er. »Eure Höhle ist mir scheißegal.«

Ein Gesicht mit einem großen braunen Augenpaar, umrahmt von zerzausten Haaren, tauchte auf. »Ist sie verschwunden?«

Als Marie anfing zu weinen, nahm Sarah ihre Schwester tröstend in den Arm und versuchte, sie zu beruhigen. Doch das Schluchzen wollte nicht verstummen.

59

Nils Andersson hatte die Fenster geöffnet, und Robert vernahm das Rauschen des Wassers durch die Schleuse wie ein entferntes Brausen. Die Kinder saßen auf dem Sofa.

»Ich habe die Kollegen angerufen. Kannst du draußen auf sie warten, während ich mit den Kindern spreche? Sag ihnen, dass sie mit den Nachbarn anfangen sollen«, sagte Nils Andersson.

Nachdem er sich eine Zigarette angezündet hatte, ging Robert auf dem Schotterweg auf und ab. Er hatte gerade die Kippe ausgetreten, als neben dem Lieferwagen des Nachbarn ein Streifenwagen mit einer abrupten Bremsung stoppte und zwei Männer ausstiegen. Bevor Robert etwas sagen konnte, sprintete der Größere von ihnen zum Haus des Nachbarn, während der andere auf Robert zukam.

»Bengt Nydahl.«

Er war ein Mann von gedrungener Gestalt mit ruhigen blauen Augen und strubbeligen Haaren, die ihn ein wenig schüchtern erscheinen ließen, seine Stimme aber war tief und fest.

»Mein Kollege Lars überprüft, ob die Nachbarn etwas gesehen haben. Haben die Kinder überhaupt keine Idee, wo sie sein könnte?«

»Der Älteste, Christoffer, sagt, dass sie oft die Nachbarn ein paar Häuser weiter besucht, aber für gewöhnlich fährt sie dort mit dem Rad hin, und das steht im Schuppen. Sollen wir sicherheitshalber dort anrufen?«, sagte Robert.

Marcus tauchte in der Tür auf.

»Hallo, Marcus«, sagte der Polizist. Marcus antwortete mit einem zurückhaltenden Nicken.

»Ist eure Mutter öfter bei Stefan und Monica?«

»Sie macht mit Monica zusammen Saft und Marmelade.«

Bengt Nydahl zog ein Handy aus der Tasche und suchte im Adressbuch nach einer Nummer. Wie in alten Tagen, dachte Robert. Die Polizisten auf dem Lande, die alle und jeden kannten.

»Hallo, Monica, hier spricht Bengt Nydahl. Ich wollte nur fragen, ob ihr Camilla Nylén heute gesehen habt?« Nach einer kurzen Pause fuhr er fort: »Nein, es gibt sicher keinen Grund zur Besorgnis.« Eine Frau war in der Leitung, und Bengt Nydahl hielt das Telefon ein Stück vom Ohr weg, bis es am anderen Ende der Leitung wieder still wurde.

»Nein, es ist nicht Ola Grindforss«, antwortete er ruhig. »Das kann ich garantieren.«

Wie lange war Camilla inzwischen weg? Ihre Tasche mit Handy, Portemonnaie und Schlüsselbund lag im Flur, und das Auto stand in der Einfahrt neben Daniels ramponiertem Jeep. Christoffer zufolge war sie früher als üblich von der Arbeit nach Hause gekommen. Die Großmutter war den ganzen Tag über bei den Kindern gewesen, wollte sich aber mit einer Freundin treffen, um mit ihr ins Theater zu gehen. Keines der Kinder hatte Camilla gesehen, nachdem die Oma gefahren war. Camilla war müde gewesen, und Christoffer hatte gedacht, sie habe sich hingelegt und würde sich ausruhen. Er hatte entdeckt, dass sie verschwunden war, als Daniel aus Stockholm angerufen hatte und mit ihr sprechen wollte.

Robert bot an, Camillas Mutter anzurufen, um sich zu erkundigen, wann sie gefahren war.

»Camilla war sehr traurig, aber sie würde sich niemals etwas antun!«, brach es aus Ulla Nylén heraus.

Sich etwas antun? Daran hatte Robert am allerwenigsten gedacht.

»Wann sind Sie hier weggefahren?«, fragte er.

»Um kurz vor fünf«, antwortete sie. »Als ich gefahren bin, lag Camilla in der Hollywoodschaukel und hat gelesen. Wir vereinbarten, dass ich mich nicht bei ihr zurückmelden würde, wenn es spät werden sollte. Sie war sehr müde«, fügte sie in einer Tonlage hinzu, die bei Robert den Verdacht aufkommen ließ, dass Camilla ihrer Mutter erzählt hatte, warum sie schlecht geschlafen hatte.

Durch das Fenster konnte er Camillas vier Kinder im Wohnzimmer auf dem Sofa sitzen sehen.

»Wenn Sie keine weiteren Fragen haben, würde ich meiner Freundin sagen, dass wir für einen anderen Tag Theaterkarten besorgen.«

»Nein. Ich habe keine weiteren Fragen.«

Bengt Nydahl entdeckte das Buch, in dem Camilla gelesen hatte, im Gras neben der Terrasse. Es war ein kleines Buch, *Mit dir gehen*, von einem Autor namens Lars H.

Gustafsson. Robert las den Klappentext. Es ging um Mitmenschlichkeit, und die Betonung lag auf dem Wort *mit*, nicht auf *gehen*.

Nydahl fand auch frische Spuren in dem hohen Gras hinter dem Haus, wo die Kinder laut Christoffer nicht hingehen durften, und schließlich entdeckte er auch eine Reifenspur hinter den Bäumen, die zwischen Straße und Garten als Sichtschutz dienten.

Aber keine Spur von Camilla.

60

Die Jungs hatten es sich auf ein paar Kissen auf dem Boden bequem gemacht. Marie lag in einer Sofaecke und hatte ihre Füße auf Sarahs Beinen gelegt. Robert saß daneben und tat so, als würde er dem Geschehen von *Alvin und die Chipmunks* folgen. Christoffer hatte vorgeschlagen, dass sie sich zusammen mit den Mädchen einen Film anschauen, und wie sich zeigte, waren drei Streifenhörnchen auf dem Weg zur Popstar-Karriere weitaus besser geeignet, um ihre Aufmerksamkeit abzulenken, als Robert.

Strömberg. Er konnte es noch immer nicht glauben. Anton Strömberg war sein Vorbild gewesen; der beste Lehrmeister, den er jemals gehabt hatte, und jetzt stellte sich heraus, dass er ein Serienmörder war. Warum hatte er Camilla entführt? Hatte es beruflich Unstimmigkeiten gegeben? War es Zufall?

Nichts in Strömbergs Modus Operandi deutete darauf hin, dass er überhaupt irgendetwas zufällig tat, und jedes Mal, wenn Robert an Camilla dachte, überlagerte das Bild von ihrem Gesicht das von Anna Lindberg. Als ihm die Unterhaltung in den Sinn kam, die sie zu einem früheren Zeitpunkt des Tages draußen im Sigfrids geführt hatten, ballte er seine Hände zu Fäusten.

Nils Andersson kam herein und bat Robert, ihn nach draußen zum Auto zu begleiten.

»Ich muss fahren. Bleibst du hier, bis Camillas Mutter kommt?«

»Wie sieht's aus?«

»Die Kollegen wissen jetzt ungefähr, wo Strömbergs Hütte liegt. Einer der Fluglotsen vom Smålands International Airport hat sich eine Vergrößerung des Fotos angesehen, und er ist sich ganz sicher, dass es sich bei dem Flugzeug im Hintergrund um die Abendmaschine nach Stockholm handelt. Ein Experte hat die Flughöhe eingeschätzt, woraufhin wir ein einigermaßen überschaubares Gebiet abgrenzen konnten.«

»Einigermaßen?«

»Sie sind der Meinung, dass das Foto irgendwo zwischen Furuby und Dädesjö aufgenommen worden ist. Das ist ein recht dünn besiedeltes Waldgebiet von rund einhundert Quadratkilometern.«

»Einhundert Quadratkilometer?!« Nils Andersson faltete eine Karte der Region auf. Sie ähnelte der Karte von Södra Ryd; Grün, Grün und noch mehr Grün, mit vereinzelten blauen Flecken hier und dort.

»Wir konzentrieren uns auf den südlichen Teil«, erklärte er und zeigte auf einen der blauen Flecke.

»Warum?«

»Vor fünfzehn Jahren wurden hier im Vikasjön Forellen ausgesetzt. Man hatte gehofft, sie würden sich über die Flüsse, die kreuz und quer durch das gesamte Gebiet verlaufen, in den vielen Seen ausbreiten. Das ist nicht gelungen, aber …«

Nils Andersson wurde vom Klingeln seines Handys unterbrochen. Ungeduldig erklärte er dem Anrufer, dass sie noch immer nichts von Camilla gehört hatten.

»Ich treffe euch auf dem Parkplatz der Jäger nördlich von Furuby«, sagte er. Dann hörte er zu, bis er mit einem Knurren entgegnete: »Findet Strömberg, dann finden wir auch Camilla Nylén!«

Als er das Gespräch beendet hatte, drehte er sich zu Robert um. »Ich möchte, dass du hierbleibst. Wir haben da draußen ausreichend Leute, und vielleicht taucht sie auch von allein wieder auf.«

»Das glaubst du doch selbst nicht.«

Nils Andersson wich seinem Blick aus.

Als Camillas Mutter eingetroffen war, ergriff Robert die Flucht. Er hätte sich Zeit nehmen sollen, um sie zu beruhigen, aber er wollte einfach nur weg. Also überließ er sie Bengt Nydahl, der in Marcus' Zimmer so etwas wie eine kleine Kommandozentrale eingerichtet hatte.

Sein Auto stand noch immer vor dem Polizeipräsidium, sodass er sich, ohne zu fragen, Camillas Autoschlüssel schnappte. Er hoffte, sie hatte eine vernünftige Karte im Handschuhfach, in der entweder Furuby oder Dädesjö zu finden war – andernfalls hatte er verloren.

Es gab keine Karte, aber ein GPS, mittels dessen eine nasale Frauenstimme darauf bestand, ihn eine schmale Landstraße entlangzulotsen, die durch unendliche Reihen von Nadelbäumen führte. Camillas Auto verlor bei jeder scharfen Kurve an Tempo, weil die Kupplung schwergängig und das Schaltgetriebe abgenutzt waren, aber dadurch verschwand Strömberg aus seinen Gedanken.

Was sollte er Camilla sagen, wenn er sie wiedersah?

Gab es überhaupt etwas, das er zu seiner Verteidigung vorbringen konnte? Ihre Analyse ihrer Beziehung war erschreckend korrekt gewesen, und sie führte dazu, dass er sie noch mehr respektierte. Er konnte ihr nur beipflichten: Sie hatte etwas Besseres verdient.

Auch wenn es fast schon zehn Uhr war, als er sich Furuby näherte, war es noch immer nicht dunkel. Das erste Schild, das er passierte, war das Ortsschild von Furuby entlang der Straße nach Kalmar. Er gab Dädesjö ins GPS ein, allerdings lag die vorgeschlagene Route viel weiter östlich als jene, die ihm Nils Andersson auf der Karte gezeigt hatte. Er schaltete das GPS aus und bog nach links Richtung Växjö ab und erreichte nach ein bis zwei Kilometern einen Rastplatz mit einer Infotafel von der Gegend. Er hielt an und studierte die detaillierte Karte. Es gab zwei Wege nach Dädesjö, wobei einer näher am Vikasjön vorbeiführte und jener war, von dem Nils Andersson berichtet hatte. Auch wenn der »Parkplatz der Jäger« auf der Karte nicht vermerkt war, entschied sich Robert, abzubiegen und Nisse & Co zu finden.

Er hatte rund fünf Kilometer auf einer schnurgeraden asphaltierten Straße zurückgelegt, als die Lichtkegel der Scheinwerfer erstmals etwas anderes erfassten als Nadelbäume. Als er näher kam, erkannte er rechter Hand orangefarbene und neongrüne Reflexwesten, wie sie Straßenbauarbeiter für gewöhnlich trugen. Er bremste und hielt am Ende einer Reihe von Geländewagen.

Aus der Ferne waren Stimmen zu vernehmen.

»Wir fahren hier nicht weg!«

»Dieser Irre rennt in unserem Wald herum.«

»Sie haben kein Recht, uns wegzuschicken.«

Inmitten der Gruppe stand Arvid, und zum ersten Mal, seit Robert ihn kannte, schien er wirklich wütend zu sein.

»Ich scheiße auf eure Wilderer. Eine Frau wurde entführt, und wir suchen sie. Sie halten sich fern.« Es entstand ein betretenes Schweigen, und nur die Atemzüge der Männer waren zu hören.

»Wenn mir ein Einziger von euch auch nur einen Meter entfernt von der Straße begegnet, ziehe ich von allen die Jagdlizenzen ein.«

Er wandte sich ab und entdeckte Robert. Die aufgeregten Männer begannen sich erneut zu beschweren, aber Arvid ignorierte sie und ging Robert entgegen.

»Was machst du hier? Nisse hat gesagt, dass du bei Camilla Nyléns Kindern bleibst.«

»Ich will helfen. Die Großmutter ist bei den Kindern, und ich kann nicht nur darauf warten, dass ihr Camilla findet.«

Arvid seufzte. »Nisse hasst es, wenn seine Anweisungen nicht befolgt werden.«

Dann musterte er Robert vom Scheitel bis zur Sohle. »Komm mit. Du brauchst andere Klamotten.«

Während Robert seine Füße in ein Paar feuchte Gummistiefel steckte und sich eine Wachsjacke überzog, die viel zu groß war, erklärte Arvid, dass es sich bei den Männern in den Reflexwesten um Mitglieder des Jagdverbandes handele. Sie suchten nach einem Wilderer, der eine Elchkuh erschossen und ihre beiden Kälber schutzlos zurückgelassen hatte, und jetzt hatten sie beschlossen, eine Kette zu bilden und das gesamte Gebiet zu durchkämmen.

»Können wir sie nicht für unsere Suche einspannen?«, fragte Robert.

Arvid schüttelte den Kopf. »Ich kenne einige von ihnen. Die sind unberechenbar. Außerdem glaube ich, dass die meisten nicht ganz nüchtern sind.«

Er betrachtete Robert in der geliehenen Ausrüstung. »Du solltest besser auch die hier anziehen«, sagte er und reichte ihm eine neongrüne Reflexweste.

Robert zog sie über die Jacke und verkniff sich die Frage, warum Arvid selbst keine Reflexweste trug. Arvid breitete eine Karte auf der Motorhaube aus und zeigte Robert, wie Malmström das Gebiet unterteilt und den Suchtrupps zugeteilt hatte.

»Keinem der Jäger ist die Hütte auf dem Foto bekannt, aber dem Vorsitzenden zufolge befinden sich mehrere Hütten auf kleinen Parzellen, die verkauft wurden und daher nicht in das Jagdgebiet eingehen. Die meisten von ihnen liegen hier mitten in dem Gebiet. Wir bewegen uns von außen immer weiter nach innen, sodass wir uns dann hier treffen.«

Er zeigte auf einen Bereich, der sich etwa zehn Kilometer entfernt von ihrem derzeitigen Standpunkt zwischen zwei kleinen Seen befand.

Hinter Camillas Auto hielt ein Streifenwagen, aus dem ein Polizist ausstieg. Er war sicher über zwei Meter groß und hatte breite Schultern. Er winkte, ging auf Arvid zu und grüßte: »Hallo. Ich habe gehört, ihr habt hier ein Problem?«

»Wir suchen einen Serienmörder, der eine Frau entführt hat. Ich will unter keinen Umständen, dass die Jäger in dem Gebiet herumlaufen, das wir durchsuchen.«

Der Hüne nahm die Jäger in Augenschein. Dann klopfte er Arvid auf die Schulter, der für einen Moment das Gleichgewicht verlor.

»Ich kläre das«, brummte er.

61

Sie fuhren nordwärts, bis sie linker Hand auf einen schmalen Schotterweg trafen. Arvid bog ab, musste aber nach wenigen Metern aufgeben, weil der Pfad meterhoch zugewuchert war.

»Hier ist er nicht reingefahren«, sagte Arvid. »Aber wir halten uns an die Anweisungen.«

Eine halbe Stunde folgten sie zu Fuß dem Weg, dann ging Arvid in den Wald hinein. Die Stämme der Nadelbäume waren bis zu einer Höhe von gut zwei Metern kahl, sodass sie relativ gut vorankamen. Egal in welche Richtung er sah, es gab nur noch Baumstämme um sie herum. Und über ihren Köpfen bildeten die Tannen ein geschlossenes Dach, sodass schwer vorstellbar war, dass sich noch immer irgendwo dort oben der Himmel befand, mit funkelnden Sternen und erleuchtet von einem kalten halbrunden Mond. Das erinnerte Robert an seine Zeit in der Almegårds-Kaserne, die Nächte im Wald Almindingen und das Marschgepäck mit den mürben Leinenschlaufen aus dem Zweiten Weltkrieg – aber jetzt fehlte ihm das Gewehr, und es lagen Welten zwischen den schwarzen ledernen Militärstiefeln und den klammen Gummistiefeln, die bei jedem Schritt quietschten.

Sie erreichten eine kleine Lichtung. Arvid hielt inne

und lauschte lange, ehe er das Funkgerät einschaltete. »Streife vier«, flüsterte er. »Gibt's was Neues?«

»Zentrale hier«, knatterte es. »Nichts Neues.«

Arvid breitete die Karte aus und zog ein kleines GPS aus seiner Tasche. Er drückte auf einen Knopf und wartete.

»Es funktioniert nicht!«

Er schüttelte das Gerät und schaute erneut darauf.

»Was zur Hölle machen wir jetzt? Die Zentrale kann uns schließlich nicht den Weg sagen, wenn wir selber nicht mal wissen, wo wir genau sind.«

Robert blickte in den Nachthimmel hinauf. Der Polarstern. Der Mond. Dann nahm er Arvid die Karte aus der Hand.

»Kannst du für Licht sorgen?«

Arvid schaltete die Taschenlampe ein und richtete den Lichtschein auf die Karte. Robert ignorierte sein ungeduldiges Schnauben und studierte die Karte.

»Da. Wir sind ein Stück zu weit östlich, aber nicht sonderlich viel.«

Arvid kniff die Augen zusammen. »Und da bist du dir sicher?«

»Ganz sicher. Ich habe das bei einem Fernkurs gelernt.«

Arvid runzelte die Stirn, und Robert lachte.

»Ich habe meinen Wehrdienst auf Bornholm abgeleistet. Dort gibt es einige Gebiete, in denen man nicht auf den Kompass vertrauen kann, und hat man sich während eines Orientierungsmarschs ausreichend oft verlaufen, lernt man, sich zu orientieren und Karten zu lesen.«

Sie setzten ihre Wanderung fort. Roberts Strümpfe

waren bis zu den Knöcheln gerutscht, wo sie dicke Wülste bildeten, und es war deutlich zu spüren, dass sie bereits einige Stunden unterwegs waren. Plötzlich hob Arvid einen Arm und blieb stehen.

Robert hörte ein Geräusch, das wie ein Brüllen klang, und im gleichen Moment spürte er, wie der Boden unter seinen Füßen vibrierte. Er sprang hoch und griff nach dem untersten Ast des nächsten Baumes. Ein Gummistiefel rutschte ihm vom Fuß, als er die Beine nach oben zog, aber er hielt sich fest. Aus dieser Position heraus sah er, wie Arvid von einem Koloss attackiert wurde, der aus dem Unterholz herausgeschossen kam. Er hörte das Ratschen, als der Stoff seiner Hose riss, und er sah, wie Arvids Beine unter ihm nachgaben.

Als sich das Tier umdrehte, um sich auf einen neuen Angriff vorzubereiten, sah er die Hauer und hörte das gellende Grunzen. Das Tier war ein Wildschwein. Arvid lag zusammengekrümmt am Boden und reagierte nicht, als Robert versuchte, ihn zu warnen: »Es kommt zurück!«

Das Wildschwein war ungefähr zwanzig Meter von ihm entfernt, scharrte gereizt mit dem Vorderlauf und schnaubte, sodass Tannennadeln und Staub vor seiner Schnauze aufstiegen. Robert sah sich um und entdeckte einen Stein von passender Größe. Es kribbelte in seinen Armen und stach in den Handflächen, als er den Ast losließ und federnd auf dem Waldboden landete. Mit zwei Sätzen war er bei dem Stein, packte ihn und zog. Er rührte sich nicht vom Fleck. Roberts Hände glitten über den Waldboden, bis sie etwas ertasteten, das nachgab. Es war sein Gummistiefel. Nicht gerade seine bevorzugte Waffe, aber das Tier war im Anmarsch, die Erde bebte erneut, und er holte weit aus und traf den großen Keiler genau zwischen den Augen, als dieser auf dem Weg zu seinem Ziel an ihm vorbeidonnerte. Eine gefühlte Ewigkeit taumelte er, stieß dann ein Brüllen aus und machte sich von dannen.

Während Schmerz und Unglaube um die Macht über seine Gesichtsmuskeln kämpften, schaute Arvid zu Robert. »Gerettet durch einen Gummistiefel! Danke«, sagte er, bevor er sich dem Schmerz ergab.

Es brauchte keine medizinische Ausbildung, um zu erkennen, dass sich Arvid eine ernsthafte Verletzung zugezogen hatte. Die Stoßzähne hatten sowohl Haut als auch Muskeln, Sehnen und Adern verletzt, und hier und da in der blutenden Wunde konnte Robert Knochenstückchen des Schienbeins erahnen. Er zerrte sich Weste und Jacke vom Körper, zog sein durchgeschwitztes T-Shirt aus und riss es in lange Streifen.

»Zur Hölle tut das weh«, jammerte Arvid, als Robert vorsichtig die Haut über die Wunde schob, bevor er einen Verband anlegte, um die Blutung zu stoppen. Arvid stöhnte auf und versuchte, das Funkgerät und die Karte aus seiner Jackentasche zu ziehen.

»Kannst du herausfinden, wo wir sind?«

Robert suchte sich eine Stelle, von der aus er den Himmel sehen konnte, und machte ihre Position auf der Karte aus. Arvid setzte sich auf, und als er der Zentrale mitteilte, dass er verletzt war und wo er sich befand, war seine Stimme so ruhig, als würde er von einer Entenmutter reden, die über eine vielbefahrene Straße eskortiert werden musste.

»Sie sind in anderthalb Stunden hier«, sagte er.

Robert legte Arvids Bein auf übereinandergestapelte alte Zweige, damit die Blutzufuhr zur Verletzung minimal war, und als er sich die Wunde eine halbe Stunde später ansah, blutete sie kaum noch. Er legte einen neuen Verband an.

Arvid hatte gedöst, aber der Schmerz brachte ihn wieder zu vollem Bewusstsein. Als er hörte, dass die Blutung unter Kontrolle war, erhob er sich prustend.

»Wollen wir weiter?«, fragte er.

»Wovon redest du? Mit dem Bein kannst du nirgendwohin. Wir bleiben hier, bis Hilfe kommt.«

»Auch wenn das Camilla Nylén vielleicht das Leben kostet?«

Er griff sich einen Ast, der ihm als brauchbarer Gehstock erschien. Dann reichte er Robert die Karte und das Funkgerät und legte einen Arm um seine Schulter.

62

Immer wenn die Bäume den Blick zum Himmel freigaben, hielten sie an und überprüften mithilfe der Karte ihre Position. Arvid schleppte sich auf Roberts Schulter gestützt langsam voran.

Am Anfang war sich Robert nicht sicher, aber es schien, als seien die Konturen des Waldes zu seiner Linken schärfer abgegrenzt als zu seiner Rechten. Laut Karte hatten sie noch etwa einen Kilometer geradeaus vor sich. Als der verschwommene Lichtstreifen sie ein gutes Stück weit begleitet hatte, überredete er Arvid, sich an einen Baum gelehnt hinzusetzen und auszuruhen, und machte sich auf in die Richtung, aus der das Licht kam.

Seit sie in den Wald hineingegangen waren, hatte er das Gefühl gehabt, dass alle Geräusche verzerrt wurden, wodurch das geringste Rascheln erschreckender wirkte als der laute Schrei eines angreifenden Raubvogels. Jetzt aber hatte er das Gefühl, dass die Dunkelheit weniger kompakt wirkte, je weiter er sich nach vorn bewegte, und schließlich war es so hell, dass er die braune Waldmaus nicht nur hörte, sondern auch tatsächlich sah, als sie sich aufgescheucht durch seine knirschenden Gummistiefel ein Versteck suchte.

Es handelte sich um eine kleine Lichtung mit einem See in der Mitte, der im Mondschein glänzte. Es war

unmöglich zu sagen, ob es sich um den See auf Strömbergs Foto handelte. Er war mit Seerosen bedeckt, aber
das traf auch auf den See bei Södra Ryd wie vermutlich
auf die meisten anderen schwedischen Waldseen zu,
und von der Stelle aus, wo Robert stand, konnte er keine
Hütte ausmachen. Würde er aus dem Wald hinaustreten,
würde er im Schein des Mondlichts stehen, also folgte er
im Schutz der Dunkelheit dem Ufer.

Die Hütte war wie aus dem Nichts plötzlich da. In
einem Moment hatte er nur die Baumstämme vor sich,
Sekunden später tauchte mitten in seinem Blickfeld der
Lichtschein aus zwei niedrig sitzenden Fenstern auf. Das
Herz schlug Robert bis zum Hals, und ohne den Blick von
der Hütte abzuwenden, ging er langsam ein paar Schritte
rückwärts. Da das Licht in dem einen Fenster weitaus heller war, nahm er an, dass sich die Lichtquelle in einem der
Räume befand und die Verbindungstür offen stand.

Als er das Haus beobachtete, erschien in dem dunkle-
ren der Fenster eine Gestalt. Es war ein Mann, so viel war
sicher, aber Robert konnte sein Gesicht nicht erkennen.
Es schien, als würde er direkt zu Robert hinüberstarren,
und Robert hielt instinktiv die Luft an, solange der Mann
am Fenster stand. Dann drehte er sich um, und Robert
konnte kurz sein Profil sehen. Sein Kopf war kahl rasiert,
die Stirn hoch, genau so wie er Strömberg in Erinnerung
hatte.

Roberts erster Gedanke war, zur Hütte zu stürzen und
die Tür aufzureißen. Wenn Strömberg bewaffnet war
und ihn übermannte, riskierte er, mehr Schaden als Nutzen anzurichten. Er konnte über Funk die Zentrale informieren, aber was würde passieren, wenn sich heraus-

stellen sollte, dass er falschlag? Dann würden sich alle Suchtrupps in die verkehrte Richtung bewegen, und sie würden wertvolle Zeit vergeuden.

Er ging tiefer in den Wald hinein, während er überlegte, wie er herausfinden konnte, ob es die richtige Hütte war. Das Foto aus Strömbergs Wohnung war aus einem Winkel aufgenommen worden, in dem der See im Vordergrund der Hütte lag. Es war kein großer See, und wenn er sich im Schutz des Waldes hielt, konnte er den See rasch umrunden und das Haus vom richtigen Winkel aus betrachten.

Als er am anderen Ende des Sees angekommen war, hielt er es für sicher, den Wald zu verlassen und sich hinunter zum Ufer zu begeben. Vorsichtshalber kroch er auf allen vieren vorwärts, und erst als er im Schutz des hohen Schilfs lag, sah er auf. Es war die richtige Hütte, da war er sich sicher, zudem parkte rechts neben dem Haus ein dunkelblauer Volvo. Während er zum Waldrand zurückrobbte, zerrte er sein Funkgerät aus der Tasche.

»Hier Streife vier. Ich habe Strömbergs Hütte gefunden.«

»Hier Zentrale. Arvid?«

»Nein, hier ist Robert Strand. Arvid ist verletzt.«

Am anderen Ende der Leitung knackte es. Dann war Pelles Stimme zu hören.

»Robert? Hier ist Pelle.«

»Ich habe die Hütte gefunden! Ich weiß nicht, ob Camilla hier ist, aber ich habe Strömberg und sein Auto gesehen. Du musst den anderen sagen, dass sie rüberkommen sollen.«

»Gib mir deine Position durch.«

Er las die Koordinaten von der Karte ab.

»Und noch was, Robert.«

»Ja?«

»Halt den Ball flach, damit du nicht in die Schusslinie gerätst.«

Das versprach er, und wenn ihm kein Rauchgeruch in die Nase gestiegen wäre, hätte er sein Versprechen auch gehalten.

Irgendetwas brannte, aber wo? Der Geruch nahm ab, war schwächer geworden, und als er Arvid fragte, ob er Rauch riechen würde, schüttelte der blasse Kollege nur den Kopf. Die kurze Ruhepause hatte seine Atmung ruhiger werden lassen, aber er war ohne Zweifel stark angeschlagen.

»Ich habe die Hütte gefunden, sie liegt knapp einen Kilometer von hier entfernt. Ich gehe zurück und observiere sie, während Pelle die anderen Streifen hierherbeordert«, sagte Robert.

Arvid rappelte sich auf.

»Gib mir deine Hand.«

»Meinst du nicht, es ist besser, wenn du hierbleibst?«

»Hilfst du mir, oder soll ich selbst gehen?«

Robert gab ihm die Hand, und Arvid stützte sich ab. Als sie die Stelle erreichten, wo Robert Strömberg durch das Fenster beobachtet hatte, war der Geruch von Rauch wieder ganz deutlich, aber auch wenn die Hütte keine zwanzig Meter von ihnen entfernt war, konnte Robert weder Rauch noch Flammen sehen. Er konzentrierte sich so sehr auf den Geruchssinn und das Sehen, dass er die Geräusche hinter sich nicht bemerkte, bis eine Stimme von weit weg rief: »Er hat hier ein Lagefeuer entzündet, aber er ist verschwunden!«

Dann eine weitere Stimme, etwas näher: »Er läuft zum See runter!«

Eine dritte Stimme rief eine Antwort, aber sie war zu weit weg, sodass Robert nicht hören konnte, was gerufen wurde. Dann wieder die erste Stimme: »Schneidet ihm den Weg nach Westen ab!«

Im gleichen Augenblick streifte eine dunkel gekleidete Gestalt so nah hinter ihm vorbei, dass er zwischen den Schritten den keuchenden Atem hören konnte. Erst dachte er, es müsse sich um einen Streifenbeamten handeln, aber dann sah er leuchtendes Orange zwischen den Ästen. Das mussten die ortsansässigen Jäger sein, die ihrem Wilderer auf der Spur waren.

Er warf sich neben Arvid auf den Boden und wäre um ein Haar von Strömberg entdeckt worden, der die Tür zur Hütte aufstieß. Strömberg hielt inne und lauschte. Das Gewehr in seiner rechten Hand zeigte nach unten. Eine Wolke schob sich vor den Mond, irgendwo hinter sich hörte Robert das Knacken eines trockenen Astes, und als er wieder aufsah, war Strömberg verschwunden. Er spürte seinen Puls in den Schläfen hämmern und versuchte verzweifelt, ein wenig Luft an dem harten Knoten vorbeizubewegen, der sich in der Magengegend gebildet hatte. Strömberg musste dem Wilderer gefolgt sein. Robert signalisierte Arvid, dass er hineingehen wolle, aber Arvid schüttelte den Kopf.

»Hilf mir lieber auf. Ich kann hier unten nichts sehen«, sagte er.

Es war, als müsste er einhundert Kilogramm Ballast

nach oben ziehen, aber Arvid kam auf die Beine und lehnte sich an einen großen Ast, sodass er freie Sicht auf die Hütte hatte. Bevor er weitere Einwände vorbringen konnte, spurtete Robert die wenigen Meter zur Hütte und schlüpfte so lautlos wie möglich hinein.

63

Er hatte falschgelegen: Die Hütte bestand nur aus einem Raum, und der Abstand von der Tür bis zur Rückwand der Hütte betrug drei, maximal vier Meter. Von Strömberg oder Camilla keine Spur.

Das Auto! Sie musste in Strömbergs Auto sein. Auf dem Weg nach draußen rief Arvid ihm etwas zu, aber Robert ignorierte ihn und lief zu dem Volvo. Der Innenraum des Autos war leer, und die Kofferraumabdeckung verhinderte, dass er auch diesen Bereich überprüfen konnte. Konnte sie dort drinnen liegen? Er rüttelte am Kofferraumgriff, aber das Auto war verschlossen, und es drang kein Geräusch nach außen. Er hoffte, dass sie nicht hinter der schwarzen Abdeckung lag. Aber wo zum Teufel hatte Strömberg sie sonst versteckt? Hatte er sich geirrt? War Strömberg eine falsche Fährte?

Arvids Rufe holten ihn ein. Sein verletzter Kollege war blass, aber als Robert ihn bat, sich zu setzen, schüttelte er den Kopf. »Ich habe etwas aus der Richtung gehört«, sagte er und zeigte auf die Rückseite der Hütte.

Robert folgte der angezeigten Richtung mit dem Blick und entdeckte direkt am Waldrand einen Schuppen, dessen Dach fast vollkommen von den Zweigen der Tannen verdeckt wurde. Die Wände des Schuppens waren schief, und an mehreren Stellen fehlten die schmalen Latten, aber das Glas in dem quadratischen Fenster schien intakt zu sein.

»Ich prüfe das sofort, aber willst du dich währenddessen nicht lieber hinsetzen? Du hast viel Blut verloren, und es ist wichtig, dass du das Bein hochlegst.«

»Gleich«, murmelte Arvid und bedeutete Robert mit einer unwirschen Geste, er solle sich beeilen.

Die Tür wirkte neuer als der Rest des Schuppens, das riesige Vorhängeschloss war offen und baumelte am Beschlag. Ein ausgeblichenes Rollo versperrte die Sicht ins Innere, und weder durch das Fenster noch durch die Tür drang Licht. Hielt Robert die Luft an, konnte er etwas hören. Eine Frauenstimme, aber auch eine tiefere Männerstimme.

Seine Augen waren in keiner Weise vorbereitet, als er die Tür aufriss und in einen hell erleuchteten Raum blickte. Nach den vielen Stunden in der Dunkelheit stach ihm das grelle Licht in die Augen, und es verging ein Moment, bis seine Augen sich an die Helligkeit gewöhnt hatten.

Der Raum ähnelte einer Waschküche. Fußboden und Wände waren mit grauweißen Fliesen gekachelt, an der Decke hing eine Leuchtstoffröhre. Camilla lag auf einem hohen Stahltisch, den Kopf in einem schrägen Winkel gegen die Wandfliesen gelehnt. Die hellen Haare hingen ihr ins Gesicht und verdeckten ein Auge. Ihr Mund stand offen, die Angst stand ihr im Gesicht geschrieben. Als sie Robert entdeckte, wandte sie resigniert den Blick ab. Niemand wollte so gesehen werden.

Eine große Plastikflasche mit Seife war über ihr aufgeplatzt, und die hellrote Flüssigkeit tropfte auf sie herab, vermischte sich mit dem Blut von ihrer Nase und ihrem Mund, rann über die blanken Brüste und verschwand im Schritt unter dem hellblauen Kittelkleid, an dem ein einzelner Knopf noch nicht nachgegeben hatte. Ihr Slip hing in der Kniekehle. Der Anblick ihres entblößten Unterleibs tat Robert physisch weh.

Über sie gebeugt stand Strömberg. Robert konnte nicht begreifen, wie Strömberg einfach weitermachen konnte, als sei nichts geschehen, obwohl er Robert einen leeren Blick aus seinen hervorstehenden Augen über die Schulter zugeworfen hatte. Strömberg lehnte sich nach vorn, drückte Camilla mit einer Hand die Luft ab, während er mit der anderen den Reißverschluss seiner Hose öffnete.

Robert hörte Arvids keuchende Atemzüge, bevor er in der Tür auftauchte. Er stolperte über die Schwelle, aber es gelang ihm, das Gleichgewicht zu halten. Das Blut hatte den Verband durchnässt, und er war aschfahl im Gesicht. Doch ohne Zögern griff er nach der Pistole im Gürtel und machte ein paar Schritte in den Raum hinein, um einen Winkel zu finden, aus dem er Strömberg treffen konnte, ohne Camilla in Gefahr zu bringen. Die Waffe im Anschlag feuerte er auf Strömberg. Strömberg schrie auf und sackte in sich zusammen. Arvid konnte sich auch nicht länger auf den Beinen halten und sank in die Knie.

Strömberg stand wieder auf. Arvid stand wieder auf.

Robert packte den größten Griff im Messerblock auf dem Tisch und zog daran. Geschliffener Stahl. Strömberg kam mit wackeligen Schritten auf ihn zu. Er hielt sich die linke Schulter, wo ihn Arvids Schuss getroffen hatte, und hatte offensichtlich Schwierigkeiten zu fokussieren. Doch der blanke Stahl des Messers zog seine Aufmerksamkeit auf sich, und er kam wieder zu sich. Mit einer abwehrenden Geste hob er die Hände und blieb stehen, dann stürzte er sich nach vorn auf Robert und versuchte, ihm das Messer aus der Hand zu schlagen. Robert hätte ihn treffen können, hätte auf Hals oder Brust zielen können, aber er zögerte. Er wollte Strömberg nicht töten, sondern nur unschädlich machen. Er nahm den Messerblock, hob ihn hoch und warf ihn in Richtung von Strömbergs Kopf. Mit dem Ellenbogen gelang es Strömberg, den Schlag abzuwehren, aber Robert hörte es knacken, als der Messerblock dessen Schläfe traf. Strömberg verdrehte die Augen und verlor das Bewusstsein.

Im gleichen Augenblick hörte Robert Stimmen. War das der Wilderer? Die Jäger? Oder die Polizei? Als auf der Türschwelle ein paar schwarze Stiefel auftauchten, verspürte er das erste erleichterte Zittern in seinen angespannten Muskeln.

Robert war sofort bei Camilla und nahm sie in die Arme, während Malmström dem bewusstlosen Strömberg Handschellen anlegte und ihn ans Ende des Stahltisches fesselte. Nachdem sich Camillas Atmung beruhigt hatte, ging Robert auf, dass Arvid keinen Ton mehr von sich gab. Malmström drehte Arvid auf den Rücken und legte einen Finger an seinen Hals. Dann schüttelte er den Kopf. Er ging in die Knie und blieb mit der Hand auf Arvids Schulter sitzen. Die Tränen liefen ihm vollkommen ungehindert über das Gesicht.

Niemand sagte etwas.

Zuerst vermied Robert es, Arvid anzuschauen. Selten war der Tod so wirklich, so greifbar gewesen wie in diesem Augenblick. Er studierte Arvids Gesicht, bemerkte, dass es sich verändert hatte: Die Nase wirkte spitzer, die Haut glatter, aber es waren die Augen, die keinen Zweifel ließen, dass Robert auf einen toten Körper schaute.

Aufklärung

64

Robert pendelte zwischen Polizeipräsidium und Krankenhaus hin und her. Die Oberärztin bestand darauf, Camilla zur Beobachtung dazubehalten. Wieder und wieder schilderte sie die Geschehnisse. Seit Strömberg auf ihrer Terrasse aufgetaucht war und ihr ein in Chloroform getränktes Tuch auf das Gesicht gedrückt hatte, bis zu dem Zeitpunkt, als Robert und Arvid in den Schuppen bei der Hütte im Wald gestürmt waren. Jedes Mal, wenn sie zur Beschreibung der Stunden kam, die sie im Kofferraum des Autos gelegen hatte, zwangen sie ihre Tränen zu langen Pausen. Zu diesem Zeitpunkt war ihr längst klar, dass Strömberg der Fotomörder war und ihr die Rolle als Anna Lindbergs *Double* zugedacht hatte.

Als sie wieder erzählte, was ihr widerfahren war, fügte sie einen Satz hinzu, der Robert seit Tagen zum ersten Mal wieder lächeln ließ: »Ich habe gedacht, ich würde verrückt werden, aber ich habe auch gewusst, dass ich so sehr in mir ruhe, dass ich komplett loslassen konnte, ohne mich selbst zu verlieren.«

Es war dieses In-sich-ruhen, in das Robert sich verliebt hatte, damals schon und auch jetzt, und er war froh darüber, dass dieser Charakterzug nicht zerstört worden war.

Sie hatten zwar keine Beweise, aber sie wussten, dass sie den Mann gefasst hatten, der sowohl die alten Fotomorde als auch den Mord an Clara Petri verübt hatte, aber das Einzige, was die Techniker im Schuppen neben Anton Strömbergs Hütte gefunden hatten, war ein Rest Blut in einem Abfluss im Fußboden, aber das Blut war derart mit Klorin versetzt, dass es dem SKL nicht gelungen war, daraus DNA zu gewinnen. Die Probe war jetzt in eines der Speziallabors des FBI geschickt worden, aber es war unwahrscheinlich, dass sie den Beweis dafür liefern würde, dass Clara Petri sich in dem sterilen Raum in dem Schuppen aufgehalten hatte.

Es fanden unzählige Gespräche mit dem Staatsanwalt statt, und auch wenn Robert ebenso frustriert war wie der Rest des Ermittlerteams, leuchtete es ihm ein, dass sich der Staatsanwalt nur auf eine Anklage gegen Strömberg wegen Freiheitsberaubung und Gewalt gegen Camilla Nylén einlassen wollte. Sie hatten nichts als Indizien, und ihre einzige Zeugin war eine junge Frau, die wegen fahrlässiger Tötung in Gewahrsam saß und zudem die Tochter des Mannes war, der wegen der alten Fotomorde verurteilt worden war. Sie war mit anderen Worten weder unparteiisch noch glaubwürdig, und selbst wenn der Staatsanwalt sie als Zeugin anerkennen würde, könnte sie nur aussagen, dass Strömberg sie dazu aufgefordert hatte, drei Umschläge auf Ulrik Lauritzens Türschwelle abzulegen, was an sich keine Straftat war.

Robert hatte den Mut fast schon verloren, als sie die Nachricht aus der Gerichtspsychiatrie im Sankt Sigfrids erhielten.

65

Strömberg saß am Tisch. Die Gefängniskluft war orange, das besondere Kennzeichen des Hochsicherheitstrakts. Er hatte die oberen Knöpfe aufgelassen, darunter spannte das weiße Unterhemd über der Brust. Er schaute nicht auf, lächelte aber, als Robert und Ulrik ihm gegenüber Platz nahmen, als wären sie ganz gewöhnliche Besucher.

»Wie ich sehe, hast du deine Anstandsdame mitgebracht«, sagte er zu Ulrik.

Ohne die Antwort abzuwarten, wandte er sich an Robert. »Wie geht es deiner Freundin?«

Zusammen mit Bob Savour war Robert unzählige Szenarien dieses Gesprächs durchgegangen, und Strömbergs Anspielung auf Camilla und ihr Verhältnis mit Robert gaben einen ersten Hinweis darauf, in welche Richtung es sich entwickeln würde. Er ignorierte Strömbergs Provokation und sagte: »Ich muss dich darauf aufmerksam machen, dass dieses Gespräch aufgezeichnet wird.«

Strömberg lehnte sich über den Tisch. »Du glaubst vielleicht, du kannst mich zu einem Geständnis bewegen?« Als Robert nicht antwortete, fuhr er fort: »Hapert es vielleicht ein bisschen an den technischen Beweisen?«

Er sah Robert mit gespieltem Ernst im Blick an. »Es wäre durchaus eine Niederlage, wenn ich mit einer Anklage wegen Freiheitsberaubung davonkommen würde, wo du doch so eine schöne Theorie aufgestellt hast, dass ich es war, der sie alle getötet hat.«

»Ich bin nicht so naiv zu glauben, dass ich dir irgendetwas entlocken könnte. Wenn du gestehst, dann, weil du dich bereits dazu entschlossen hattest, bevor du Ulrik hergebeten hast«, antwortete Robert. Strömberg nickte kaum merklich als Zeichen dafür, dass Robert richtiggelegen hatte.

»Ich habe deine Karriere über die Jahre hinweg ein wenig verfolgt, und ich muss sagen, dass ich beeindruckt bin. Im Großen und Ganzen betrachtet bist du doch zu einer Kopie von mir geworden.«

Er entblößte die Zähne mit einem breiten Lächeln, das zu keinem Zeitpunkt die Augen erreichte.

»Profiling-Experte bei der dänischen Polizei, und jetzt hat man sogar in Växjö Bedarf für dich. Ich war beeindruckt, dass du Klos so schnell gefunden hast, aber ehrlich gesagt hat es mich enttäuscht, dass du Ressourcen dafür geopfert hast, die Rastplätze unter Beobachtung zu halten. Das war so vorhersehbar, dass deine Lehrer in Quantico geweint hätten, wenn sie das gesehen hätten.«

Robert schwieg.

»Amerika. Da müsste man geboren sein«, fuhr Strömberg fort. »Wenn die etwas machen, dann machen sie's ordentlich. Hast du ihre Datenanalytiker mal kennengelernt? Stell dir vor, mehrere hundert Leute zur Verfügung zu haben, die Zugang zu allen erdenklichen Registern und Datenbanken haben. Davon können wir hier in Skandinavien noch viel lernen. Oder was meinst du?«

Ich meine, dass du ein dummes Schwein bist, dachte

Robert, dann sagte er: »Vielleicht sollte man bedenken, dass in Schweden pro Jahr ungefähr 100 Morde begangen werden, während die entsprechende Zahl in den USA bei über 16 000 liegt.«

»Gute Pointe. Hat dich Sheriff Malmström mit diesem schönen Argument versorgt? Zumindest ist er immer ein Anhänger der altmodischen Methoden gewesen. Geh von Haus zu Haus und betätige Türklingeln. Würde es nach ihm gehen, hätten wir mehr Polizisten auf den Straßen, damit sich gute Bürger immer sicher fühlen, mit den Ordnungshütern immer in der Nähe.«

Er schüttelte den Kopf. »Humor hat er auch keinen, ja, den hat insofern niemand von ihnen.«

Als er Robert wieder ansah, war sein Blick fokussierter. Es war wieder Zeit für eine Provokation. Womit würde er es dieses Mal versuchen?

»Wenn du mich fragst, dann ist Arvid Jönsson der Einzige, der irgendwas taugt. Oder war, sollte ich vielleicht sagen. Denn er ist doch tot, oder? Auf jeden Fall schien es ihm nicht sonderlich gut zu gehen, als ich ihn das letzte Mal gesehen habe.«

Roberts erste Reaktion war Enttäuschung. Es bestand kein Zweifel, dass Strömberg außerordentlich intelligent war, und Robert hatte von ihm eine subtilere und elegantere Form der Perfidität erwartet. Über Arvids Tod zu triumphieren wirkte wie eine billige Pointe. Als Robert jedoch den Ausdruck in Strömbergs Gesicht sah, ging ihm auf, dass es sich um ein bewusst inszeniertes Schauspiel handelte: Strömberg wusste, was ein *Profiler* in einer Situation wie dieser erwartete, und er amüsierte sich vermutlich über seine eigene Imitation des Serienmörders, der soeben gefasst worden war und seine Macht über die Polizei genoss. Robert ließ ihn noch ein wenig damit fortfahren.

»Wie gesagt, ich bin beeindruckt, wie weit du gekommen bist. Beeindruckt und wohl auch ein wenig überrascht. In meinen Augen hast du ein bisschen zu naiv gewirkt, um die Distanz aufrechterhalten zu können, aber da können wir uns auch alle täuschen. Du auch, Ulrik, auch du hast deine Sache gut gemacht. Und jetzt kannst du dich sogar als Schriftsteller bezeichen. Oder liegt dir das vollkommen fern? Ich meine, in Wirklichkeit hast du doch vor allem abgeschrieben, und das ist nichts, worauf man stolz sein sollte.«

Ulrik, der die Anweisung erhalten hatte, so wenig wie möglich zu sagen, senkte den Blick.

»*On your dead body.*«

Strömberg sprach den Titel so aus, als würde ihm jedes Wort auf der Zunge zergehen. Dann bahnte sich ein Lächeln seinen Weg; das erste, das echt wirkte.

»Gerade das war wirklich ein Volltreffer. Ich habe es auf einem Flughafen gesehen, und es war, als würde der Titel nach mir rufen. Ich war förmlich gezwungen, es zu kaufen, zum Glück.«

Wann hatte Strömberg entdeckt, dass Ulrik sich hinter dem Pseudonym verbarg? Auf diese Frage brauchte Robert eine Antwort, aber er wusste, dass das geringste Anzeichen von Neugierde seinerseits Strömberg dazu bringen konnte dichtzumachen, also schwieg er.

»Mir gefiel die Beschreibung, wie der Mörder seine Opfer quält, und besonders die Abschnitte, in denen er ihnen mitteilt, dass er die Wahrheit über sie auf ihre toten Körper schreiben will«, grinste er.

Es war an der Zeit, eine Provokation in die Gegenrichtung zu schicken.

»Lass es, Strömberg. Wenn du etwas zu sagen hast, dann sag es jetzt. Sonst gehen wir.«

»Bist du überhaupt nicht neugierig?«, fragte er.

»Worauf sollte ich neugierig sein? Alles, was du getan hast, war so, als würde man eine Anleitung für frisch ausgebildete *Profiler* lesen. Die Lücken kann ich selbst ausfüllen, danke.«

Das entsprach nicht der Wahrheit, war im Gegenzug aber äußerst wirkungsvoll. Strömberg sprang auf und lehnte sich über den Tisch. »Das stimmt nicht!«, brüllte er. »Du hast überhaupt nichts verstanden!«

Er wandte sich erneut an Ulrik. »Und du? Du hast in meinem Büro gestanden und Rotz und Wasser wegen Viklunds Selbstmord geheult, und du hattest so eine Scheißangst, dass ich dich durch die Prüfung rauschen ließ. Es war der Sinn, dass er in dem Brand stirbt, du Trottel! Ich hatte nur das Glück, dass du das Werk vollendet hast!«

Er versuchte, den Tisch zu umrunden, aber seine Hände waren an einen Bügel unter dem im Boden verankerten Tisch gefesselt, sodass er lediglich die Kette straffer zog. Er atmete schwer, doch schließlich schien es, als würde er die Kontrolle über sich zurückgewinnen. Er setzte sich und betrachtete Robert und Ulrik schweigend. Dann fuhr er fort, als ob nichts geschehen wäre.

»Dein Buch war wirklich eine Enttäuschung. Und du hast tatsächlich geglaubt, dass er es war? Dass der Mörder ein solch erbärmlicher Trottel war, der herumrannte und den selbst ernannten Rächer spielte?«

Ulrik schien über seine Fehleinschätzung nachzudenken.

»Aber obwohl du das Ganze missverstanden hast, gab es dennoch ein paar gute Pointen. Zum Beispiel die Vorstellung des Mörders, dass gewisse Menschen ihre Strafe verdient hätten. Sie können nicht leben, wenn sie so viel Schuld mit sich herumtragen«, fuhr er fort.

»Du aber kannst das ganz gut?«, fragte Robert.

»Viklund konnte es zumindest nicht, sodass man beinahe sagen kann, dass ich ihm einen Gefallen getan habe.«

Er unterbrach sich, und Robert hielt den Atem an. Das hier ähnelte dem Beginn seines bevorzugten Szenarios.

»Als sie ihn auf die Station brachten, lag er nur auf dem Boden und jammerte: ›Ich habe es getan, ich habe es getan.‹ Dann fing er an, über Liza Tilton herzuziehen; auch sie war schuldig, er hatte selbst gesehen, wie betrunken sie an dem Abend gewesen war, als sie in die Notaufnahme eingeliefert worden war, aber jetzt war sie bestraft worden. In diesem Augenblick wusste ich, dass ich den perfekten Sündenbock gefunden hatte.«

Strömberg verstummte und sah Robert in die Augen. Jetzt lag es an Robert, ihn dazu zu bringen, auch den letzten Schritt zu machen.

»Welche Rolle spielte Bohlin?«

Die Frage sollte andeuten, dass die Polizei Claes Bohlin der Mittäterschaft an den Fotomorden verdächtigte, und wenn Robert Strömberg richtig interpretierte, hatte dieser nicht die Absicht, die Ehre mit irgendjemandem zu teilen.

»Bohlin? Er war der perfekte Lakai. Ich war mir sicher, dass er die Polizei niemals ohne mein Wissen kontaktieren würde, wenn er den Verdacht hegen sollte, dass Viklund offenkundig unschuldig war. Soweit ich weiß, hat er bis zuletzt geglaubt, dass Viklund für *meine* Morde verantwortlich war, allerdings war ich nicht bereit, dieses Risiko einzugehen.«

»Deshalb hast du ihn auch beseitigt?«

Strömberg nickte gleichgültig. »Ein Kissen über den Kopf, einfacher ging es kaum. Der Brand war komplizierter.«

Jetzt, wo er den Brand im Sigfrids und den Mord an Bohlin so unverhohlen gestanden hatte, wollte Robert ihn ohne Umschweife zu den vier Fotomorden befragen, um sicherzustellen, dass die Aufnahme auch dazu verwendet werden konnte, ihn für diese Morde zu verurteilen, aber seine Analyse von Strömbergs Signatur hatte ergeben, dass dieser seine primäre Befriedigung darin fand, die Polizei zu täuschen, nicht in den Morden an sich. Daher hatte er ganz bewusst mit Viklunds Einweisung begonnen, denn wenn er direkt nach den Morden fragen würde, riskierte Robert, dass Strömberg dichtmachte.

»Warum hast du wieder angefangen?«, fragte er stattdessen.

»Johanna ist aufgetaucht«, antwortete Strömberg. »Sie fing an, Fragen über ihren Vater zu stellen, und mir war schnell klar, dass ich sie aus dem Weg räumen musste. Als sie dann von Ulrik anfing, habe ich eine Chance gewittert, eine alte Rechnung zu begleichen.«

Er hielt inne und sah Ulrik an. »Ich habe es immer als eine Schande empfunden, dass du mit dem kleinen urheberrechtlichen Diebstahl durchgekommen bist.«

Nach einer erneuten Pause fuhr er fort: »Und auf diese Weise wurde das Rentnerdasein plötzlich ein wenig spannender. Während ich Clara Petri erledigte, dachte ich die ganze Zeit daran, dass Ulrik auch die Ehre dafür haben sollte. Wäre alles wie geplant verlaufen, hätte die Polizei Johanna stranguliert auf deiner Türschwelle gefunden und dich drinnen im Haus mit einer Kugel im Kopf und einer Pistole in der Hand, aber so ist es ja leider nicht gelaufen.«

Er zuckte mit den Schultern.

»Hast du den dritten Umschlag bei der Polizei abgeliefert?«, fragte er.

Ulrik schüttelte den Kopf und kassierte ein höhnisches Lachen.

»Ich war sehr gespannt darauf, ob du es tun würdest, dachte mir aber schon, dass du versuchen würdest, dich davor zu drücken. Du wärst in Erklärungsnot geraten, wenn die Polizei den vierten Umschlag gefunden hätte. Also, wenn du am Leben gewesen wärst.«

Der vierte Umschlag hatte ein Dokument des amerikanischen Verlags enthalten, das den Beweis lieferte, dass Ulrik William Smith war, und Ulrik wirkte nicht gerade stolz, als das Gespräch darauf kam.

»Wie hast du Johanna dazu gebracht zu glauben, Ulrik wäre der Fotomörder?«, fragte Robert.

»Ich habe ihr die offizielle Fassung von Viklunds Akte gezeigt und ihr vorgeschlagen, Ulriks Buch zu lesen. Sie hat festgestellt, dass er ein bisschen zu viel wusste, aber den letzten Anstoß hat ihr schließlich der Anwalt gegeben.«

»Die Fingernägel. Warum hast du die im Geständnis gestrichen?«

Strömberg kniff die Augen zusammen. Robert war ihm zu nahe gekommen mit seiner Frage, und er war überzeugt, dass Strömberg dichtmachen würde. Aber nach einer gefühlten Ewigkeit sagte er: »Sag du's mir. Ich bin sicher, dass du die eine oder andere schöne Theorie aufgestellt hast.«

»Ich glaube, du hast es gestrichen, um deine Signatur zu verdecken.«

»Meine Signatur, sagst du. Darüber hast du dir vermutlich auch Gedanken gemacht?«

»Ich denke, dass deine Signatur darin besteht, deine Spuren zu tilgen. Du hast mit der Polizei gespielt.«

Strömberg nickte, aber er wich Roberts Blick aus. »Wie du weißt, bin ich für eine Weile in Quantico gewesen, und Rikskrim in Stockholm hat meine Fähigkeiten schon längst erkannt, aber Malmström, der kleine Narr, fuhr damit fort, die Dinge auf die althergebrachte Weise anzugehen, und als ich ihm bei einem Vergewaltigungsfall meine Unterstützung anbot, lehnte er dankend ab. Also dachte ich, er bräuchte ein wenig Hilfe, um einzusehen, dass *Profiling* der Weg zum Ziel war. Und das ist mir dann auch in einem Maße gelungen, das alle Erwartungen übertroffen hat.«

»Und Camilla?«

»Sie war eine Notlösung. Johanna ist ja verschwunden, nachdem sie das Ganze gründlich vermasselt hatte, also brauchte ich jemanden, der ihren Platz einnahm, damit die Polizei weiterhin dachte, sie würde nach einem traditionellen Nachahmer suchen. Das hat beim letzten Mal ziemlich gut geklappt. Dieses Mal dachte ich wirklich, dass sich die Polizei früher oder später ausrechnen würde, dass sie es gar nicht mit einem richtigen Serienmörder zu tun hatte, aber im Nachhinein betrachtet hätten sie wohl noch immer gesucht, hätte ich ihnen nicht Viklund geliefert.«

Robert hatte keinen Zweifel, dass Strömberg an Größenwahn litt; dass er glaubte, in einer eigenen Liga zu spielen, erhaben über alle anderen Serienmörder, aber hinter Strömbergs Aussagen sah Robert auch noch etwas anderes ... *dass sie es gar nicht mit einem richtigen Serienmörder zu tun hatten.* Wann ist man kein richtiger Serienmörder? Auf diese Frage fiel ihm lediglich eine Antwort ein.

»Wer von deinen Opfern war es?«

Strömberg zog eine Augenbraue hoch und ließ Robert einen anerkennenden Blick zuteilwerden, antwortete aber nicht.

»Die ersten beiden Morde waren notwendig, um sicherzugehen, dass die Polizei an einen Serienmörder dachte, was also Liza Tilton und Anna Lindberg ausschließt. Daher muss es sich um Malin Trindgärd oder Charlotta Lund handeln, und ich glaube, dass Charlotta dein eigentliches Opfer war«, sagte Robert.

»Wie kommst du zu dieser Annahme?«

Robert zuckte mit den Schultern. »In dem Geständnis war Charlotta das anonymste Opfer. Ja, du hast sie misshandelt, aber die Beschreibung wirkt mechanisch, beinahe unpersönlich, und es gibt keine Angaben darüber, was sie während der Misshandlung getan oder gesagt hat. Hättest du danach nicht Malin ermordet, hätte das als Zeichen wachsender Gleichgültigkeit deinerseits gewertet werden können; dass also die Befriedigung durch das Morden abnahm. Aber in der Beschreibung des Mordes an Malin wirkt es eher so, als habe die Lust zugenommen, und das macht deinen Versuch, Charlottas Persönlichkeit abzuschwächen, verdächtig.«

Er konnte Strömberg ansehen, dass er ins Schwarze getroffen hatte.

»Es war eigentlich mein Plan gewesen aufzuhören, nachdem Charlotta aus dem Weg geräumt war. Malin war dem Vergnügen geschuldet«, grinste er. »Und ein bisschen als Bonus für Malmström.«

Robert musste tief Luft holen, um die Wut zu unterdrücken, die bei dem Gedanken daran in ihm aufstieg, dass Malin Trindgärd tot war, nur weil Strömberg den Wunsch gehabt hatte, sich über Malmström zu erheben.

»Was hatte Charlotta getan?«, fragte Robert.

Strömberg wich seinem Blick aus. Was sollte Robert nicht wissen? Plötzlich kannte er die Antwort, und als Strömberg endlich aufsah, konnte er ein kurzes Grinsen nicht unterdrücken: Auch wenn es Strömberg niemals zugeben würde, wusste Robert in diesem Augenblick, dass es Strömbergs Kind war, das Charlotta Lund abgetrieben hatte. Robert sagte nichts, aber Strömberg hatte ihm angesehen, dass er sich das Ganze ausgerechnet hatte, und exakt diesen Teil seiner Darstellung hatte er niemals vorgehabt preiszugeben. Daher wusste Robert auch, dass er nicht mehr sagen würde.

Zwei Wachmänner betraten den Raum, um Strömberg in seine Zelle zurückzubringen. Kurz bevor der eine Wachmann die Handschellen aufschloss, drehte sich Strömberg zu Ulrik um und sagte: »Robert hat vorhin gefragt, ob ich mit dem leben könne, was ich getan habe. Die Frage ist, ob du es kannst, lieber Ulrik.«

*

Die Mühle war leer, selbstverständlich war sie das.

Camilla schloss die Haustür auf, ging dann aber hinter das Haus, auf die Terrasse am Bachlauf. Sie schob die Hände in die Gesäßtaschen ihrer Jeans. An ihren Handgelenken konnte Robert noch immer einen rötlichen Streifen erkennen, dort, wo der Kabelbinder eingeschnitten hatte, während sie in Strömbergs Auto gelegen hatte.

»Kann ich dir etwas anbieten?«

Robert antwortete nicht, stellte nur ihre Tasche neben die vielen Schuhe und lehnte sich gegen den Türrahmen.

Er schaute Camilla an, sie hielt seinem Blick stand. Dann umarmte er sie kurz, jedoch ohne dass seine Fingerspitzen die weiche Haut am Übergang von den Schultern zum Hals berührten.

Kein »können wir darüber reden?« oder »gibt es etwas, das ich tun kann, damit du deine Meinung änderst?«.

Er hatte gefragt, sie hatte geantwortet.

Mehr gab es nicht zu sagen.

»Wann kommen deine Mutter und die Kinder?«

Seine Stimme klang vollkommen normal.

»Sie sind um sieben losgefahren und müssten bald hier sein«, antwortete sie.

Sie hob die Arme an, ließ sie dann aber wieder sinken.

»Wollen wir nicht rausgehen und auf sie warten? Die letzten Sonnenstrahlen mitnehmen?«

Vorgehen & Dank

Dieser Kriminalroman ist Fiktion. Alle Geschehnisse und Personen sind frei erfunden, und auch wenn die meisten Orte, die ich im Buch beschreibe, existieren, entspricht meine Beschreibung nicht immer der Wirklichkeit. So bin ich zum Beispiel nie im Polizeipräsidium von Växjö oder im Hochsicherheitstrakt des Sankt-Sigfrids-Krankenhauses gewesen.

In Verbindung mit meiner Recherche habe ich entdeckt, dass es 2003 tatsächlich einen Brand im Sankt-Sigfrids-Krankenhaus gegeben hat, aber die Umstände weisen keinerlei Ähnlichkeiten zu denen auf, die in diesem Buch beschrieben werden.

Mein Dank gilt Mette Petersen von Inkling.dk dafür, die Geschichte in Schwung gebracht zu haben, sowie meinem Redakteur Nils Bjervig dafür, sie einer Landung zugeführt zu haben. Ein großes Dankeschön auch an meinen Mann, Christian, der unzähligen Plot-Versionen sowie anderem Gerede über dieses Buch zugehört hat.

Eventuelle Fehler oder Mängel gehen voll und ganz auf meine Rechnung.

www.evamariafredensborg.dk

Unsere Leseempfehlung

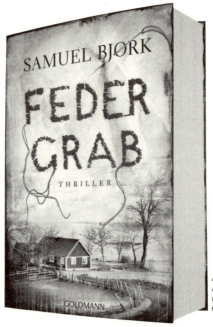

480 Seiten
Auch als E-Book
und Hörbuch
erhältlich

Aus einem Jugendheim bei Oslo verschwindet ein siebzehnjähriges Mädchen. Einige Zeit später wird sie tot im Wald gefunden – gebettet auf Federn, umkränzt von einem Pentagramm aus Lichtern und mit einer weißen Blume zwischen den Lippen. Die Ermittlungen des Teams um Kommissar Holger Munch und seine Kollegin Mia Krüger drehen sich im Kreis, bis sie von einem mysteriösen Hacker kontaktiert werden. Er zeigt ihnen ein verstörendes Video, das neue Details über das Schicksal des Mädchens enthüllt. Und am Rande der Aufnahmen ist der Mörder zu sehen, verkleidet als Eule – der Vogel des Todes …

www.goldmann-verlag.de
www.facebook.com/goldmannverlag